译家之言

# 译诗漫笔

飞白 著

外语教学与研究出版社
北京

**图书在版编目（CIP）数据**

译诗漫笔 ／ 飞白著 . -- 北京：外语教学与研究出版社，2016.10
（2021.1 重印）
（译家之言）
ISBN 978-7-5135-8210-0

Ⅰ. ①译… Ⅱ. ①飞… Ⅲ. ①诗歌－翻译－研究 Ⅳ. ①I106.2

中国版本图书馆CIP数据核字 (2016) 第262360号

出 版 人　徐建忠
系列策划　吴 浩　易 璐
责任编辑　赵雅茹
装帧设计　李双双
出版发行　外语教学与研究出版社
社　　址　北京市西三环北路19号（100089）
网　　址　http://www.fltrp.com
印　　刷　三河市紫恒印装有限公司
开　　本　787×1092　1/32
印　　张　13
版　　次　2016年11月第1版 2021年1月第2次印刷
书　　号　ISBN 978-7-5135-8210-0
定　　价　45.00 元

购书咨询：（010）88819926　电子邮箱：club@fltrp.com
外研书店：https://waiyants.tmall.com
凡印刷、装订质量问题，请联系我社印制部
联系电话：（010）61207896　电子邮箱：zhijian@fltrp.com
凡侵权、盗版书籍线索，请联系我社法律事务部
举报电话：（010）88817519　电子邮箱：banquan@fltrp.com
物料号：282100001

记载人类文明
沟通世界文化
www.fltrp.com

如今诗在书市上比较受冷落。全球化时代翻译已成热门，诗翻译却属冷门。一千个从事翻译的人中，也不见得有几个会尝试译诗。就算译诗是一种微妙的艺术吧，谈如此"小众"的艺术有没有意义？大家感不感兴趣呢？

从实用角度看，诗翻译确是既无用又不赚钱。虽在翻译史上文学经典翻译曾长期居于主角地位，但当代世界上信息译和功效译爆炸式增长，艺术型翻译被挤到边缘，无法与海量的实用翻译相提并论了。但从翻译的生态学和"调色板"角度看，诗翻译在翻译世界里仍有非常重要的位置；从我的接触中，也可知爱诗的青年仍然为数众多。因此我很高兴应邀参加"译家之言"，来谈译诗艺术。

大家也许觉得译诗艺术有点莫测高深，我将试着揭开它神秘的面纱；大家也许觉得译诗艺术过于特殊，我将试着说明它与各型翻译的普遍联系。诗是每种语言开出的绚烂花朵，代表每种语言最精华的部分。所以在中国，不写诗的人也学唐诗宋词；就外语而论也是一样，学外语可以从实用部分开始，但想要提高就不能不学它的诗和文学了。同理，学翻译者也不能局限于实用翻译，懂一点诗翻译对提高翻译质量是很有帮助的，这是我的切身体会。

我这"译诗漫笔"系列，其实早在二十世纪八十年代初就开始写了，当时曾引起译界的关注和热议，前辈诗人卞之琳还曾给以热情鼓励，并誉之为"中国译诗艺术的成年"。但我因工作繁忙，写了几篇就暂时搁置了，而且一搁就三十年，直到在浙江大学、云南大学都下课专做科研后，才有机会续成全书。这倒也好，因为在八十年代初，我虽已积累了各种翻译工作经验，也翻译出版了十多本世界名诗，但在翻译理论方面尚准备不足；虽然我早就有自己的翻译主张，但也尚未作出明确的概括，有时还从众用"传神"之类的笼统说法。八十年代末九十年代初我把翻译主张归纳为"风格译"，九十年代起又给研究生教了十五年翻译学，因此现在再继续谈译诗艺术就比当年角度开阔，说得也应该更全面清晰和更有趣味了。

今天恰逢世界反法西斯战争胜利七十周年纪念，这使我忆起：恰在世界反法西斯战争胜利十周年之际，我于1955年秋开始翻译一部反法西斯战争名著——曾经传遍苏联红军前线战壕的长诗《瓦西里·焦尔金》。这之前我读外国诗已有多年，但没译过，直到特瓦尔多夫斯基这部"在场"的诗打动了我，而我试译的段落也打动了战士朋友，于是贸然决定翻译整部长诗，这是我译诗歌名著的开端。

屈指算来，我的译诗已走过六十年路程，书（包括著译和主编，主编《世界诗库》等书比著译还费力）也出版到第四十五本了。除其中"文革"十年外，我的全部业余生活一直与译诗为伴，而译诗航迹遍及世界，我因而得到了一个"诗海水手"的昵称。

那么，继我的前一本讲稿《诗海游踪》之后，听老水手再来讲述《译诗漫笔》吧。

飞白

2015 年 9 月 3 日

译诗满六十周年之际于云南大学外国语学院

# 目　录

前　言

第一辑

翻译的三分法 *3*

翻译的调色板 *12*

韵里情深 *17*

诗是用词儿写成的 *29*

译者的阐释 *35*

试解不解之谜 *46*

制筌者说 *60*

"火鸡"公案 *66*

跨境的诗翻译 *74*

第二辑

初试风格译 *87*

拨开直译意译之雾 *99*

翻译的多维世界 *104*

碟子和"酱油" *109*

为不忠实一辩 *120*

为忠实一辩 *126*

信道瓶颈和诗的"口径" *134*

留白，还是填空？ *145*

译者的角色 *154*

扮演一回宣传员兼美容师 *161*

第三辑

译诗需要敏锐听觉 *171*

接受格律的挑战 *181*

转译之"隔" *192*

"音乐占第一位"和"不可不作误释" *200*

镣铐，还是翅膀？ *209*

诗的建筑美 *217*

语言的骨骼和血肉 *226*

"读起来不像译文"好不好？ *236*

New Year's Eve 与除夕夜 *243*

词儿是为诗服务的 *250*

第四辑

马雅可夫斯基诗的音韵和意境 *259*

诗的信息与忠实的标准 *276*

谈谈诗感 *296*

我的译诗观 *311*

论风格译 *313*

附　录

诗海一生 *345*

远航诗海的老水手 *382*

# 第一辑

　　"信达雅"是经典翻译引领的时代的产物，如今到了信息时代，翻译世界多元化了，单一标准已不适应翻译多功能的实际。乱象由此而生，为消除乱象就得承认不同翻译类型有不同的规范。

# 翻译的三分法

漫笔而谈译诗，似乎先得把译诗定个位。

做翻译这件事的，人人有自己的体会，有自己的主意，认为该如何如何译。但因大家主张各异，人们就想为翻译制定个统一标准。岂知统一标准对翻译而言完全不切实际，许多得不出结果的争议都由此而生。问题在于翻译领域太庞大而丰富多彩（语言领域多宽，翻译领域就有多宽），无法"一概而论"；根据我参与各种翻译的实践体会，也深知翻译问题不宜"一刀切"，不同类的翻译需要不同的方法和标准。若想把纷繁的翻译问题理出头绪，就需要把翻译分分类。

人们惯于把翻译分为"直译""意译"两类，但这样分既含糊也不科学。我以为，切合实际而又简明的分类法当属翻译"三分法"。

翻译该如何如何译，主要取决于所译语篇的功能和翻译的目的。关于语言功能学术界作过长期研究，布拉格学派罗曼·雅各布森（Roman Jakobson）的观点较有代表性，我们先说说他的语言功能"六分法"：

1. 指称功能（referential function），这一功能聚焦于说话的语境，说明所指涉的事物，体现着语言的能指／所指关系并传递信息。

2. 诗性功能（poetic function），聚焦于所传递的信息本身，体现语言的艺术美，这是人从牙牙学语时就喜爱和享受的。

3. 情感功能（emotive function），聚焦于说话者，表现说话者的情感或态度。

4. 促使功能（conative function），聚焦于受话者，目的是以话语影响受话者，要求他／她采取某种行动，和语法中的"祈使语气"相类似。

5. 招呼功能（phatic function），聚焦于"信道"的沟通，用于与对方建立有效接触，例如打电话说的"喂！喂！"和接听电话时的"嗯，嗯"，见面打招呼说的"Hi""你早！天气真好"等等，不含实质性的信息。

6. 元语言功能（metalingual function），聚焦于语言"符码"，所谓"元语言"就是对语言本身作操作的语言，例如说话者为自己的用语作解释、作修正、下定义，或受话者问对方："你的意思是？"

雅各布森的语言六功能学说得到翻译学界认同。但德国功能派翻译理论只把语篇功能（及相应的翻译方法）分为四型或三型。如卡塔琳娜·赖斯（Katharina Reiß）是主张分三型的：

1. 信息型文本（informative texts），以传递信息为目的，而语言的风格特色要服从此基本目的。

2. 表现型文本（expressive texts），以表现为主要目的，其中虽也有语言信息要素，但信息要素必须伴随或服从美学表现要素，而文本风格特色（作为表现手段）上升到重要位置。

3. 作用型文本（operative texts），其内容或形式都要服从于为该文本设定的超语言目的，即语言自身之外的实用目的。为达到实用目的，翻译时既可改动原文内容，也可变换原文形式。

我读到赖斯的"三分法"比较迟，是上世纪九十年代的事，当时感到与我的一贯体会完全相符，如逢知己。

把语言功能分六类、四类或三类，对翻译而言矛盾不大，在翻译实践中，我们完全可以把六类或四类功能合并为三个翻译类型来处理：

1. "信息型"翻译，或"信息译"，主要体现指称功能；对语词作解释的元语言功能也可并入"信息型"作同样处理，无须单列。

2. "表现型"翻译，我讲翻译学课称之为"艺术型"翻译或"艺术译"，按我提出的译诗主张可称之为"风格译"。雅各布森的诗性功能和情感功能应当合并在"艺术型"翻译中处理，因为在"艺术译"中这两种功能如影随形，难分难舍。虽然遇极端情况也可能偏向一侧，如有的文本可能滥情而缺乏艺术性，或偏向形式主义而缺乏情感内涵，但排除情感的形式毕竟很难成为艺术。而在翻译时，不论表现诗性功能或情感功能都需要艺术手法，所以归入一类应无问题，译诗就是此类中的典型。

3. "作用型"又称"劝说型"，我讲翻译学课则称之为"功效型"或"功效译"。因为所谓"作用"是对受众起作用的意思，但"作用型"这名词听起来有点别扭。"功效译"

处理的主要是"促使功能",此外剩下的就是"招呼功能"了。因为招呼话语很短很少,你总不可能老在那里打招呼或老讲客套话吧,所以翻译时虽应注意其特有功能,但列为一大类实无必要。赖斯把招呼功能归入信息型文本,这是因为现在大量的邮件短信微信都只起个招呼作用(保持与客户的沟通),而我觉得它多少带有宣传广告类的意味。不论如何,招呼语不能形成独立文本,只能附属于三大类型中。

这样把翻译归并成三型,简明扼要,三分天下,关系就理清了。信息型翻译属"it"型,艺术型翻译属"I"型,功效型翻译属"you"型,正与三人称对应。三种翻译对所译文本的处理差别巨大,以"水"为例,在信息译中是"$H_2O$",在艺术译中可能是"秋水伊人",在功效译中成了"可乐雪碧"。若拿一个人为例,在信息译中是他的个人资讯数据,在艺术译中是他的情感生活音容笑貌,在功效译中则是他在职场上的职能业绩,这代表了一个人的三个方面。可见,三型翻译目的、方法、策略、标准都迥然不同,不可混淆,却又协同互补,相互渗透。所以我以为,做翻译不能只知其一不知其二,应当全知其三而专攻其一,就好比是做医生必须实习全科而专攻一科一样。

参考雅各布森、卡尔·布勒(Karl Bühler)、赖斯诸家之说,现将翻译三型列表如下:

| 翻译类型 | 信息型（解码型） | 艺术型（表现/审美型） | 功效型（作用/劝说型） |
|---|---|---|---|
| 适用文本 | 科技类为代表 | 文艺类为代表 | 宣传广告类为代表 |
| 语言功能 | 指称（使知） | 表现（使感） | 促使（使动） |
| 翻译方法 | 语义译* | 风格译 | 交际译* |
| 信息性质 | 单息 | 复息 | 弹性 |
| 结构性质 | 线性 | 多维 | 虚拟 |
| 关注焦点 | 原文文本 | 作者 | 读者 |
| 对应人称 | "it"型 | "I"型 | "you"型 |
| 译者角色 | 通讯员 | 演员 | 推销员 |
| 对等情况 | 信息对等 | 有机模仿（近似等效） | 功利追求（有效非等效） |
| 价值性质 | 信息价值 | 审美价值 | 功利价值 |
| 意义重点 | 重内容 | 重形式 | 重效益 |
| 翻译标准 | 信息的准确性 | 审美的相似性 | 效益的最大化 |

表中标题：翻译类型表（飞白，2015）

表中加星号的"语义译"和"交际译"，采用的是纽马克（Peter Newmark）的术语，他提出的"语义译"是一种改良的直译。

在三型翻译中，信息型语义译着眼于指称性语义信息而过滤掉一切联想信息，必要时还要用元语言功能作定义加以限定，目的是把它提纯成为"单息"。翻译时按线性解码，只限于语法转换所要求的和考虑语境所要求的最低限度机动，近似直译或最佳水平的电脑翻译。近二十年来电脑翻译已有长足的进步，再升级几代就有望代替人工做绝大部分信息译工作了。

审美型艺术译或我所主张的"风格译"则是"复息"翻译，它要力求保留原文携带的（至少一部分）联想意义、风格意义、文化意义、互文意义、隐喻意义、音韵意义和情感意义，绝不能随便抛弃或过滤掉。从审美观点看，艺术性文本蕴含的显然是复息而不是单息，由于是多维的立体信息，其信息量比提纯了的指称性信息要丰富许多倍，因而是不可能通过狭窄的翻译"信道"全面传递的。译者要忠于原作的复息，但又不得不作艰难的权衡取舍，优选出最重要的风格信息，并在对原作艺术信息融会贯通的基础上，在译文重塑中设法体现原作者的风格特色和作品的艺术魅力。这就是艺术型风格译难度大于信息型语义译的缘故。又因为在各方面都可能有所取舍有所变通，体现比信息型线性翻译更大的机动性，所以艺术型风格译看起来近似"再创作"而与简单化的直译不同。本书"漫笔"所谈的主要是这方面的体验和探讨。

功效型（作用型）交际译如前所述，以超语言的实用效益为目的，不受语言文本信息严格约束，故在各种翻译中机动性最大，属于自由译。功效型翻译不仅允许，甚至往往还必须超出通常标准的翻译范围，不仅允许不忠实，甚至往往还必须不忠实于原文。例如法国超市 Carrefour 原意"十字路口"，译成"家乐福"与原意无关，是为投合中国文化心理而采取的归化译法；饮料品牌"Pepsi-Cola"（百事可乐）

中的"Pepsi"原意"消化"（源自希腊语的 pepsis），而植物名"cola"的标准音译应作"可拉"。但根据商业营销目的（超文本目的）却不能这样译，若忠实翻译成"消化可拉"，大概没有一个人敢喝，疑心喝了这样的饮料拉肚子。而用功效译法译的"百事可乐"却非常亲民，达到了效益最大化。这还远不是太大的机动，如果说"百事可乐"的翻译是"移位"的话，那么像影片名"Gone with the Wind"译作"乱世佳人"等翻译，其实就不是翻译而是另外起名了。还有文字游戏类的娱乐性文本，因机巧建立在字形字音或词义双关基础上，一旦脱离源语文字就无法成立，故用常规方式不可译，若要翻译也只能采用功效译法，在译入语中另起炉灶重写仿制，以求保持有效的逗乐功能。

所以，要论翻译自由度，功效型翻译首屈一指。与多数人的直觉相反，虽然艺术型风格译看起来机动性和变异性大于信息型翻译，实际上却比信息型更受限制，更不自由。因为信息型翻译只受词义的单维约束，而对表达方式则要求不严，只要正确传递指称信息而不歪曲就完成任务；艺术型翻译却要受原作复隐的多维制约，为了在译文中重塑逼真的艺术形象，达到多维艺术效果，不得不千方百计，费尽苦心，故实际上是三类型中最不自由的翻译。

功效型翻译虽然往往也含多维信息，却不要求与源文本对等。在功效译中，原作至高无上的王位已被推翻，"源文本"仅仅被看作译者的"信息来源"或"原料"，翻译产品不论在词义上、形式上、风格上均不受源文本约束和校验，而且强烈倾向于适应译入语文化。凡功效翻译都只求有效，不求等效。做好功效型翻译当然也难，但难度不在追求翻译对等上，而在如何制作能达到最大效益的文本的技巧和艺术上。

一位翻译家朋友赠我两本著作，一本《论信达雅》是讨论翻译标准的，另一本《对外传播学概要》是讨论外宣翻译问题的。我读后觉得十分有趣的是，前者所主张的翻译标准条条都不适用于后一本书，后者所述则处处打破前者的规范。因为后者谈的对外宣传属功效型翻译，不受所提翻译标准约束。作者自己却丝毫不感到两书之间有矛盾，因为在他心目中这本来是不相干的事。

还有在诗翻译中坚持直译词义信息的译家们，用他们的标准尺度衡量和批评我的译诗，因我所用的风格译方法无法纳入他们的框架，便认为飞白译诗中"逐字逐句直译的也不少"，但更多是"大胆的意译，有的地方简直像是改写"，对此感到大惑不解。其实是因他们的度量衡与我的不对号，所以无法作出正确描述。这都说明翻译类型不同导致标准之不可通用，也说明划分翻译类型确有必要。

这里讨论的"标准"不是主观设置的规定，而是社会实践形成的常规。根据各种翻译功能，不同的翻译方法和不同的常规评价标准是自然生成的。问题只在于我们应该正视和承认这一现实。

对我提这样的观点，有人诘难道："假如划分三型翻译，弄出三种翻译标准，那岂不是要天下大乱了吗？"

我对此的回答是："信达雅"是经典翻译引领的时代的产物，如今到了信息时代，翻译世界多元化了，单一标准已不适应翻译多功能的实际。乱象由此而生，为消除乱象就得承认不同翻译类型有不同的规范。比如说比赛篮球、足球、排球三大球吧，假如不区分三种比赛规则而要混为一谈，那么裁判就要不断地吹篮球球员"持球"犯规，吹排球球员"手球"犯规，吹足球球员"阻挡"和"连击"，判篮球球员快攻"越位"，判排球球体飞出边线就不准你把球在空中救回来，如此等等，那球赛还能进行吗？又比如人们日常用的锅、盆、瓢三件，分别用于煮饭、洗脸、舀汤，各司其职，混用翻译方法和评价标准就好比是要你用瓢煮饭，用锅洗脸，用盆舀汤，那可就真造成天下大乱了。这也就是目前许多翻译问题争执不清的症结所在。分清不同"球类"、不同"用具"，抛弃"一刀切"的简单思维，乱象才得以消除。

# 翻译的调色板

假如把上文说的翻译三类型比作色彩学的三原色，那么用这三原色就可以调出整个翻译世界的缤纷彩色。在每个具体的翻译个案里，单纯的原色翻译是罕见的，往往总会有些其他色彩掺入其中。

例如诗翻译是最典型的艺术型风格译，当然以艺术译法为主，但在诗翻译里既可能含有叙述和描述等信息译成分，更往往含有带文字游戏性质的功效译成分，如双关、多义、谐音等，局部要用信息译或功效译方法处理。在叙事文学里不待说了，信息译的含量更大；而戏剧类的表演性文本因须唤起观众的即时反应，含有较强的功效译因素。许多不同体裁的艺术翻译又各有其特殊的功效要求，如译歌词为了配上歌谱必须考虑字数、意群和顿，选字的声调也要与旋律一致或至少不相逆反；译电影则每句台词的长度要与原文保持一致，还要在"对口形"上花很大的力气，这就势必导致在词义上的灵活机动。

信息型翻译这一大类，包括论文、科技资料、说明书、新闻报道、教材、法律文本、外事商务等各种文件函件等等，其中往往同样含有艺术型和功效型翻译成分。例如不论属哪个学科，论文、教材或专著的撰写和翻译都须达到较好的文字水平（文字水平意味的就是文化和文学素养），而且即便是以传递信息为主旨的文体，也都含有不可或缺的风格要素。新闻报道的文学艺术性含量很高，特写类则是新闻和文学的联姻。我本人新中国成立初期在广州军区做过近十年军事兼外事翻译，知道工作中不但需要信息译的高度准确严谨和专业知识准备，也需要艺术译的修养和功效译的应变能力。广州作为中国南大门，当时是出入中国的主要门户，所以我担任过不少高层外事翻译，直到国家元首和政府首脑级。中外领导人讲话常会引用诗句、谚语，如果缺乏文学素养和艺术译能力，译者就会当场卡壳，这在高层翻译中是不容许发生的。而在较低层的外事翻译中，遇到更多的则是功效译性质的随机应变，并在交流双方间起协调润滑作用，假如中方主人偶有失言（包括说错对方姓名职务等的情况），对外事内行的译者也应把关改正或不译，避免尴尬失礼。有一次未能避免的尴尬使我印象深刻：外宾来自奥地利，中方主人不慎口误说成了"澳大利亚"，我当然不这样译，但人家不经翻译就已直接听出来了，并且反应道："对不起，我们是个小国，真太小了。"

功效译的领域也非常庞大，其中自然含有艺术译和信息译成分。如品牌和广告翻译的文采，在当今世界已越来越重要；影视片名需要艺术译的精心制作（过多的陈词滥调已经让人不耐烦）；宣传和演说要在功效译引领下，把各型的翻译手段全部用上，一样都不能少；基本属于功效译范畴的还有大量非正式场合的口译，这也需要译员具有较广的知识面、各型翻译能力和应变能力。

这样，翻译三原色调配出了一个七彩缤纷的翻译世界，三原色一样都不可少，缺了一种，就调配不出绝大部分彩色来。哪怕你说红色在世界上占的比例很小吧，但如果调色板上缺了红色，你还有什么本事调色啊？整个彩色世界就黯然失色了。诗翻译（或广义的诗性翻译）就处于这样画龙点睛的位置。记得在我任翻译之职的五十年代，虽然在频繁的政治运动中我的译诗成了罪名和批判的靶子，然而也正是我的译诗经验使我的外事翻译水平得到认可，在广州地区众多翻译人员中把我推上了外事第一线。高层外事翻译，缺乏文学素养是难以承担的。

雅各布森也对语言的诗性功能给予特别重视，他区分了语言六功能，但侧重的是指称功能和诗性功能两种，他指出：前者注重语言所承载的信息，后者注重作为艺术品的语言自身。值得指出的是，功效译虽然承担的是促使功能，但在文字技巧上却少用祈使语气，而也非常依仗艺术手段、诗性功能（当然不是实质上而只是形式上，因为诗性功能只关注诗的自身价值，而功效型文本关注的是诗外的实用价值）。

美国诗人麦克利什（Archibald MacLeish）有首著名的诗叫《诗艺》，诗结尾的警句是："诗不应指义，而应存在。"（A poem should not mean / But be.）这句话用词非常简明，但许多读者和译者都弄不懂这句诗说的是什么意思。其实麦克利什这句诗正是在区分指称功能和诗性功能。"指义"就是用作指称工具，其价值指向诗外的"所指"；而"存在"则是诗的自身价值。

为了形象化，我给研究生讲解这个问题时，拿出两个小碟子来演示。两个碟子的形状相似，一个是我初来云大时，在校园旁的园北路菜市场上三角钱买的普通碟子，功能是餐桌上装酱油的；另一个是我在巴黎圣母院二十五个法郎买的彩绘碟子，合人民币三十多块钱，里面绘有巴黎圣母院图像，其功能指向这作为艺术品的碟子自身，也就是不再用它装酱油了。

雅各布森说语言有自身的色彩音响特性，如谐音、双关，以及（欧洲语言的）性、数、格等语法形态花样。这些色彩对传递信息的认知功能往往并没有多少意义，像我的第一个碟子里虽然有简朴的花样，但碟子的功能是作为载体装酱油，釉彩花样被酱油掩盖掉是不要紧的；而在诗性语言中，语言的色彩音响却参与塑造形象和情感，从而显得十分重要，遂对单纯语义翻译形成抗拒，像我的第二个碟子里的艺术图像抗拒装酱油。这就是常说信息型材料可译而诗性材料不可译的缘故。所谓"不可译"就是用信息译的方法译不出，因为信息就是"酱油"，信息译就是"把酱油倒出来"，而从我的第二个碟子里倒不出酱油来。

语言学派和某些主张直译的译家说：我承认你那个碟子上画了画，但是碟子作为装调料的容器，画点花改变不了它的本质，永远是作为载体第一，艺术第二。但是文艺派或风格译派说：这个碟子是艺术品，我这里艺术才是第一位的，你那点宝贝酱油嘛，远没有艺术品重要。你再瞧瞧，为了表明它的功能转型，这碟子配有一副黑漆支架，好把它侧过来摆放使画面朝外，这么一来你就不好装酱油了。

两个碟子之争代表着翻译界中语言学派和文艺派的基本

分歧，其实反映的是翻译世界的多元性。

我认为，由于翻译世界的丰富多元，我们做翻译要多掌握几手色彩和笔墨。在调色板上最好要备齐三原色，并且善于调配，以便根据实际，画出色彩绚丽的景色来。

否则，不管什么对象都混为一谈，看作是同样的酱油，或一律按线性处理，或译成千面一色的灰度图，那岂不是可惜了？

# 韵里情深

　　我曾在论文《论风格译》[1]中提过"译者的透明度"问题，主张诗翻译不应标准化而应个人化，译者应努力把诗人原作的个性风格显现出来，实质上也即把原作诗艺的独特形式显现出来。这与流行的翻译方法大不相同，而相当于歌德呼吁的"第三种翻译"。歌德晚年倾心于东方诗歌，并在他的《西东诗集》中这样归纳了译诗的三种方法：

　　第一种是用朴素的散文来翻译诗，这种翻译取消一切诗艺特色，降解诗的激情，但对介绍外国名著（如史诗、诗剧）的内容在初始阶段有用。第二种是译者根据自己对外国作品内容的理解进行重制，将其纳入本国人习惯的形式，歌德称这种翻译为对原作的"拙劣模仿""改写改编"，他批评当时法国盛行的归化译倾向说："法国人翻译各种诗歌作品都用此法，正如法国人把外国词都读成法式发音，他们也以同样方式处理感情、思想，乃至客体对象。"显然歌德对此是不以为然的。歌德说，第三种翻译才是翻译的最高阶段，其目标是使译文和原文求同，"使得其评价不是代替他者，而是以他者为其评价"。但这种翻译必须克服最大的阻力，因为

---

1　见本书第四辑。

译者和原文靠得紧了，就多少要舍弃本国语言的特色，并从而产生出第三种本质，群众的口味必须逐渐提高和适应，才能接受。歌德说，第三种翻译最值得推荐的一点就是"逼近原作的形式"。歌德呼吁："是时候了，我们期待第三种翻译，因为这才能对得起各种语言，对得起原作的节奏、音律和散文的修辞风格。这种翻译将允许我们重新欣赏诗作，连同其独具的艺术特色，并使其真正为我们所吸收。"[1]

歌德说的三种翻译，其区别在于如何对待原作的形式：第一种翻译是直译性质的语义译，只介绍内容而干脆放弃诗的形式；第二种翻译是意译性质的归化译，特点是不尊重原作的形式而用归化形式代替之；第三种翻译则要求尊重并"逼近原作的形式"。为什么要提出这一要求呢？因为诗人歌德深知诗是情感的形式化，如果只译所谓"内容"而放弃或改变原作的形式，诗已几乎不复存在。翻译的困难在于：原作的形式是用源语（作者的语言）的材质塑造的，与源语血肉相连，剥离源语的同时也就剥离了原作形式，所以不可能要求译者"传达"原作形式，至多只能要求译者采用译入语的材质来模拟和"逼近原作的形式"。打个比方说，源语和译入语这两所屋子间，虽有一个翻译管道或"信道"相通，但口径狭窄。不具形式的沙子、水泥浆（例如科技资料）可以自由地通过翻译管道，但假如是一尊维纳斯雕像呢？由于其价值在于形式，就无法自由通过管道了，如要通过，就不得

---

1 Johann Wolfgang von Goethe, "from the 'Book of West and East'," *Translation/History/Culture: A Sourcebook,* ed. André Lefevere, Shanghai Foreign Language Education Press, 2004, pp. 75-77.

不放弃或改变原作的形式，把它打碎了倒进管道，但这样一来，尽管"内容"（砂石材料）犹存，雕像已不复存在。这是极其常见的译诗操作，这也是常言"诗不可译"的原因。提出"逼近原作的形式"，实际上是要求译者模仿着原作的形式，在译入语的屋子里，用新的材质和新的工艺重新塑造一个雕像，并使它能逼近原作的形式。但这种既费力成功率又极低的事，响应者寥寥。

译者当然有他的难处，当代翻译理论家纽马克解释了这种难处。与不在乎原作形式的奈达（Eugene Nida）不同，纽马克很在乎原作的形式（例如独特的词序和音响所承载的优美），他说译者应当"舍不得"原作的形式（jealous of the form），因为假如"歪曲形式，也就歪曲了思想"（他实事求是地补充了一句："部分的歪曲是不可避免的"）。但接下去他面对语义和形式的两难选择，终于表示：尽管"舍不得"，也还是不得不割舍形式。他说："在一篇有价值的文本中，语义的忠实毕竟是基本的，而在结构、隐喻、音响这三种美学元素中，音响（例如韵或辅音头韵）在重要性上大概得排位靠后，而韵也许是最该舍弃的元素：在一种语言里押韵已经是够困难而费尽心机的了，要想复制韵当然加倍困难。"[1]

所以我们看到：在常规诗翻译中，译者通常还是采用第一、二种翻译，或这两种翻译的混合，很少人会费心去设法"逼近原作的形式"，甚至设法去复制原作的韵（不是指在译文中随机地押韵）。

---

1 Peter Newmark, *Approaches to Translation*, Pergamon Press, 1981, pp. 64-67.

但由于韵在诗的艺术形式中占有非常重要的位置，韵里往往饱含着诗人深厚的情意，所以为了逼近原作的形式，有时译者还是可以向高难度发起挑战的。

俄罗斯著名女诗人阿赫玛托娃的抒情诗以表现隐秘的内心活动见长，抒写热烈的爱情及其劫数是她的一个重要主题。她用简洁完美的古典诗艺形式，表现复杂细腻的现代心理感受，如她自己所说，要把诗句中的每个词儿都安排得好像是"自古以来就站在这个位置上的"一样。她的这种主题、这种水晶般晶莹透彻的语言和真挚的风格，使她足以追步有"第十个缪斯"之称的古希腊女诗人萨弗，从而获得了"二十世纪的萨弗"的美誉。下面这首小诗，就是她诗歌珠宝库中的一粒小小的水晶：

> От других мне похвала — что зола,
> От тебя и хула — похвала.

即便不懂俄语的读者，也能从文字形象看到这两行诗如晶体般的形式美，甚至能从辅音"х"的四次出现与同韵词尾"-ла"的四次呼应中"听"到其音韵美。诗里的韵和情结合得难解难分，我作为译者当然更不能听而不闻，于是设法复制成如下的译文：

> 别人对我的赞美——不过是灰，
> 你的呢，就连诋毁——也是赞美。

诗中说的是情深处的悖论：别人的赞美对我一钱不值，而你的赞美不消说，哪怕是你的贬斥诋毁在我听来也是快乐的，你说我的诗很糟，也代表着你的关注。"赞美／灰"和"诋毁／赞美"这两组矛盾，不仅靠强烈的反义的张力联系着，也靠强烈的韵联系着，这张力才得以维持。张力是弓，韵是绷紧的弓弦。

在此例中我模拟了原诗给人强烈印象的辅音协调和韵式，用"灰"和"毁"的辅音"h"仿制同样发音的俄语辅音"x"，用中文"-ei"韵的四次呼应仿制俄语"-ла"韵。不过，中文的"-ei"韵与原文的"-ла"韵发音是不同的。如果要求译文"步原诗韵"，那就更属于海外奇谈了。但是这种不合情理的（准确地说是"合情不合理"的）怪事，我也实验过。

下面是苏格兰诗人彭斯一首爱情诗《歌》（*Song*）的原文及早已通行的一种中译文：


Yestreen I had a pint o' wine,

    A place where body saw na';

Yestreen lay on this breast o' mine

    The gowden locks of Anna.

The hungry Jew in wilderness

    Rejoicing o'er his manna

Was naething to my hinny bliss

    Upon the lips of Anna.

Ye monarchs tak the east and west,

    Frae Indus to Savannah!

Gie me within my straining grasp

    The melting form of Anna.

There I'll despise imperial charms,

    An Empress or Sultana,

While dying raptures in her arms

    I give and take with Anna!


Awa! Thou flaunting god o' day!

    Awa, thou pale Diana!

Ilk star, gae hide thy twinkling ray

    When I'm to meet my Anna.

Come, in thy raven plumage, night!

    Sun, moon, and stars withdrawn a',

And bring an angel pen to write

    My transports wi' my Anna!


(*Postscript*)

The kirk and state may join, and tell

    To do such things I mauna:

The kirk and state may gae to hell,

    And I'll gae to my Anna.

She is the sunshine o' my ee,

    To live but her I canna;

Had I on earth but wishes three,

The first should be my Anna.

## 歌

袁可嘉 译

昨晚上我喝了一品脱酒，

在没人瞧见的地方；

昨晚上安娜金黄的头

就放在我的胸上。

穿过旷野的饥饿的犹太人

吃着吗哪多么欢欣，

他也比不上我的艳福

当我吻着安娜的嘴唇。


君主们尽管东征西讨，

从印度河到萨凡那河；

我要的只是手臂一伸

就抱住安娜迷人的身体。

我可瞧不上君主的富贵，

不管是苏丹的妻子或女皇，

当我和安娜吻来吻去，

在她臂弯里乐得发狂。


走吧，你捣乱的白昼之神！

走吧，你狄安娜的苍白的光辉，

星辰们，快收起闪烁的光芒，

我就要去和安娜相会。

夜晚，展开黑色的翅膀来吧，

日月星辰一齐退隐；

且赐我一枝神笔来描绘

我和安娜的狂欢的心境！

（《彭斯诗钞》，上海文艺出版社 1959 年版，182 页。）[1]

译者袁可嘉是著名诗人和翻译家，熟练掌握诗歌技巧，他的译文是常规的诗体，译意较为自由，大体押韵，是中国读者习惯的格式，喜闻乐见的风格，总之并无异常之处。

可嘉先生为我素所尊敬，他对我也特别关切，我本来不敢班门弄斧；我之所以重译了这首诗，完全是因为我比绝大多数译家（包括纽马克本人在内）更为"舍不得"原作的形式，于是异想天开，想做个"逼近原作形式"的实验。

彭斯原作的形式特征包括英国民间的谣曲体、"抑扬格"的节奏、常规的交韵即"abab"韵式等，但这些都只是一般化的形式，是"这一类"形式而不是"这一个"形式。原作最鲜明最独特的艺术形式，"这一个"形式另有所在。只要把英语原作朗读一遍，听一听——诗是有声的艺术，诗的读者必须是听者——就一定能够听到并且感到：这是一首热情的诗，而诗的全部热情仿佛都凝聚在一个反复出现的韵脚

1 该诗第四节"附白"在袁译文中阙如。

里，这个聚焦感情的特殊韵脚是"安娜"。

原来 abab 韵式虽然普通，但这首《歌》的 abab 韵式却与众不同。单数行的 a 韵成对出现，换节即变韵，这是符合英语诗常规的；双数行的 b 韵则居然通篇押"-anna"韵不变，这种"一韵到底"的形式，虽在汉语诗和西班牙语诗中习以为常，在英语诗中却十分特异，不仅如此，而且这个 b 韵还与"安娜"的名字交替押韵，全诗十六个 b 韵中，用了八个其他的"-anna"韵词，逐一与八次重复的"安娜"名字押韵。同词重复押韵本来是个大忌，但彭斯这个韵押得多么好啊！它不仅是民歌体复沓手法的运用，而且"安娜"的每次出现又并非附加的衬词赘语，而是诗句中不可缺少的有机成分。这个韵的每一次重叠，对安娜的每一次呼唤，都把诗情加强到一个新的浓度，并且充分体现出彭斯热情开朗的胸怀和狂放不羁的个性。"韵里情深"是彭斯这首《歌》的鲜明特色。

由于汉语与欧洲语言的句法词序有巨大差别，若按语法作常规翻译（不论是语义译或归化译），则原文安排在行末韵脚位置上的"安娜"一词会全部移位，几乎一个也不可能留在行末，这种常规现象我们在袁译文中已经看到了。但原作用"安娜"名字押韵的这一形式是如此特色鲜明，它的热情和韵味给人的冲击又如此强烈，从第一印象开始我就明白：无论如何不能把它"过滤"掉，而要努力使它在译文中得到显现。由于这个形式太重要了，尽管奈达说过，"在语音层面上，译者一般都要毫不犹豫地作根本调整"，尽管纽马克说过，"韵也许是最该舍弃的元素"，我还是做了这件悖理的事：我宁肯把汉语词序全部倒装，也要优先保留这个韵，同时对其他形式特点也作适当兼顾。结果如下：

## 歌

飞白 译


昨夜我喝了半升酒，
　　谁也不知道我藏在哪，——
昨夜枕着我的胸口
　　躺着我金发的安娜！
当犹太人在荒野挨着饿，
　　欢庆上帝赐给"吗哪"，
福气哪里比得上我，
　　当我吻着我的安娜！


国王们尽管去东征西讨，
　　从印度河到萨凡那，
而我只求紧紧拥抱
　　全身在溶化的安娜。
我瞧不上皇宫里的娇娥，
　　管她是皇后，苏丹娜，
我们得到的是销魂之乐——
　　安娜给我，我给安娜！


走开，你招摇的日神，
　　躲开，你苍白的狄安娜！

请每颗星星遮起眼睛，

　　当我去会我的安娜。

让黑夜披着羽衣飞来！

　　日月星辰咱都不要它；

只要一枝神笔来描写

　　两情相欢——我和安娜！


（附白）

教会和政府会联合起来

　　禁止我干这干那，——

教会和政府可以去见鬼，

　　我还是要去见安娜。

在我眼里她就是阳光，

　　我生活不能没有她；

要是我能有三个愿望，

　　第一个就是我的安娜。


（《诗海·传统卷》，漓江出版社 1989 年版，299 页。）


　　这个译文的全部力量都放在逼近独具风格特色的原文形式上，而首要任务就是保留以"安娜"为主韵的这一特色。这就意味着要"复制"原诗的韵，或者说要跨语种而"步原诗韵"。做这件有悖常理的事当然要付出代价，例如：我保留了原文中与"安娜"押韵的全部洋名词，如"吗哪"（上帝赐给落难的以色列人的食物）、"萨凡那"（北美的河名）、

"苏丹娜"（苏丹的后妃或公主）、"狄安娜"（月神），从而使译文带有也许过浓的洋味；我保留大量英语句法，特别是时间状语和地点状语后置，这对汉语而言是明显的"他者"风格；我将大多数汉语句子的词序都作了倒装，不但把"我和安娜互相给予和取得"拆成"安娜给我，我给安娜"，甚至还把"我和我的安娜的激情"倒装成"两情相欢，我和安娜"！但由于抓住原作形式寓情于韵这个主要环节，所以当我给听众朗读这篇译文时，普遍反映是它成功地做到了"逼近原作形式"，而对异化的倒装句大家并无觉察！——逼近原作艺术形式的效果掩盖了"洋味"和倒装。

脱离源语的材质而求逼近原作的形式并非易事。因译语和源语材质不相似，译诗不但不可能"面面"都似，就连抓住"一面"都难。究竟什么叫做"神似"？我以为，所谓翻译对原作的神似，就好比是画家画像能准确捕捉到此人一两个最有个性的特征。那么，哪怕画的是变形的漫画，也能把一个人画得活灵活现，一眼就认得出是他。译者也是如此。如能准确地抓住原作形式的一两个突出特征，就可能译出"神似"的感觉。相反，要是你拘泥于原作的字面亦步亦趋，结果却可能译得面目全非。

因为每件作品都不相同，翻译要捕捉原作的什么特征，就没有一成不变的窍门，没有一定之规。译者必须自己感觉出或悟出每个诗人、每首诗独有的特色来并加以模拟。只要你看准找准了，得其一二，就已成功了一半。

# 诗是用词儿写成的

译诗人豪斯曼（A. E. Housman）的名作《樱花正值最美时》，碰上的一个平常词儿成了拦路石，几乎造成"不可译"。这个词儿并不是什么偏词怪词，而只是诗人顺手拈来的一个"score"。普普通通的百姓语汇，有什么奥妙以至于那么难译甚至"不可译"呢？大家知道，score 这个词的两个基本释义是"记分"和"二十"，此外还有"刻痕"之解。在此诗中它是当"二十"这个数目使用的，词义浅显并不难解。可是奥妙正在其中。

我们不假思索就会知道："人生七十时间短"这么个概念，或"七十减二十等于五十"这么个计算题，都不能构成诗。前者实在是太陈词滥调了，难以翻出新意；后者属于初级算术，更挤不出什么韵味来。

但豪斯曼在《樱花正值最美时》中玩了一点词语游戏，利用 score 这个词儿，把 $70 - 20 = 50$ 这道算术题变化成 $(20 \times 3 + 10) - 20 = 50$。这不仅是在辞藻上变个说法而已，因为 score 并不是简单的数词，它是个名词而且还具有文化底蕴，究其词源来自古代的刻痕记数。古人应当和小孩子一样，都是掰手指头记数的（要不然就不会有十进制），手指不够用了估计得把脚趾用上，脚趾头也数完之后没法再加了，所以要以二十为一个记数单位，每数到二十，就在树干上刻一道记号。正是悠久的历史积淀，为单薄的数目增添了文化厚度。豪斯曼靠这个字眼的灵巧运用，居然在陈旧概念和简单算式基础上生成了一首清新可诵的好诗，并成为传诵不息的名作，不愧是化腐朽为神奇。这印证了马拉美的一句名言。——有一次画家德加向马拉美请教写诗问题。德加说："我缺少的不是想法……我的想法其实太多。"（Ce ne sont pas les idées qui me manquent… J'en ai trop.）马拉美回答道："可是德加呀，用想法可作不出诗来。……诗是用词儿写成的。"（Mais, Degas, ce n'est point avec des idées que l'on fait des vers… C'est avec des mots.）

对此问题，中国诗人应当更有体会，不然就不会流传下来那么多"推敲"之类的炼词炼字故事。王国维谈诗举例，也说："红杏枝头春意闹"，着一"闹"字而境界全出；"云破月来花弄影"，着一"弄"字而境界全出矣。真是差一个词儿一个字儿都不行。

既然诗是用词儿写成的，那么译诗时如果找不到适当译法，一个关键词也就成了拦路石。翻译豪斯曼这首诗提供了一个典型案例。为了讨论的方便，先把豪斯曼诗原文和我完成的译文列出来：

> Loveliest of trees, the cherry now
> Is hung with bloom along the bough,
> And stands about the woodland ride
> Wearing white for Eastertide.

樱花正值最美时，
树披盛妆花满枝，
为复活节期穿白衫，
林间路旁全排满。


Now, of my threescore years and ten,
Twenty will not come again,
And take from seventy springs a score,
It only leaves me fifty more.


派给我一生七十岁，
有二十年已一去不回，
把双十年华一扣除，
仅剩半百是我余数。


And since to look at things in bloom
Fifty springs are little room,
About the woodlands I will go
To see the cherry hung with snow.


五十个阳春要观花，
回旋余地真不够大，
且去林中作忘情游，
看樱花如雪满枝头。

（《樱花正值最美时》，飞白编译，
湖南文艺出版社 2015 年版，213 页）

现在再来回顾翻译中遭遇的拦路石。译这首诗碰到的难题就出在算式里的那个 score 上：由于中文没有对应于 score 的词儿，也没法把"threescore years and ten"简洁地译出来，豪斯曼的算式变化就成了一块"不可译"的石头。假如按"翻译常规"这不成问题，面前明摆着只有两个选择：要么是直译为"三个二十年加十"，要么是把（20×3+10）的式子算出答数后，简化译作"七十年"。但前者不但累赘，在中文里听起来还全然无理；后者则直白无趣，把一句诗挤干到只剩了渣子。总之不论选哪个，诗意话语都被"还原"成算术话语了。如译者不采取适当措施加以补救，译出来的是这副干巴巴的可怜相：

> 现在，我一生七十中，
> 有二十将不再回来，
> 从七十春里减二十，
> 仅剩给我五十。
>
> 为了看开花之物，
> 五十春的空间很小，……

这读起来可真不大像诗，说它是诗还不如说是小学算术课本上的例题。译文读者不禁纳闷：这诗究竟好在哪里呀？要知道，这首《樱花正值最美时》是豪斯曼最受读者喜爱的抒情诗，豪斯曼去世后，怀念他的人们还特意在他坟头种樱花树以伴诗魂。一道算术例题，承载得起这么深的情感吗？

原来，富有情意的诗性语言一旦"信息化"，转换成算术语言，就变得全然枯干无趣，意境也丧失无遗了。虽说在原诗中 score 这个词儿大概还称不上"诗眼"，但要是剜除了它，这首诗可就全"瞎"了。于是 score 一个词儿的不可译扩张成了一首诗的不可译。

　　Score 这块顽石拦在这儿，能不能想办法绕过去呢？嗯，绕过去应该是可能的。我们知道，遇到这类情况，翻译学中素有"补偿"（compensation）之一法。钱锺书说："盖失于彼乃所以得于此也。"[1] 又说："故译笔正无妨出原著头地。"[2]。当然，按我的主张，使用补偿法一定要慎重，所谓失之东隅得之桑榆，并不是说翻译中在这里丢失了一块，在别处随便打个什么补丁就可以补回来的。若是假"补偿"之名对原文随意修改或增益，那就该吹你球场"越位"了。我主张，译者所作补偿最好与原来丢失的东西属同类项，具有相关性和一定的替补功能，像足球场上撤下一个后卫就该换上一个后卫去替补那样。

　　既然中文没有 score，我们得找找看中文本身有什么同类资源，当然最好是富于文化积淀的资源。诗苗的成活是需要文化土壤的，而我们知道中文的文化土壤特别丰厚。一找，有了：在中文里二十岁不是可称作"双十年华"吗？这既与 score 相关，又富有文化色彩，是大可利用的资源。但是凭此还不大够补偿，因为虽然"二十／双十"的变化稍稍弥补了 score 的损失，但凭它还变不出算式的花样来，还得

---

1　钱锺书：《管锥编》，中华书局 1979 年版，1263 页。
2　钱锺书：《谈艺录》，中华书局 1984 年版，373 页。

继续找。对了，中文里还可称五十岁为"年满半百"。这比简单的数词"五十"有深得多的文化厚度，而且还可以对变化与丰富算式作出贡献，你瞧瞧：$70 - 20 = 100 \div 2$！

至此我知道，凭借模仿豪斯曼的"有意味地变化算式"技巧，此诗"不可译"的魔咒可以破解了。而且顺带还有个意外收获，就是豪斯曼的"仅剩给我五十"，若译作"仅剩半百"，效果强度会超出原文的表述，因为这恰好是中文"年满半百"这句习语的反用，给人的情感冲击力因其"陌生化"处理而成倍放大。

这样一来，"失之东隅得之桑榆"的目的已可实现，"数字化"的嚼蜡之味得以消除。而且用上这些算式还能像在原诗中一样，因其"跨界入诗"而生出新奇别致的风味。

# 译者的阐释

　　学校上课要出考试题，除了作文题外，是非题、选择题等都要求出题是非分明，具有排他性。如果不小心弄出没有唯一正解的情况，那就是老师出题不当了。但是求唯一正解只适用于简单问题，较复杂的情况需要思考和阐释，那就不是是非题、选择题能解决的了。连一道代数题都可能有多解呢，何况是人文学科。

　　诗翻译属于复杂问题，涉及的是阐释。阐释学最早的起源，大概是对占卜和梦的阐释了。有个民间流传的释梦故事说：一个秀才已经是第三次进京赶考了，住在他常住的客店里。考试前他做了三个梦：一个梦是他下雨天戴着斗笠还打着伞；第二个梦是他在墙顶上种白菜；第三个梦是他和恋慕的女郎背对背躺着。秀才连忙找算命的释梦，算命者说：您哪不必考了，收拾回家吧！戴笠打伞意味着"多此一举"，墙上种白菜是"白费劲"，和恋人背靠背当然是"没戏了"。秀才听了心灰意冷，收拾行装就要离店回家。店主人了解原委后，却给他作出第二种阐释：戴笠打伞就是"双保险"，墙上种白菜就是"高种（中）"，和恋人背靠背意味着"翻身的时候到了"。秀才听了大受鼓舞，考试居然高中。

　　这个故事里梦境的"留白"是刻意编排的多义性意象，

译诗遇到的"留白"不见得包含这样鲜明对照的歧义，但其多义性往往更为开放和深远。如我一贯强调的，译者译诗时，首要的不是如何消灭多义性和填死"留白"，而是要发挥艺术才华，尽最大可能保留诗中多义性的"留白"。然而，如帕尔默所说，"诠释也许就是人类思维最基本的行为；实际上，生存本身就可以说是一个持续不断的诠释过程。"[1]不论读者或译者，都是原诗的解释者。阅读的本质是"解读"，翻译的本质是"重写"，译诗总会带译者阐释的色彩；为了跨越文化屏障，许多必要的阐释又是不可缺的，这使得某些在原文中隐含的信息在翻译中得到一定程度的"显化"（explicitation）。译者虽然要注意防止解释过度，但首先也得让读者能够跨语言跨文化去解读原作，在此前提下诗中的留白对读者才会有意义。阐释显化和保护留白间存在一定的矛盾，所以诗译者的微妙工作就是要在阐释和留白间保持最佳平衡。

译诗是对诗的阐释，每个译者的解读又与他的"前理解"相关，因而带个性色彩，那么不同译者的阐释自然就不尽相同了。要求译者免除语法误译和文化误译是可能的，也是理所当然的；要求译者免除阐释而译得绝对"客观"则是不可能的，而且是无理的。诗是开放空间而不是简单代数题，没有谁能给出"标准答案"，别说译者不能，作者也不能。

试以豪斯曼《西什罗普郡一少年》中的一首诗"Is my team ploughing"为例，这是诗的原文和两种中译文：

---

1 帕尔默：《诠释学》，商务印书馆 2012 年版，20 页。

"Is my team ploughing,
    That I was used to drive
And hear the harness jingle
    When I was man alive?"

Aye, the horses trample,
    The harness jingles now;
No change though you lie under
    The land you used to plough.

"Is football playing
    Along the river shore,
With lads to chase the leather,
    Now I stand up no more?"

Aye, the ball is flying,
    The lads play heart and soul;
The goal stands up, the keeper
    Stands up to keep the goal.

"Is my girl happy,
    That I thought hard to leave,
And has she tired of weeping
    As she lies down at eve?"

Aye, she lies down lightly,

　　She lies not down to weep:

Your girl is well contented.

　　Be still, my lad, and sleep.


"Is my friend hearty,

　　Now I am thin and pine,

And has he found to sleep in

　　A better bed than mine?"


Yes, lad, I lie easy,

　　I lie as lads would choose;

I cheer a dead man's sweetheart,

　　Never ask me whose.


## 我惯于使唤的牲口

### 飞白 译

"我惯于使唤的牲口

　　是否仍在犁田？

我听惯它们的铃铛

　　当我还活在人间。"


是的，铃铛仍在丁当，

　　牲口仍在犁田；
一切如常，尽管你已躺在
　　你犁过的土地下面。


"在那河边的滩地
　　是否仍比赛足球？
如今当我已不能立起，
　　青年们是否仍追皮球？"


是的，皮球照常在飞，
　　青年们仍鼓足劲头；
球门仍立着，门将仍立着，
　　努力把球门把守。


"我的姑娘是否幸福？
　　我对她真难以割舍。
到晚上她躺下来安睡，
　　是否早已经哭累？"


是的，她躺下得轻松，
　　并不是躺下来流泪：
你的姑娘心满意足。
　　安心吧，朋友，安心地睡。


"我的朋友是否健康，

当我已枯萎凋零？
他可曾找到一张好床，
　比我的更为温馨？"

是的，我舒适地上床，
　做青年人爱做的事情；
我抚慰一个死者的对象——
　切莫问她是谁的恋人。

（《诗海游踪》，飞白著，
浙江工商大学出版社 2011 年版，235 页）

我的马匹耕田吗

周煦良　译

"我的马匹耕田吗？
　那我常赶着的牲畜，
我爱赶起听辔具作响，
　当我还是人活跃。"

哎，你的马踏着，
　你的辔具丁当响，
你耕的地丝毫没有变，
　虽则你往地下一躺。

"孩子们玩足球吗?
　沿河边一如平日
皮球被人赶去又赶来,
　我啊再不能挺出。"


哎,皮球踢上天,
　孩子们玩得真起劲,
球门挺着,守球门的人
　挺出身来把门护定。


"我的女伴快乐吗?
　我和她真难割舍,
她是不是已经哭倦了
　当她到晚来安睡?"


哎,她轻松睡下了,
　她睡下没打算哭,
你的女伴她很趁心呢,
　别响了,孩子,睡觉。


"我的朋友他好吗?
　我啊是又瘦又憔悴。
他有没有找到地方歇,
　比我这一席地好睡?"

孩子，我躺得很适意，

　　我干的事人人会，

我逗一个死鬼的情人，

　　你莫问她是谁。

（《豪斯曼诗选》，周煦良译，

外语教学与研究出版社 2014 年版，77、79 页）

　　两种译文都没有误译，也没有填死诗人留给读者想象和思索的留白，如从风格上考察，也都努力模仿了豪斯曼的典型风格。但不出所料，在译者阐释方面出现了差异，这种差异在倒数第二行诗中得到聚焦。虽然差异是修辞上的，而且严格说来，出现明显差异的地方其实不多，只有一个动词和一个名词：动词 "cheer" 在两种译文里分别译成 "抚慰" 和 "逗"，名词 dead man 里的 "man" 分别译成死 "者" 和死 "鬼"，但这区区两个词的修辞（色彩）差异，却导致全诗情调和阐释完全两样。

　　我的译文蕴含的译者解读是这样：

　　我觉得这首诗含有两层意味。第一层意味是随着一个人的死去，对他而言当然一切都根本性地变了，可是对世界而言却居然一切如常！哪怕你在世时是个不可缺少的人，比如说在本村足球队里你是主力队员，在恋爱中当然更是不可替代的人，但少了你之后生活照常进行，不受影响，不仅是耕田，也包括球赛和婚恋。

　　诗中的死者在一层一层地提问，起初他提的问题，所得答复都是"一切如常",没有变化,到末了却显示了重要变化。其实开始的"一切如常"中已经含有伏笔:既然犁田的组合中可以没有他,既然足球队的组合中可以没有他,那么顺理成章,在爱情的组合中当然也可以没有他了。这是无变化和变化的二重奏:对世界而言一切如常,但对死者而言他的位置已被取消。诗人从生活中发掘出这一反差,把它聚焦,形成强烈对照,再加上戏剧结构和语调,把生活中常见的事陌生化,从而使读者不得不投入存在哲理的思考。

第二层意味就是从这张力引发出来的感慨。这是一首戏剧诗,作者处在幕后不表态,在展示剧情时态度似乎是超然的,但他在貌似超然中表现了他的爱心,这片爱心很宽广,不是个人的私心。我觉得作者对那位活着的朋友并没有谴责的意思,但读者肯定感觉得到作者对死者的(也是对人的普遍命运的)深深同情。不错,豪斯曼生在十九世纪末西方发生信仰危机之后,他是悲观的,但也是满怀同情的。这种抒情意味正是本诗的独特的语调传递给我们的。

在本诗中作者的语调很复杂,既含讽刺又更含悲悯。诗中那位活着的朋友的内心和语调也很复杂。其实他并没有错,但他对死者还是怀着不安和愧疚。这可以比拟电影《珍珠港》中一对战友的感情(在好友牺牲后,生者抚慰了死者的恋人)。此诗的语调的确含有讽刺:作者对活着的朋友和那位姑娘都作了讽刺,但我觉得这讽刺是相对温和的,不是谴责,而是含泪的微笑。诗人的主题不在这里。你看,死者问的是:"我的姑娘是否幸福?她是否哭累了?"莫非他盼望他的姑娘永不幸福?莫非他盼望他的姑娘永远哭泣而无人抚慰么?

据文本分析，周煦良译文蕴含的译者解读可能是这样：

豪斯曼是个悲观主义的诗人，他可说是看破了人间一切，觉得人间了无生趣。这首诗描写世事无常，恋人、好友一齐背叛，正是人间万事的一个缩影。诗的核心在于揭穿这个"好友"。不必多说，从一个"逗"字就可看出端倪，此人有点流里流气，不怎么正派。以此推论，他早先就心怀叵测，只是死者太老实了，不但生前浑然不觉，到死后还真心关切他的好友，未看穿此人的真面目。进一步不难推定诗人此诗的主旨，是揭穿和讥刺社会上的尔虞我诈，人心叵测。这种事不仅诗中的这位好友会干，而且他不是还说了吗："我干的事人人会。"这不仅是此人的说词，而且也代表着诗人自己的观点，代表着诗人对人世非常失望。

两种阐释情调迥异，似乎南辕北辙。那么能不能判明谁是谁非呢？很难。两种阐释都不能说是偏离原文，也不能说是误解了作者抒发的情感。豪斯曼抒发的情感浩茫无边，诗末余下的是巨大的"留白"空间，留给读者去填空。因为留的空间足够大，就容许不同倾向的阐释成立。一方面我们看到豪斯曼的悲观主义，看到他对世界冷嘲热讽，时而可以达到"刻毒"；另方面我们也看得到豪斯曼的悲悯情怀，看到他的冷嘲热讽里含有巨大的悲伤和同情，所以他用词可以"刻毒"，但内心绝不刻薄。因此在我个人看来，在这首诗的棋盘上要下"死鬼"这个词或这步棋子，实在有点重了，在我是无论如何下不下去的。我从译豪斯曼的《地狱之门》等诗中也感到，他对人生和友谊都还抱有积极态度，并不是一味地消极。但这是个见仁见智的问题，是译者与作者的对话，也是存在意义的多方面揭示。它所说明的是：不同于科技翻译"一是一，二是二"的"是非题"，诗翻译却是无法按"标准答案"判卷的思考题。

读者（包括译者）有不同的感受和解读是完全正常的，这体现了诗的基本特性："留出空白"和多义性。"诗无达诂"不能理解为不辨是非的相对主义，而是说在一定程度上，诗的意义必须由作者和读者共同完成，其中就包含了读者的理解和"前理解"，即读者与此相关的全部生活和文化积累。诗由此导引读者进入艺术而见到他自身的存在。

# 试解不解之谜

托伦斯的《亚当辞世》是我喜欢的诗之一，因此也乐意翻译。在此诗中，托伦斯充分发挥了他风格的特长：一方面是他对生活有细腻入微的体验和深切的人道主义关怀，另方面则是他对诗的音乐性和节奏感有特别敏锐的耳朵。但也正因其蕴意丰富和音乐性强，译这样的诗构成很大的挑战。

作为译者，我是喜欢挑战的，尤其是语言的高质量和独特性构成的挑战，因为这种挑战每每能在"诗不可译"的悬崖陡壁间开辟"可译性"的攀岩小径。正如本雅明（Walter Benjamin）在《译者的任务》一文中所说，可译性取决于原作的水平，即原文语言的质量和独特性。一篇原作的"语言的质量和独特性越低，其作为信息的程度越高，它对翻译而言就越是一块贫瘠的土地"，相反，"作品的水平越高，它的可译性也就越高"。这里说的"高"当然并非指"容易"。

让我们——译者和读者（译者也是读者）一同攀岩，试着边读边译这首诗。

在《亚当辞世》中，诗人借亚当之口，试解人生的悖论或斯芬克斯的不解之谜。亚当——人的代表——从乐园的混沌贬落尘世受苦受难，到最后辞世之时，他会怎样回顾一生？他对受苦受难的一生会如何评价？这可是个世界上分量最重的问题。谁敢替亚当来回答，需要有大气魄，大胆识。

原文诗题 *Adam's Dying*，其中动名词"dying"指的是亚当临死辞世的过程，与名词"death"颇有差别。假若诗题是 Adam's Death（亚当之死），表明此诗是在客观化地描写一件事实；而诗题选用 Adam's Dying，则表明此诗是在主观化地描写亚当垂死的心理活动。在我听起来，名词"death"就像一块生硬的石头，动名词"dying"则像一条潺潺的河流，感觉是迥然不同的。现在诗题译文选用动词短语"辞世"，着重表现的就是亚当作为主体的一种行为，一种态度。

诗开头，亚当的感受非常自然，合乎逻辑：人贬落尘世是上帝的惩罚，是承受最大悲苦。他不但失去乐园，遭受磨难，还要面对死亡，这不是虚幻的梦，而是始终笼罩在他头上的严酷现实：


Adam's Dying

R. Torrence


He dreamed first

Of what seem

The things worst

In the dream:


The lost bower,

The grave's drouth,

The sword's power,

The worm's mouth.

亚当辞世

飞白 译

他先梦见
坏的事物,
能梦到的
最大悲苦:

失却的园,
干枯的墓,
刀剑的戮,
蛆虫的腹。

　　这里先要插叙一笔,讨论一下这首诗的独特节奏。英语
原文用的格律是"抑扬格二音步",第二音步省略轻音节,
只剩单个重音,从而形成了"抑扬、扬"或"轻重、重"的
二音步三音节节奏。偶尔,第一音步也省略轻音节(如下文
中的"Eve's breast"一行),只剩了"重、重"两个音节,
但"二音步"节奏不变。结果,每一步都仿佛承载着高度浓
缩的思想的分量,使人不论朗读或默读都快不起来,这是
擅长风格的托伦斯的独特设计。这种节奏,在以五音步十音
节为常规的英诗中真够得上是惜墨如金,极端简约!我们知
道,即便以简练著称的中国诗,通常至少也要四言、五言,

两三个音节一行的情况同样十分罕见。

我的译文采用了四言体。因汉语诗律没有"音步"概念，卞之琳提出的翻译方法是把两字"顿"或三字"顿"当作音步来使用，那么，我采用的四言体相当于"二音步"，与原诗节奏基本对应。当初也曾考虑译成三言体，这也相当"二音步"，而与原诗的三音节诗行更为近似（但仍不能称为"对等"，因为中文三言句的逻辑重音是"重轻、重"，不像原文节奏）。不过我稍一试验，就发现这样一来，译文的《三字经》味道太重了，在中国文化背景（或曰"互文性"）中流露出一股说教气息，不适于抒写亚当辞世的豁达胸怀。不仅如此，若译为三言诗，势必要纯用文言，显得与当今现实脱节，从风格角度考虑也远不如古今通用的四言诗；只有在四言诗框架中，我才能大量运用白话汉语的"的"字结构，来仿制原诗中大量的英语所有格"-'s"结构句型，这本来是此诗在风格学上的一大特色。

亚当并没有在痛苦中沉溺。他超越苦难，梦见了尘世中的好的事物。我们知道，梦中常常重现以往经历，这里亚当的"梦见"也非虚拟，实际上就是他一生图像的快速回放：

> He dreamed last
> Of good things:
> The pain past,
> The air's wings.
>
> The seed furled,

The stirred dust,

Sight's world,

The hand's thrust.


然后梦见

好的事物：

空气有翼，

带走痛苦。


泥土翻转，

种籽卷舒，

眼里世界，

手里的锄。


　　不同于乐园里的惰性存在，人在大地上开始了作为劳动者的真正生活，"好的事物"便从自力更生开始。这两节诗写亚当耕种的图景，歌颂劳动和自然，有如陶渊明的"有风自南，翼彼新苗"，带给我们春风拂面般纯朴清新的气息。

　　这里我们再插叙一笔，说说此诗的韵式。原诗韵式是英诗常规的"abab"（即每小节一三行押 a 韵，二四行押 b 韵），每节换韵。我的译诗为了逼近原作的形式和输入外来表现方法，通常比较严格地遵照原诗韵式，但在译此诗时一反常规，没有沿用 abab 韵式，却采用了归化中国诗传统的"xaxa"，一韵到底，全诗跟随首节的"物—苦"押韵（在新韵部里为"姑苏"韵，但以仄声韵为主，因主题较为严肃沉重之故）。这也是比较了效果优劣而作的选择。

比较的背景是：英语同韵词数量很少（平均每韵七个词），所以押韵必须每节换韵，成为英诗常规；又因为英语音韵形式繁复多样，每韵重复一遍（仅出现两次）就足以互相呼应，留下鲜明印象，而在中文里一个韵往往需要多次重复才行。所以一韵到底的现象在中文诗歌中是常规，在流行歌曲中甚至行行同韵（作"aaaa"式）；而在英语和其他欧洲语言中却几乎找不到一韵到底的（西班牙谣曲押宽泛的元音韵，大概是唯一的例外）。

由于《亚当辞世》诗行特别短促，中译文若也按abab韵式每节换韵，就会给人跳跃性过强、情绪急躁不安的感觉，而这种感觉在本诗的英语原文里是完全没有的。在这种特殊情况下，克隆原诗韵式就不是明智之举了，而选择归化式的一韵到底，倒与诗中亚当的心态更为合拍。我的译诗主张是尽力模仿原作风格，逼近原作的形式。但所指的是总体的模仿，每个细节笔触的处理都得服从这一总体。

我们不得不花篇幅来研讨诗的形式及形式在译文中的重塑，因为艺术是情感的形式化；"语言的质量和独特性"寓于形式之中，一首诗的真正内容或诗性内容也寓于形式之中。诗与"作为信息的程度"高的文本（即其功能在于传达信息的文本，如新闻报道或科技说明书）性质完全两样：后者是可流动的信息，是"液体"，不太讲究形式，好比一瓶可乐，不论你倒进杯里或碗里，它的内容或信息量不减，都仍然是可乐；而诗却是"固体"的，不能剥离形式，好比一尊维纳斯像，只要改变其比例、歪曲其五官形象，尽管塑像的大理石"内容"不减，诗或艺术已不复存在。

而由于译文是在译入语文化环境中的重塑，关涉到译入语读者接受的形象，就愈增其复杂性。

话说回来，因为我选用"物—苦"韵贯串全诗，受此限定，个别韵字的选择从音韵角度考虑较多，而在词义上便得稍作机动。如原诗第二节末行的韵词"mouth"，本来是蠕虫的"嘴"，我译作了蛆虫的"腹"。反正都是隐喻死亡，且后者在中文里达意效果更好（所以，虽是考虑音韵，又不完全是考虑音韵）。原诗第四节末行的韵词"thrust"，本来意思是"猛然用劲"，我译成了手里的"锄"，把动作置换为工具，比原文具象化了，原因也是一样。（按：原作者用"thrust"是为了与"dust"押韵，这在英语中虽非险韵，可选的韵词也为数寥寥，如just、must等还是虚词，用不上的。）在这一节里，我破例地用了两个平声韵"舒"和"锄"，以衬托诗的情调从苦难压抑向光明开朗的转变。中国现代诗韵不拘平仄，但中国耳朵对平仄依然敏感。


Thought's birth,

The mind's blade,

Work's worth,

The thing made.


The wind's haste,

The cloud's dove,

The fruit's taste,

The heart's love.


思想发芽，
心灵拨雾，
劳作的值，
制成的物。


风的奔驰，
鸽的飞舞，
果的甜美，
爱的热度。


　　脱离乐园的混沌昏昧后，在劳动中诞生了人的思想，这
是崭新的事物。心灵从此睁开了眼睛。这里，既是为音韵，
又不全是为音韵的缘故，我把具象的"blade"（心灵的"刀
锋"）译作了心灵"拨雾"。——这次是作了一个反向机动，
把工具置换为动作，换回来了。（按：翻译学中素有"补偿"
［compensation］一法，好比是在市场上，这次交易中赊欠
的，该在下次交易中偿还。）在诗和语言中，工具及其功能
构成一对借代关系，从而有了互换的基础。
　　这几节诗，作者写尘世之福惜墨如金，只用这么区区数
语，充分呈现出生活的美好，真显出言简意赅的笔力。


The sky's dome,
The sun's west,

A man's home,
Eve's breast.

The wave's beach,
The bird's wood,
Dreams, each,
But all good.

天拱穹窿，
日赴西途，
男人的家，
夏娃胸脯。

浪打沙滩，
鸟归林木，
数梦历历，
都似有福。

　　时光飞逝，生命有涯。"天拱穹窿，日赴西途"的宏伟
壮阔，体现了亚当走向终点时的坦荡胸怀；"男人的家，夏娃
胸脯"的温情缠绵，又传达出他贬落凡尘后培养起来的爱和
承担、责任和归属。面对斯芬克斯之谜，亚当起初实在难以
回答，故而延宕至今，临到再也无可延宕之时，他终于拿出
真正男子气概，直面难题，作出了自己的回答：
　　既然坏的事物与好的事物一定要捆绑销售不可分割，那

么我愿欣然承受，并且对它作出是"福"的总体评价！

"浪打沙滩，鸟归林木，数梦历历，都似有福。"——这催人泪下的句子，是全诗情感聚焦之点。矛盾心绪浓缩其中，万般纠结在此化解，正像龚自珍吟的"未济终焉心飘渺，万事都从缺憾好"，亚当以复归平衡的心态辞别这个万般苦难而无比美好的世界。

Life finds rest
Where life rose.
Which was best?
The heart knows.

*生的起点——*
*生的归宿。*
*什么最好？*
*心里清楚。*

这是诗人代替亚当，对不解之谜所作的试解，因而，不可能是替你替我作出的统一答案。这不是高考，这是更高层次的大考，没有标准答案，人只能独立答卷。"什么最好？心里清楚。"——世上没有笼统的心，说的是你的心，我的心。在答卷上诗人留出了巨大的空白，给每个读者，给每个来到了尘世和将要来到尘世的过客。

由于"诗不可译"，以上我的翻译和阐释同样是对不解之谜（一道没有标准答案的试题）的一种试解。就像几个画家面对同一风景会画出迥然不同的风格和情调一样，几个译者对同一首诗也会作出非常不同的解读和阐释。因为在书刊里我尚未见过别人翻译《亚当辞世》，我抱着很大的兴趣在网上搜索，果然找到此诗的一种中译文，请允许我转录如下：

亚当之死

GabrielatAraby 译

起初
他遇见
可恶
的梦魇：


废弃的孤亭，
荒凉的坟场，
宝剑的力量，
蠕虫的口腔。


最后他遇见
美梦黄粱：
痛苦逃散
风的翅膀。


种子卷起，

尘土飞扬，
视觉的奇迹，
刚猛的手掌。

思想的出世，
头脑的刀锋，
辛劳的价值，
杰作的完整。

风的匆忙，
云的鸽子，
果实甜香，
心灵调制。

天空的坟墓，
西归的太阳，
男人的乐土，
女人的乳房。

浪打滩岸，
鸟落枝头，
梦着，它们，
都已足够。

生命终于靠岸

在那儿它腾升，

哪个是上选？

心眼通明。


　　作为懂得译诗甘苦的译者，我十分尊重同行的劳作成果，不能妄加评论，只想看看译文间有些什么差异，尤其是阐释学上的差异，互相参照切磋。

　　比较起来，在诗的节奏方面，我的译文用的是四言体（二音步），而网上译文用的是长短句（不论音步）；在韵式方面，我的译文一韵到底，而网上译文的大部分诗节仿照了原文韵式（abab 式，每节换韵）。这说明谁也无法在几个方面全都贴近原诗的形式：在节奏上是我的译文相对贴近原诗的形式，而在韵式上则反之。对内容的解读和阐释方面也是见仁见智：我的基本解读是，亚当最终把贬落尘世归结为"福"；而网上译文则反之，认为亚当把尘世归结为"黄粱一梦"，一心期待着死后向天国超升。这真的极为有趣。常言道"诗无达诂"（或在某种程度上诗无达诂），叶燮论诗则说"其寄托在可言不可言之间，其指归在可解不可解之会"[1]，答卷上又给每个读者留出了巨大的思考空间。

　　末了介绍一下：《亚当辞世》的作者托伦斯（Ridgely Torrence，1874—1950）是 20 世纪早期的美国诗人、剧作家，关切社会公正，著有戏剧集《为黑人剧院而作》，诗集《百灯之屋》、《赫斯珀里得斯》等。他超越成见，为美国黑

1　叶燮《原诗》内篇下之五。

人演员编剧，并首次在百老汇上演。他也是美国的诗坛"伯乐"，曾鼎力扶持新生力量，在他任诗歌编辑的多年间，热情刊登了史蒂文斯、博根、弗罗斯特、泰特、克莱恩等后来著名的诗人在尚未成名时的作品。

# 制筌者说

"言筌"这个词给人的印象似乎不太好。大家记得很牢的是"不落言筌"和"得鱼忘筌"这两句话，却忘了译诗者和诗作者都以"制筌"为业，跟"言筌"有脱不开的干系，所以对筌和制筌一刻也不能忘。

筌是渔具，一种用以捕鱼的竹篓，它一端开口，口子外大内小，有一圈尖端向内的竹片，使鱼一旦被诱入筌内就出不来。庄子说"筌者所以在鱼，得鱼而忘筌"，就是说筌的功用。制筌以获鱼，制言筌以获诗意，渔者无筌则无鱼，译者无筌也就无诗。

严羽论诗，针对江西诗派的流弊提出"不涉理路，不落言筌者，上也"。说的是不宜用逻辑思维、典故和议论为诗，他强调的是诗有别才别趣，提倡吟咏情性，主张意境浑成、含蓄和留白。中国哲学"不可言说"的传统源远流长，所以诗家崇尚"不落言筌"，禅宗主张"不立文字"都很自然，本来么，诗意和禅境都要算是"不可言说"的典型了。可是事情的悖论是：文字言说仍然是诗和禅的存在方式。《坛经》承认："即此'不立'两字，亦是文字。"陶渊明说"欲辨已忘言"，但营造此淡远无我之境的，却还是言。关键在于要做到"言有尽而意无穷"，那以有尽之言导向无穷之意的"言筌"就是好诗。"落言筌"者，言而无意，或言有尽而意先尽了之谓也。归根到底，这要看你的"言筌"制得成不成功。

从翻译学角度看，译诗的"落言筌"就是落入了信息译之"筌"。艺术译和信息译对待语言的看法、态度和处理都是非常不同的。信息译处理语言是在信息层次上，特别是语言的指称意义层次上，认为"意在言内"不容置疑；而艺术译关注的意义却主要在指称层次以外，就是诗家所谓的"意在言外"。"言内"意义明确而单一，"言外"意义含混而深长。信息译处理的"言"要求"忠于"原文本并排除"言外"的含混，对诗性文本不能网开一面。凡落入信息译手中的诗都不被看作捕鱼的"筌"，为了排除歧义立即会被封死"筌"口；万一碰上有鱼误落其中也要立即把它窒息不留活口。而艺术审美型的诗翻译要处理和重新制作的，却是开口的"言筌"，所关注的是它的"筌"性，它的价值不在于分拆的材料（诗的字眼或制筌的藤条竹片），而在于"言筌"整体的精妙结构和捕鱼功能。

信息译在"忠于文本"的旗号下要求滤净非指称性意义，要求对词义严格界定，要求译文与原文词义尽可能等值，这些硬性要求对诗翻译无疑是致命的。实际上，在诗中通常根本就不存在可以明确定义或等值的纯词义信息。对一首诗的阐释往往会众说纷纭，这也很正常，阐释的开放性就是"言筌"作为渔具的特征。即便你把原作者请来，他自己也无法在诗之外再给你一个明确定义或"正解"，作者能给你的"正解"就是把这首诗重读一遍。假如你把李白请来，要他定义一下："你说的白发三千丈，到底是（A）'你的白发在背后拖到 3000 丈之长折合 10 千米'呢? 还是(B)'总长 10 千米白发除以人均头发 10 万根得出你白发的真正长度仅为 10 厘米'?" 对此类科学量化定义李白大概都不可能认同,只能得出"你我没有共同语言"的结论。

诗性语言虽然仍是一种"符号",但它是与指称性符号大不相同的艺术符号,它的指向不再是标准化的、单一的、干瘪的概念,而是活生生的、多义的、散发着辉光和光晕的艺术境界。如果打个形象化比喻,指称符号因所指的单一明确,可比作一个"条形码",扫它一下直接对应着货架上的一件具体商品;而艺术符号因其所指的复杂朦胧,可比作一幅"激光全息照",凭着它人们眼前会显现出一幅或多幅亦实亦幻、栩栩如生的图景。

由于两类语言符号的作用截然不同,它们作为"能指"的生命也就判然有别:指称性的能指文字作为工具是"一次性"使用的,所以能简单地"得鱼忘筌"——一得到所指概念就可以丢弃能指,一得到所指的商品就可以丢弃条形码(丢掉条形码并不影响你手里的商品)。而诗的语言却是能指所指交融的,诗句和它所指的境界,也即"筌"与"鱼"有割不断的联系,你若丢弃了激光全息照,幻美的图景立即消失不见。读诗的乐趣其实是读者借"筌"获"鱼"的乐趣,若丢弃了"筌"当然就不能获"鱼"了,所以"筌"不能弃。

因此译诗和写诗一样,用得上"授人以鱼不若授人以渔"这句话。"渔"指渔具,也就是"筌"。给人提供一条死鱼不难,提供能捕获活鱼的"筌"要求要高得多。"筌"编得太密不能获鱼,编得太疏也不能获鱼,而关键还在于要保持"言筌"的开放性：诗译者（和诗作者一样）不应把"言筌"做成封闭性的笼，提供给读者的应当是结构精妙能捕活鱼的"筌"，让读者能自己用魔力的诗"筌"捕获诗意之鱼，使读者一旦得"筌"而能获鱼就乐此不疲。在各种各样的文本中，只有诗（当然是说"有效的"好诗）是读者会反复吟咏的，因此诗与一次性使用的条形码不同，不仅要"言不尽意"，而且要"筌不尽鱼"，因为每次吟咏"言筌"都有新的感悟即捕获新鲜的活鱼，就远胜于买条死鱼了。

在这个意义上我们可以说：诗的语言既应是"意在言外，不落言筌"的，又应是能让人"得鱼不忘筌"、"得鱼更爱筌"的。诗译者和原诗作者一样是制筌者，他要学习原作那个精妙"言筌"的工艺，另制一个同样精妙的"言筌"并具备类似的捕鱼能力。但做到这点却不容易，我虽深知翻译"言筌"是件细活，但也常会犯粗疏的错，有时一不小心就把"言筌"堵死了。例如 2014 年春天，我译的《哈代诗选》在外研社走完了编审流程准备付印时，编者把封面设计发给我过目。这套"名家名译"丛书每本封底上都要选印一节作者的诗，编者选的是这一节：

Show me again the time

When in the Junetide's prime

We flew by meads and mountains northerly! —

Yea, to such freshness, fairness, fulness, fineness, freeness,

Love lures life on.

让我重温那时节，

风华正茂的六月，

我们沿着草原和高山飞向北方！——

啊！向着这样的清新、晴朗、丰满、美好、舒畅，

爱引着生命前往。


这节诗是哈代《题莫扎特降 E 调交响曲某乐章》的第一节，全诗四节，每节结构相同，且都以 "Love lures life on" 结尾。这首诗是我三十多年前译的，以前并未发觉问题，但这次一眼看去就感觉有点不对。因为在诗人选集的封底上选印一节诗，当然要印能代表作者风格的诗，凭这点提醒，我马上意识到了问题：这节诗看上去不像是哈代写的。为什么倒像是浪漫派诗人的风格呢？一比照原文就明白了：这首诗之呈现浪漫情调，原因当然不在哈代。而在于我原来的译文不当。

出现在每节末行而四次重复的 "Love lures life on" 是此诗的动机，其准确译法应是 "爱引诱生命前往"。其中透露的信息异常丰富，并且呈现鲜明的哈代风格，包含着哈代对人世悲喜剧的洞察和悲悯，对爱的向往和痛惜，对命运作弄人的感叹和反讽。联系哈代诗中反复出现的 "爱情善欺善毁"、"播下的美好希望从未实现"、"不曾期望生活对我公平" 等感慨和他一贯的对浪漫主义的祛魅和解构，这里用 "lure（引诱）" 一词具有深意。可说是无与伦比的青春激情和深刻的悲剧意识像两个浪头一样在这里对撞，令人震撼，于是从中展现了 "世界和人的命运在一个仁爱而人性的灵魂

面前的显象"（伍尔夫语）。

再说，"诱"在西方文化中也含有深意。我在《诗海游踪》讨论中西渔夫诗和山水诗时就分析过："诱人"和"宜人"一字之差，差别巨大，不能混同。

那么我当初为什么没有把"lure"译成"引诱"而译成了"引着"呢？这应该是出自译者本身还有浪漫主义诗风的惯性思维。三十多年前我初译哈代，对哈代诗风体会还不透，翻译时根本未加思考，只因下意识里对含义暧昧而带贬义的"lure"存在抵触，似乎它与崇高的"Love"很不搭配，不知不觉间就把它淡化一下，从"引诱"里弃一个"诱"字而改成了中性措词"引着"。改动不大，也就是换个同义词吧，只不过是微调。可是现在看来，如果把哈代这首诗视为一个捕鱼的"言筌"，那么这个"诱"字恰恰就是筌的入口。它之能诱捕鱼，就因为它诱发矛盾复杂的无穷思绪和情感波澜，而改成"引着"之后，生活中的矛盾、纠结、悲剧、喜剧，就一概都被熨平了，消泯了，也舒坦了。我不经心的一字之改堵上了"言筌"的口，把复义的诗变成了单义的平铺直叙，甚或是陈词滥调。

由此一例即可见"言筌"结构之机巧，它的口开在哪里不是很暴露的，连制筌的译者也会看差眼。否则，若诗家毫无机巧而把筌口明摆在外，像教喻诗那样张着个口子叫你钻，那就会一无所获：鱼儿也没有那么笨的。

## "火鸡"公案

记得"文革"结束后对外国文学的全面封锁开始解冻，但过程艰难而缓慢。第一步获得解禁的是苏联革命文学。因马雅可夫斯基被认为是无产阶级革命诗人，出他的书相对不冒风险，人民文学出版社第一本出版的就是我译马雅可夫斯基的长诗《列宁》，接着上海译文出版社又筹划出我译的《马雅可夫斯基诗选》三卷集。在隔绝外国文学十年后，有新书出版颇受欢迎和关注，与现在情况不同。现在对外的门开大了，而马雅可夫斯基却因同一理由（被认为是"无产阶级革命诗人"）而遭了冷遇。其实给他贴这个标签是生硬的，马雅可夫斯基无非是个热血青年，他因生逢其时而既卷入了现代主义诗歌先锋运动，又投身于十月革命大潮，然而他想做无产阶级革命诗人却不被接纳，遭遇重重挫折后自杀身亡。马雅可夫斯基毕竟是一位天才，正如英国理论家以赛亚·伯林评论马氏所说："他即使不是一位伟大的诗人，也算得上一位激进的文学革新者，一个能够产生惊人的活力、感染力，尤其是影响力的解放者。"

但我在这里不是研讨这位诗人，只是谈谈当时翻译界的一场有趣争议，一桩"火鸡"公案。

1981年初，《外国文学研究》编辑部约我写篇专稿，谈谈翻译马雅可夫斯基诗歌的心得。我应约写了《译诗漫笔——马雅可夫斯基诗的音韵和意境》[1]，因为马氏是个"韵不惊人死不休"的诗人，我就重点谈了马诗的最大特色——押韵之奇，并举例说明我为求译文贴近其独特风格而作的尝试。出乎意料的是，该文触发了一场热烈争议，而且持续了整个八十年代。

该文得到许多同行和读者的支持，特别是受到前辈诗人卞之琳热情肯定，认为该文"就押韵问题，以自己译例说明如何大体保持原来面貌、原来神味，极有说服力，非常生动，使我们耳目一新"，与杨德豫译拜伦、屠岸译莎士比亚十四行诗一同，"标志了我国译诗艺术的成熟"，[2] 法籍翻译名家、《红楼梦》法译者李治华也在《欧洲时报》上著文支持我的译诗方针。但与此同时，这篇文章也引起了直译派译家们声势很大的批评[3]，评者认为我的译文"往往与原文不符"，"有的地方简直像是改写"；我在该文中所举的译例，尤其是我为了模仿马氏风格押有特色的韵，而将一处"火鸡"比喻换作"画眉"的译例，成了翻译不忠实的突出典型。按照评者的主张，对原文中的"白纸黑字"，译者绝不能变换，只有"客观如实"地转达才是译诗忠实的标准。

---

1 载《外国文学研究》1981年第3期，见本书第四辑。

2 卞之琳：《译诗艺术的成年》，载《读书》1982年第3期。

3 其中主要文章有：《读飞白〈译诗漫笔〉漫笔》，载《外国文学研究》1982年第3期；《火鸡与画眉》，载《读书》1982年第9期；《译诗小议》，载《国外文学》1983年第2期；《读飞白第二篇〈译诗漫笔〉漫笔》，载《外国文学研究》1984年第1期；《读新版〈马雅可夫斯基选集〉》，载《翻译通讯》1985年第4期等。余波至少持续到八十年代末。

这里我们先来介绍一下这个"火鸡变画眉"的译例。在马雅可夫斯基"巴黎组诗"的《魏尔伦和塞尚》一诗中有一节，我是这样翻译的：

> 思想
>
> 　　可不能
>
> 　　　　掺水。
>
> 掺了水
>
> 　　就会受潮发霉。
>
> 没有思想
>
> 　　诗人
>
> 　　　　从来就不能活，
>
> 难道我
>
> 　　是鹦鹉？
>
> 　　　　是画眉？

我在心得文中特别声明：这段译文里的"画眉"原文本来是"火鸡"。为什么译文要换作画眉呢？因为，如前文所述，马雅可夫斯基的风格特色是在音律上刻意求新，他"每天花费十至十八个小时"，嘴里几乎永远在念念有词，只为了搜寻出人意料且"史无前例"的韵脚。在本节中，他为了讽刺那些缺乏自己的思想而只按上级指示歌唱的诗人，巧妙地把俄语的"思想"（идея）一词加上贬义词尾变形为"идейка"，又在段末用与之谐音的"火鸡"一词（индейка）来跟它押韵，以这种苦心经营造成突出的音响效果，来表示诗人的讽刺和不屑。由于汉语不能靠词尾变化来表示褒贬，译者便加上"发霉"字样来表现思想变质为贬义的味道，同时也就把"火鸡"韵脚换为"画眉"来与"发霉"谐音。"发霉／画眉"的谐音效果很强，足以逼近原诗**"идейка／индейка"**的谐音效果。而从汉语角度看，用画眉比喻没有思想的诗人，比原文几乎纯为押韵而用的"火鸡"意象还自然些。

没承想这却酿成一桩"火鸡换画眉"的热闹公案，掀起了一场历久不衰的风波。时隔数十年，最近还有译界朋友向我提起这件有趣的往事。就我而言，争议本来并不带情绪，也不影响我对批评方的尊重和友好关系，只觉这个议题耐人寻味，含有很有趣的翻译问题，值得讨论。但一直忙于教学、出版项目和其他事务，这题目遂拖延至今才得以梳理。

如果离开具体语境，那么火鸡译成画眉显然是误译无疑。一查词典即可判明，批评者绝对正确。但这里研讨的是译诗，译诗常会遇上鸟，译者对遇到的鸟怎么处理？必要时能不能换别的鸟？那就不能一概而论了，关键得看这鸟在诗中的地位和功能。

假如这鸟是描述对象，那肯定不能换，我当然得忠实于这种鸟。不仅是译科技类文本（例如动物学教科书）为然，即便是译文学类文本，译名也要准确严谨。鲁迅译《小约翰》中的动植物名，就曾不辞辛劳地查找辞书，多方考证，仅写信请周建人协查就函件往返七回。我同样采取这种认真的态度，例如我为新版《英国维多利亚时代诗选》译克莱尔的鸟和鸟巢诗系列，其中描写的鸟包括鸸、苇莺、秧鸡、鹡鸰、黄鹂等，翻译时也查考了许多动物学资料，尽管有些鸟是我们不熟悉的，我也不能用我国读者熟知的鸟来替换充数。如其中有一首《鸫鸟的巢》，我国虽有鸫鸟（thrush），但读者对这个名称还不太熟悉，而我们熟悉的画眉与鸫鸟近似而同属鹟科，有不少英汉词典就把 thrush 直接解作"画眉"。所以假如不求甚解的话，把 thrush 译作画眉似乎也无不可。以前我译一般抒情诗，若遇到一带而过的 thrush，有时为求其易懂也曾译过画眉。但在克莱尔的鸟和鸟巢诗系列中却不同了。由于在这里鸫鸟是诗的主人公，克莱尔对鸫鸟的巢作了比生物学家还细致入微的观察和描绘，所以我肯定不能大而化之地把"鸫鸟的巢"换成"画眉的巢"。黄鹂的名字更为生僻，连这个"鹂"字恐怕也很少人见过，但我也不能把黄鹂替换成读者熟悉的黄莺。

可是当涉及的鸟并非描述对象，而只用作点缀性镜头时，尤其是只用其比喻或押韵功能时，情形就不同了。假如比喻或押韵在这里处于首要地位，我作为译者就得首先忠实于这个比喻或韵脚，那鸟就只好委屈点儿，必要时我就可能作"功能性"换鸟。其实"功能性"换鸟在翻译中本来司空见惯，正可不必大惊小怪。试看例子：

我们遇到英语的"goose flesh"都会译为"鸡皮疙瘩"，鹅换为鸡，不必过于严格地追究鹅与鸡的差异；

对"a peacock among sparrows"一般会译为"鹤立鸡群"，孔雀化鹤，麻雀变鸡；

把"kill two birds with one stone"译为"一箭双雕"，无名的鸟升级为雕。

以上这些都是"比喻性"换鸟；另外还有"意象性"换鸟，比一个小小比喻牵涉要大得多。如获 1958 年戛纳电影节金棕榈奖的电影——描写世界反法西斯战争的著名苏联影片《雁南飞》，原文名是 *Летят Журавли*，若叫我来直译就是《鹤北飞》。这里得说明一下：若要说这是"直译"，直译派肯定要说我不够资格，因为其中"北"字为原文所无，是我添加补足的。原来，俄语动词有"定态""不定态"之分，"летят"（飞）是"定态动词"即有一定方向的飞（以汉语打比方，"趋"、"赴"是有方向的动词，而"漫步"则是无方向的动词）。原文虽未说出鹤的具体飞行方向，但影片末尾描写的是胜利日部队从战场凯旋，女主角薇罗尼卡手捧鲜花等待恋人鲍里斯归来，结果却只等到了鲍里斯战死的消息，这时镜头转向空中，作为象征性意象，鹤群列成"人"字队形飞过。我们可以判定：在苏联卫国战争胜利日的五月九日，鹤队是从南方飞回北方，所以我在这里得补上一个"北"字，以免光秃秃《鹤飞》俩字不像片名，叫人摸不着头脑。

百花齐放的五月初，鹤群从远方归来了，但是战士捐躯沙场而未能归来。"鹤北飞"是影片中首尾呼应的主题意象，蕴含着深厚的情感和广阔的境界，对影片的观众接受来说非常重要。

那么，忠实翻译本来该是《鹤北飞》的，移植到中国文化语境中怎么竟变成了《雁南飞》呢？这岂不是成批大换鸟，而且还南辕北辙搞反了方向吗？但我相信大家会理解并支持片名译者的这一决策（这不是我译的）。要不然你感受感受看是不是这样的：唤起俄罗斯观众感情共鸣的"鹤北飞"意象在中国缺乏感应力，要把"鹤"换为"雁"，"北"换为"南"，才能唤起中国观众类似的共鸣，影片的意境也才得以充分呈现。由于俄罗斯地处北方，候鸟是春季从南方越冬地北归，而中国的地理位置偏南，候鸟是秋季从西伯利亚南归，南归雁的诗性意象是地理环境和长期文化积淀所形成，深入人心很难改变。好在抬头仰望，镜头里列成大写人字队形飞过的究竟是鹤是雁、方向是南是北难以辨认，而地面上伤心欲绝的薇罗尼卡正在把自己的满捧鲜花一枝枝分送给接到了亲人、拥吻中的双双对对，而观众正在为之热泪盈眶，谁还会去考究此时的候鸟到底该北飞还是该南飞呢？翻译电影片名考虑的是对观众的吸引力和票房价值，不可太拘泥于字面价值，为了在不同文化里达到对等效应，译者作的是明智的选择。

我们在这里谈"换鸟"，这道理并不限于鸟类，同样规律到处通用。例如：

"对牛弹琴"通常译作"cast pearls before swine"（对猪撒珠），牛可以委屈变猪。

傅雷举过莎士比亚法译本的例子："《哈姆雷德》第一幕第一场有句：Not a mouse stirring，法国标准英法对照本《莎翁全集》译为：Pas un chat。岂法国莎士比亚学者不识mouse 一字而误鼠为猫乎？"[1]——鼠也能俨然变猫。

换换蔬菜更方便："雨后春笋"译为"like mushrooms

1 傅雷：《高老头》重译本序。

after rain"，笋变蘑菇；"青菜萝卜各有所爱"译为"Different people have different opinions; some like apples and some like onions"，萝卜变洋葱。中外口味不同，换几样菜色不足为怪。

我把火鸡译为画眉倒肯定不是为了口味，而是因为在马诗里这纯粹是个"音韵意象"的缘故（有充分根据判断诗人是从音韵角度炼词的，马氏选择"火鸡"的考虑中估计音韵要占99%的比重），故翻译时必须侧重于音韵的考虑，于是在形象上不得不放宽些。就是这一放宽引起了公愤，酿成一桩译者"私吞"火鸡的公案。但是，译者"私吞"动物的事果真就那么离奇吗？吞比火鸡更大动物的也有哇！常见有把"crocodile tears"译成"猫哭老鼠"的，好大一条鳄鱼被吞了；再如翻译"狼狈逃窜"时，我还未见哪位译者能不私吞动物，而有本事把"狼"和"狈"这两样动物完整地译入英语；翻译"九牛二虎之力"时，也还未见过哪位译者对这么一大批动物予以通关放行而不简单地一吞了事。众译者肚量岂不是比我大？

如上所述，"功能性替换"，尤其是个别意象、比喻的局部替换，在翻译实践中是常见现象，不足为怪。当然绝不该为换鸟而换鸟，换鸟只是由于功能上确有必要。"艺术译"和"功效译"比邻而居，不排除会偶尔串串门。

那么有没有更大规模的功能性替换呢？有的，但那就要从"艺术译"跨境而进入"功效译"地界了。这类"穿越"十分有趣，固然，我在译诗中并未作过此种尝试，只在授课中作过讲解和实验。这个话题，我们下篇文中再作分解吧。

# 跨境的诗翻译

　　上文说的是诗翻译中时而会有局部性的"功效译"成分，另外局部性的"信息译"成分当然也很常见。直译派朋友们说，"飞白译诗"中会出现有时"简直像是改写"有时又"逐字逐句直译"的现象，非常奇怪。其实原因在于此。

　　如果仍以调色板为喻，而把诗翻译喻为（三原色之一的）红色的话，那么红本身也绝不是千篇一律的大红，而会随着每首诗的特点呈现品红、火红、嫣红、绛红、胭脂、珊瑚、桃红、榴红、枣红、赤色、粉色等变化，何况还会随着向"功效译"方向靠拢（假如把"功效译"设为黄、绿方向）而依次现出朱红、橘红、橙色、杏黄等色彩，或随着向"信息译"方向靠拢（假如把"信息译"设为青、蓝方向）而依次现出玫瑰、海棠、洋红、紫罗兰等色彩。诗翻译跨境当然不要走得太远，在这附近风光都不错的。但不可离境太远了，如走失了（走得太远而脱离诗翻译本质）就不能称诗翻译了。

　　从诗翻译跨境进入信息译的情况比较多，我此文说的跨境指的是"出境游"性质，而实际上却常见大批朋友在那边侨居入籍。但我觉得住在"线性"的信息世界里，虽然一切准确，中规中矩，只可惜离诗远了点儿，风景单调，也没什么经验可谈。比较起来还是功效译方向有趣些，毕竟人家也是个多维世界嘛！今天我们想看看的，就是诗翻译赴功效译地界"出境游"会见到什么有趣景象。

马雅可夫斯基说过："译诗是难事，译我的诗尤其难。……它像文字游戏一样，几乎是不可译的。"实际上诗作为文字艺术，在语言运用手法上往往与文字游戏相关，只不过是诗人按各自的风格，用得多少不同而已。像我在前面谈到豪斯曼灵活运用"score"一词变出算式的花样，也带点儿文字游戏的性质。有些诗人是特别偏爱此类技巧的，马雅可夫斯基和拜伦就很喜欢用复合谐声韵，而莎士比亚则喜欢用矛盾修辞和双关隽语，而这些恰恰是他们的诗最难译的地方。

区别诗与文字游戏，看有没有实质性内容而定。同类的手法，凡在诗中的运用都为诗的艺术功能服务，成为诗艺的有机部分；而归入文字游戏项下的则专着眼形式——此类作品从文字的双关、多义、字形、谐音等资源中取材，编成笑话、字谜、俏皮话、绕口令等形式而发挥逗趣的功效。打油诗则是二者之间的跨境品种。此类作品均植根于源语言的土壤，一旦把它拔出而移栽到另一种语言里就不能成活，趣味性也丧失无遗。因此文字游戏就成了不可译的同义词，若一定要译的话，唯有用"功效译"方法重新创作之一途。

为了说明可译与不可译之间的区别，可以拿几首打油诗给大家比较一下。这里所说的打油诗是英语中流行的一种五行幽默诗 limerick。

前两首 limericks 属可译性质，下面是原文和我的译文：

There was a young maid who said, "Why

Can't I look in my ear with my eye?

　　If I put my mind to it,

　　I'm sure I can do it.

You never can tell till you try."


有个丫头说："为什么不能

用我的眼睛看我的耳朵眼？

　　只要下定决心干，

　　天下万事都不难，

还没实验过谁敢作预言？"


There was a young lady of Lynn

Who was so uncommonly thin

　　That when she essayed

　　To drink lemonade

She slipped through the straw and fell in.


有位女士漂亮而年轻，

她身材苗条得很惊人，

　　有一次她喝雪碧，

　　没料想一不留意

把自己从麦管儿吸进了汽水瓶。


这两首幽默诗属可译范畴，是因为它们的"幽默点"并

译诗漫笔

76

不在双关、谐音等语言形式，而在于荒诞的推理。第一首中的说话人振振有词，以理直气壮的推理得出滑稽的结论；第二首的结局完全超出听众的预料，很像相声术语所谓抖开来的"包袱"，这个"包袱"基于高度夸张，它又有物理规律作为基础：当通道被吸成真空时，thin 的（细的）一方会被吸入。这些艺术手段都能用诗翻译方式译出，关键在于译者要紧紧抓住"幽默点"，当然也要音韵手段配合。

由于译的是幽默诗，翻译时不可过于严肃和拘泥，要向功效译色彩靠拢。此诗翻译中就作了两处不算大的机动，第一处是省略了地名，limerick 中通常要出现地名而且往往是有点古怪的地名，纯为趣味性押韵而设，直译出来既无意义也无效果，只会对阅读起干扰作用。如第二首中的地名 Lynn，英国读者熟悉而中国读者没听说过，不如省略，以免转移读者注意力。把柠檬汽水译作"雪碧"则是求其 popular，雪碧是市场上最 popular 的柠檬汽水。

第三首 limerick 却属不可译性质，因为其幽默点在于文字组合的音响效果，它是一首绕口令：

> A tutor who tooted the flute
> Tried to tutor two tooters to toot.
> > Said the two to the tutor,
> > "Is it harder to toot or
> To tutor two tooters to toot?"

一个幽默文本可不可译，首先看它的 meaning 主要是在内容，还是在音响或双关。这首绕口令 limerick 的趣味完全建立在绕口的音响组合上，这至少也要占幽默效果（即绕口令的 meaning）的 95%，故属不可译范畴。除绕口令外，它也含有"教师工作吃力不讨好"的幽默意思，算它占功效的 5% 吧。选择翻译策略要从实效出发，试比较三种译法：

1. 信息译法。照字面准确翻译词义只能传达 meaning 的 5%，按百分制打分得 5 分；因音响意义走失，那 95 分是全丢了。读者听起来没什么意思（meaning 太少而平淡，不足以支撑起一首诗），翻译失败：

> 一个吹笛子的教师
> 试图教两个吹奏者吹奏。
> 　　这俩人对教师说：
> 　　"是吹奏更难呢，还是
> 教两个吹奏者吹奏更难？"

2. 艺术译法。按常规译诗的办法，把重点从信息功能转向诗性功能，兼顾词义和音响效果。结果是稍微体现了一点绕口令特色，但译文幽默效果逊于原作。它基本能传达出词义信息，得 5 分，兼顾音响效果的仿制却还不够绕口令水平，大约能打 40 分，合计 45 分。这个译文，读者听起来有点意思了，但不能充分感受绕口令的趣味，所以最多也就算半成功。这是常规翻译的最大限度：

> 有个吹笛子师傅

收了俩吹笛子徒弟。

徒弟问吹笛子师傅：

"到底哪件事更难为你——

是吹笛呢还是教俩徒弟吹笛？"

3. 功效译法。着眼于功效只能另行创作，着重仿制绕口令，以求达到充分的"绕口"效果（幽默即寓于其中），付出的代价则是词义信息基本移位或走失，在本例中只剩下一个"师徒关系"的核心与原作保持着关联意义。结果在音响效果上可得满分 95 分，在内容传达上只得 1 分，两项合计总效果为 96 分。若按功效译"只求有效不求等效"的原则，从读者接受角度评价，那么它虽损失原作的一点幽默内容，但又加入了第五行新创的幽默点，用以弥补丢失的 4 分绰绰有余，故在效果上可比肩原作打 100 分：

头陀要剃头没人剃，

头陀就剃度俩徒弟：

头陀剃徒弟的头，

徒弟剃头陀的头，

徒弟说："是你剃度徒弟还是徒弟剃度你？"

这首 limerick 的翻译，本是我给研究生 seminar（研讨课）的作业，课题是研讨功效型翻译。在集思广益基础上，我归纳并译出这个定稿。思路是这样的：

绕口令虽是一种文学作品，但其实更像是音乐作品，它首先得有一个"动机"（乐曲的主题或发展的胚芽，还要有形象性），然后拿它来不断地模进变奏，发展成一支乐曲。而绕口令的动机有特殊要求：它必须具有谐音（谐而不同）且能互相倒换构成"绕口"效果（叫人很容易说错）的特色。这首 limerick 原文的动机是"tutor/tooter"的谐音配对，我从这儿出发，找到汉语中音义与它相似的切入点"徒弟"作为种子，再拿"徒弟／剃度"（tudi/tidu）谐音配对作为新的动机，加以模进，发展成完整的 limerick。虽然第五行长了点儿，但是英语 limerick 里也是有这种格式的。

这样仿制另创的绕口令算不算"翻译"呢？也算也不算，依语境而定。总之功效译的特色就是如此，如果要译绕口令之类的文字游戏，唯有功效译能打破"不可译"的禁区。我是从姜昆、大山那儿得到启发的。

大概是在哪年春晚上听到过姜昆、大山合演相声，演了一个翻译绕口令的段子，我印象很深，之后也知道了大山是加拿大人 Mark Rowswell 的艺名。那次说的绕口令我只听一遍，几十年后的今天也没忘，复述如下估计不错。姜昆先让大山说一段加拿大的绕口令，大山说的是：

If a woodchuck could cut woodcut wood,

Would the woodchuck cut that woodcut wood?

这段话听起来很绕，何况是洋文，姜昆开始跟着学说，试了两次"If..."结结巴巴地学不会："If 什么呀？"但接着他豁然贯通，非常流利地说出了：

衣服上的卡子扣子卡着我的裤子，

我得捂着卡子还得捂着我那裤子！

这是个绕口令的"功效译"，姜昆译得可谓惟妙惟肖，效果极佳，实际效果超过了原作。因为原作光是音响效果好，而词义却缺少幽默性，用信息译法译出来并不觉得好玩："如果土拨鼠能做木雕，它会去做木雕吗？"这样直译词义，并加注说明这是一则绕口令，听众听了保证笑不出来；而姜昆译文却很搞笑，似乎是：穿的是吊带式西裤而偏偏卡子坏了扣不住了。

当然人们可以质疑："这能算翻译吗？"对此可以回答"不算"，因为它不是信息译也不是艺术译；也可回答"算"，因为它是功效译，一种特别的（而且现在用得越来越广泛的）翻译。假如"fans"译"粉丝"，"shopping"译"血拼"这种另类翻译算翻译的话，那么"衣服上的卡子"也该算。这当然要靠模拟和逼近原作音响，靠音响效果与原作挂钩，若无此联系就不能称之为翻译了。

下面再举一个局部更加算不上翻译，却夹入译文中成为译本一部分的实例。

卡罗尔的《爱丽丝漫游奇境记》是给孩子讲的童话。这本书中的诗歌大都从英国童谣选取原材料，再加以改造戏仿而成，非常逗趣。其性质全是文字游戏，对翻译提出了极大挑战。所以《爱丽丝漫游奇境记》需要跨越诗性和功效性的翻译，如果咬文嚼字地刻板翻译，就完全丧失原作的儿童文学功能了。

例如在疯子的茶会上，帽匠唱了这样一支歌：

Twinkle, twinkle, little bat,

How I wonder what you're at!

Up above the world you fly,

Like a tea tray in the sky.

Twinkle, twinkle…


（一闪一闪小蝙蝠，

我要向你问清楚：

你飞天上那么高，

像个茶盘挂云霄。

一闪一闪……）


帽匠刚唱头两句就问爱丽丝："这首歌你听过吧？"爱丽
丝答道："我听过很像它的东西。"不消说那就是英国孩子特
别熟悉、人人会唱的《一闪一闪小星星》了：

Twinkle, twinkle, little star,

How I wonder what you are!

Up above the world so high,

Like a diamond in the sky.

Twinkle, twinkle…


（一闪一闪小星星，

我要向你问究竟：

你在天上那么高，

像颗钻石挂云霄。

一闪一闪……）

　　帽匠的戏仿把"小星星"窜改为"小蝙蝠"，但整个曲调和节奏没变，所以英语歌词听起来非常耳熟，谁都听得出它戏仿的是哪首儿歌。我附在括号里的中译文基本忠于原文（只为押韵稍有润饰），由于《一闪一闪小星星》这首歌在中国也相当普及，中国小读者读起来也可能觉得有点耳熟，并猜到帽匠戏仿的是什么歌，但把握不够大，因为中译文传达不出英诗那么鲜明的节奏，光凭"一闪一闪"的字样来辨认还不够明确，也就使趣味性大打折扣。如想加强其戏仿效果，恐怕得另想办法。

　　《爱丽丝漫游奇境记》有两种德译文。两位德语译者译这首诗采取了两种策略。一位译者的译法与我上面的中译文相似；另一位德译者则为加强效果而采用"功效译"法，以便逼近英语原文对英国儿童的功效。所以她另起炉灶，选了一首德国孩子特别熟悉的名诗兼名歌——歌德的《少年和玫瑰》加以戏仿，把"小玫瑰"窜改成"小裤子"，这很搞笑，因为德语里"小玫瑰"（Röslein）和"小裤子"（Höslein）发音极为相似，同时也保留原曲的调子和节奏，产生了鲜明效果。由于谁都听得出是戏仿哪首歌，德国小读者马上明白为什么爱丽丝说"我听过很像它的东西"了。

　　这是夹进一个译本中的整段"功效译"，它以局部另创完全替代了翻译。译者舍弃译义的忠实，以求功能性效果的忠实，玩了个魔术，不但把"小玫瑰"变成"小裤子"，而且把整首歌都变成另一首了。

"功效译"在追求实效的广告类、宣传类翻译中是黄金法则。但在我看来，在文艺类翻译中的运用还是需要慎重，一般只限比喻性、意象性等小规模运用。如遇到有特殊的功能需要而作较大规模的运用，像这本德译《爱丽丝漫游奇境记》那样，译者应作说明以示负责。若越境而久久逗留于功效译地界，怕也就不能叫做诗翻译了。

由于戏剧对演出效果的高度依存性，功效译在戏剧界运用较多。戏剧经过翻译可以入境随俗，彻底换装。如我国曾把莎士比亚剧本搬上黄梅戏舞台；新加坡上演英译《西厢记》则把全部曲牌换成英国当红流行歌曲调，也是为了让受众听着耳熟。但这超出本书范围，这里就不详作讨论了。

# 第
# 二
# 辑

　　至少在艺术译的领域里，我认为译者的主体性是极为重要的，但这主体性应发挥在对原作艺术的努力逼近和对原作风格的刻意求似上，这才是它正确的目标。而且和肖像画一样，这也绝不会降低译作作为独立艺术品存在的本体价值。

# 初试风格译

　　我摸索"风格译"至今六十年了。不能不忆起六十年前初试风格译的陈年往事，追记几句作个纪念吧。

　　之前译着玩玩的不算，我正式动手译第一本译著是在1955年秋冬，译的是苏联卫国战争名著、特瓦尔多夫斯基的战地长诗 *Василий Теркин*（《瓦西里·焦尔金》）。当时我在广州军区任军事翻译，苏联援华的军区首席顾问乐维亚金将军向我介绍了这部诗，他是十月革命时期的老红军，入伍前当文学教师，所以对诗很熟悉。他见我也有同好，便推荐我译《瓦西里·焦尔金》，他说二战中这部诗传遍了前线的每个战壕，深受红军战士的喜爱。

　　我读了《瓦西里·焦尔金》很喜欢，这部诗风格朴实、隽永、深沉，生活气息浓厚，与我们的战士情怀十分合拍。在情感共鸣的推动下，我便大胆开始译第一本诗了。因为日常做训练工作，常常跑野外，下部队，而且一年到头几乎没有节假日和业余时间，我只能每天清早出门前看上一眼原著，默记两节（八行或十来行）诗，然后在途中，在吉普车上念念有词地咀嚼口译，碰到有机会时才歪歪扭扭地速记几个字，和作者描述他在战地写诗的情景颇为相似；就这样日积月累地，译完了全书。

本不是有意去背它，只因为译诗时真正从心里"过"过一遍，我译完《焦尔金》时已经熟背全书。这并非难事，原诗贴近战士口语，基本格律"扬抑格四音步"是民歌或快板味道，韵式以"abab"为主而有灵活变化，加上丰富的头韵、腰韵，这种诗律节奏感强，朗朗上口，读一遍就能记得。

我把译出的草稿念给战士听，战士们也喜欢，因为《焦尔金》真切地、人性化地表现了战争的严酷和红军战士的坚毅精神，不像我们当时流行的标语口号式诗歌。在二十世纪五十年代，诗人特瓦尔多夫斯基是苏联文坛改革派的领袖，他主编的《新世界》成了改革派的旗帜，当时他提出"写真实"等文学主张，影响所及还曾连累得我国一批青年作家被打成右派。

由于我译的《瓦西里·焦尔金》全属口译，结果译文也能朗朗上口，体现出了这部原本在前线小报上连载而传遍战壕的"战士的诗"的风格，出版后大受欢迎。但出版过程却很周折，我的译稿被扣压一年后遭到了退稿命运。此时另一个译本（梦海译）在新文艺出版社出版了，由于我是无名小兵贸然译诗，遭退稿并不奇怪，得知有翻译家翻译此书，我深感鼓舞并充满期待。但等我读到新出的梦译本，却觉得与从原著获得的印象很两样，我不认同他的风格。我想：既然我译的风格和他截然不同，那么我的译本可以暂不报废。不同风格应该竞赛，我应该再争取出版（后来先后在中国青年出版社和人民文学出版社出版了）。从这开始，我逐步形成了"风格译"的译诗方针。

为了让读者体会风格问题，现从《瓦西里·焦尔金》开头处摘一段样品作为实例。场景是行军休息，连队在山坡边雨后湿漉漉的地上就地露营。睡前一刻，老兵瓦西里·焦尔金在对新兵们大吹其"打仗经"：

— Вам, ребята, с серединки

Начинать. А я скажу:

Я не первые ботинки

Без починки здесь ношу.

Вот вы прибыли на место,

Ружья в руки — и воюй.

А кому из вас известно,

Что такое сабантуй?

— Сабантуй — какой-то праздник?

Или что там — сабантуй?

— Сабантуй бывает разный,

А не знаешь — не толкуй.

好，暂引到这里，下面并列两种译文。两种译文传递的内容信息一样，区别在于风格。若要问"风格是什么"，很难说得明白，通过对照就容易明白了：

[1] 飞白译文：

"你们这些毛孩子们，
都是半路出家来打仗。
可是我呀，我在这里
新皮鞋已经穿破好几双。
你们来到了战场上，
拿起枪杆就上阵。
可是你们有谁懂得
什么叫做开洋荤？"


"开洋荤？——
是过节，还是过年？"


"洋荤开起来有好几种，
不知道，你就别发言。"

[2] 梦海译文：


"弟兄们，你们都是从中途开始。
可是我啊，我告诉你们：
我现在穿的
并不是没有修补过的第一双新鞋。
你们来到这个地方，
手执武器——投入战斗。
你们之间有谁知道，
什么叫做萨邦屠侬？"

　　"萨邦屠依——大概是什么节日？

　　萨邦屠依——怕还有什么别的意思？"


　　"萨邦屠依种类不一。

　　你不懂得——那就别多解释。"


　　两个译本的差异在风格，首先引人注目的还有个特别名
词"сабантуй"，对这个名词，两个译本译作了风格迥异的
"开洋荤"和"萨邦屠依"。

　　俄罗斯伏尔加河流域住着鞑靼族等突厥语系少数民族，
сабантуй（用拉丁字母拼音为 sabantuy）是他们祝祷丰收的
一个传统节日，从词源考察是"开犁节"的意思。因为是少
数民族语言，俄罗斯人也不明其意，在焦尔金的幽默中，它
就只意味着"大吃一顿"和"吃不了兜着走"的意思。梦海
译本把它音译为"萨邦屠依"没错，从保持"洋气"角度看，
这样处理还应该是个好的选择。

　　我呢，也是一贯倾向于异化或"洋化"的，不过在这里
我没有选择音译，因为衡量之下，我觉得体现这本书的战士
口语特色和风趣幽默风格更为重要，遂决定译成"开洋荤"。
若是单纯从词义信息考量，我这样译似乎不够忠实，况且
сабантуй 本是个地方性的"土"节，要烤全羊也该是"土羊"
而不该是"洋荤"吧！但若考虑语境呢，那么焦尔金用这
个名词所指的，乃是从国外入侵的德国法西斯的飞机坦克，
"开洋荤"一词用在这里又显得非常合适了，这才与焦尔金
的语气适配。经斟酌比较，我在这里没有执着于异化的"忠

实"，而选择了最能体现其语用意义和原作风格的用语。

接下去的段落，俄语原文就省略不引了，好节省一点篇幅：

[ 1 ] 飞白译文：

"第一次挨飞机炸，
急急忙忙就趴下。
留了活命，挺高兴：
这算是开了小洋荤。
休息会儿，吃一顿，
抽根烟卷儿安安心。

老弟，你们要知道，
迫击炮的洋荤比这还糟糕，
它使你深深受感动，
抱着大地妈妈去接吻。
可是小乖乖，你听好，
这只是不大不小的中洋荤。

开一次洋荤，
　　　　得一次教训，
敌人厉害，
　　　　你也要凶。
可是要开个大洋荤，
那可真有点不好受用！"

[2] 梦海译文：

> "譬如初次空袭的时候
> 你会乖乖地紧贴地面，
> 没有炸死——那可别发愁：
> 这只是小型的萨邦屠侬。
> 你喘口气吧，饱饱地吃上一餐，
> 满不在乎地抽上支烟。
>
> 老弟，迫击炮一响，那就更糟，
> 萨邦屠侬又会突然开始。
> 这回它可叫你好受，——
> 叫你去跟大地妈妈亲个嘴。
> 可是你得注意，亲爱的，
> 这还不过是中型的萨邦屠侬。
>
> 萨邦屠侬——对你是一种教训：
> 敌人凶暴——你也得凶暴。
> 但大型的萨邦屠侬——
> 那就完全另一回事。"

　　两个译本的差异，涉及音韵、节奏、语言选词等多种风格因素。我的译本为模拟原著风格而选择了押"交韵"和以四顿为基础的格律，即选择以民歌体（兵歌体）为基调，但其中又有许多灵活变化。与原著相比，我的译文的格律灵活度更大些，这是因为我把关注的重点放在口语化上，要求我的译文达到战士听得懂也说得出的程度。当然，口语化也是仿效原著的，而且在我看来，是模拟原著风格的关键点。译诗不可能面面俱到，能抓住这个关键点也就够满意了。

而梦海译本选择的是不押韵也不拘字数顿数的散文化风格，这种体裁自由，对内容信息的翻译传达不造成拘束，但在我看来与诗体（尤其是原著的格律诗体）风格差异过大。

引的诗行虽已不少，但若不告一段落有点不舒服，干脆就把这个段落引完吧：

［1］飞白译文：

> 焦尔金说到这里猛一停，
> 拔出烟嘴来通通干净。
> 他悄悄地眨了眨眼睛，
> 好像是说：朋友，
> 我说出来，你可要站稳！
>
> "天刚发亮你起身，
> 抬头只一看——
> 叫你满头大汗，身上还发冷：
> 一千辆德国坦克，
> 黑压压一片，数也数不清……"
> "一千辆坦克？
> 老兄，这可有点儿夸大。"
> "好朋友，我夸大干吗？"

"可是，一来一千辆，这哪能？"

"好好好，让它五百也成。"

"就算是五百。——

你说话也要凭良心，

不要像是吓唬老娘们。"


[2] 梦海译文：


小伙子沉默了一下，

通了通烟嘴子，

好像对谁稍稍用眼示意：

朋友，你且耐心往下听吧……


"譬如你一早起来，

一看，——你会吓得尽打哆嗦，冷汗直冒：

开过一千辆德寇的坦克……"

"一千辆坦克？啊，老弟，你在胡扯。"


"朋友，我干么要胡扯？

你倒想想看——胡扯对我有什么好处？"

"那末为什么一下子——一千辆坦克？"

"好吧，那就让它五百吧。"


"噢，五百。说老实点，

可别像吓唬老大娘那样。"

到这里告一段落了。在我译的诗中,《瓦西里·焦尔金》的译语要属最口语化和最"顺"的之一。这是因为原文的风格本来如此。作者特瓦尔多夫斯基在书末曾用这样一节诗描述这本书的风格:

> 也许某一个读者
> 手里拿着这本小书,
> 会说:"瞧,这是地道的俄语,
> 虽然是诗,写得倒很通俗……"
> 那时我就心满意足。

在初版的译后记里,我也借用了这节诗来表达译者的心愿:

> 也许某一个读者
> 手里拿着这本小书,
> 会说:"瞧,这是地道的汉语,
> 虽然是诗,译得倒很通俗……"
> 那时我就心满意足。

我的这一心愿实现了。三十年后,有不止一位初次介绍相识的朋友对我说出的第一句话就是:"哦,是飞白!《瓦西里·焦尔金》——地道的汉语!"

我的这一表达,看来与傅雷("理想的译文仿佛是原作者的中文写作")和奈达("译文读起来像本国语言写的一样"）的主张一样，但这只是偶合，其实我的译诗主张与傅雷和奈达不是一样的，这个问题我下面可能还要专门谈谈。我译诗不以"达"或"顺"为主旨，而是以模仿和重现原作风格为主旨。按我的主张，译诗首要的是表现原作风格，而在译《瓦西里·焦尔金》时，由于原作风格是"地道俄语"的战士口语，所以我的译文就应当是"地道汉语"的战士口语。

《瓦西里·焦尔金》译语能表现得"顺"，首先源自模仿原著的风格；其次得益于容易沟通的语境，因为我军与苏联红军有较多共同点或相似点，二战中又同样作为抗击法西斯的主力军，经受严酷考验而立下历史功勋，共同的经历和感受使得翻译容易沟通；再次又得益于我长期在部队生活和工作，熟悉我们的战士并听取他们对译稿的反映。然而我译诗从来不会为"顺"而牺牲陌生化，不会为归化而牺牲洋化。

就洋化／归化关系而论，我对文化意象的处理方针是偏洋化的。虽说《瓦西里·焦尔金》描写的苏军生活和战士情怀与解放军相似，但中俄间文化、习俗的差异明显，书中浓墨重彩描写的场景，如手风琴伴奏下开农村舞会，或是用白桦帚拍打身体洗蒸汽浴等，都充溢着典型俄罗斯风情，书中俄罗斯人的言谈举止、行为风格也都体现民族特性，凡此种种洋气处，译文都不作归化淡化，而保持其本来风貌。对语言形象作归化处理也是极个别的，我印象中只记得有两处：一处是焦尔金说"我打完了鬼子就回家"，其中的"鬼子"一词原文 "немец"，是对德国侵略军的贬义词，我归化处理译作"鬼子"，比较符合红军战士的口语语气。还有一处是称赞战士的褒义词，——俄语夸赞小伙子英气勃勃惯用的比喻是"雄鹰"（орел），此书中出现多处，我大都作洋化直译，只有一处例外地把"雄鹰"换成了中文惯用的比喻"小老虎"（"这都是百里挑一的小伙子，一个个都赛过小老虎"），这处完全是为了与上下文押韵，并不是为归化而归化。

幸而这次换鹰没引起注意，要不然"换鸟"风波就该提前来到了。

# 拨开直译意译之雾

好像是自古有翻译以来，就有直译意译的争论。在西方有"七十子"的直译对西塞罗的意译，在中国有支谦、道安的直译对鸠摩罗什的意译，直译意译之争两千年来没有止息，似乎成了翻译中日常遇到的基本矛盾。

但本书开头已经提到，在我看来，直译意译作为翻译基本矛盾是个表面现象，这种两分法含糊而不科学，所以争了两千年还是迷雾一团。因此我们最好不要囫囵吞枣接受直译意译两分的观念，而该先考察一番所争的直译和意译到底是怎么回事。

直译意味着什么，比较而言，还算相对明白。对于"直"的概念，可以理解为：

1. 指"literal"：直译的英文 literal translation 意思是照原文的字面译，不作改动或只作最低限度的改动；中文的"直"也可理解为"direct"——直接译原文词义，用卡特福德（John Catford）的术语，就是采用其"无条件概率"词义（不考虑上下文语境条件和联想意义，而无条件地采用词典基本释义）。

2. 指"straight"：直线式地译，不改动或尽量少改动原文句法结构和词序。

第一条表示看重原文词义信息，向源语词义倾斜，第二条表示看重原文语法信息，向源语语法倾斜。直译总的倾向就是向源语倾斜或"源语取向"（SL bias），拘泥于源语的句法、词序、词性和词义，也拘泥于源语意象和成语等。

直译的优点是能保留原作文本的若干特色，但这只是可能性而已，实际保留的东西不多。因为直译只关注词义语法层面，忽视文化、艺术形式、风格、功效等层面，导致原作文本的重要特色大都丢失。直译的另一缺点是导致译文难解（不达）和误解（不信）。直译者以"忠实"为标榜但往往事与愿违，既背离原作，更背离原作者的风格，奴隶式的忠实很容易酿成奴隶式的反叛。如"smoke free"（无烟区）译成"吸烟自由"，"goose flesh"（鸡皮疙瘩）译成"鹅肉"，还有人编出故事说：骚扰者老是骚扰一位女生，女生烦透了，爆出一句："怎么是你？怎么老是你？"而这句话逐字直译为"How are you? How old are you?"却变成欢迎词了。这是编的笑话，但直译在诗翻译中闹的真笑话也实在是够多的。

当然有高水准的直译，但首先必须排除错译。

直译者说"直译不是 word for word，不是死译"，对的。不过直译和 word for word 翻译间难画明确界限。

如果说直译的概念和倾向还算明白的话，那么"意译"的概念和倾向就一发糊涂了。英文 free translation 的意思只是离开 literal translation 而自由，但对如何自由法及自由的范围没有说明；中文"意译"一词中，"意"的概念也无边无际，可能作各种解释：

1. 指原文的"语意"（meaning），指的不是 literal 的字面词义，而可能是：

Semantic meaning 即"语义"，纽马克倡导的"语义译"，其实不过是改良的直译，但为此就要求稍微"顺"一点，即要偏离源语语法，也不过分拘泥于源语词序；

Associative meaning 即"联想意义"，为此要偏离原文的指称意义（denotative meaning）；

Contextual meaning 即"语境意义"，为此要偏离原文的词级、短语／从句级的孤立意义。

2. 指原文的"大意"（general idea），在对语篇融会贯通基础上灵活翻译，机动范围要超出句级，可能改变原文结构，乃至形成"译述大意"（paraphrase）。

3. 指原作的"意图"（purpose），或语篇功能，为此可改写原文，如功能派所描述的，乃至形成重新创作。

4. 指"得意忘言"，设作者的"意"在言外，译者为了译原作者的"用意"（intention）或"真意"，或为了译出"意境"或"神韵"（但这些概念都是无法认证的），而不受作者之"言"束缚。

5. 指"得意忘形"，丢弃原文的文化因素或形式特色，译文可能全盘归化，以致形象大变。

6. 指"写意"，在翻译中写入译者的体会或所感（feeling），译者可能借题发挥，而离开原文的文本。

7. 也可能指发挥译者主动性的"任意"或"随意"，以译者之意取代作者之意，从而超出翻译的边界。

意译追求的目标也各不相同，可能有如下各种：

1. 追求表现原文的联想意义或语境意义，为的是使译文真切地传达原文意义。

2. 追求译文符合译入语语法，尤其是理顺句法和词序，为的是使译文读起来顺畅。

3. 追求运用译入语的习惯用语、成语，为的是增添译文的文采。

4. 追求归化于译入语文化，包括风俗习惯、形象典故，如奈达所主张，使译文读起来没有洋味，更为读者喜闻乐见。

5. 追求文体的归化，如用中国诗词格式翻译外国诗。

6. 虽如实翻译原作中的外国文化习俗、形象典故，但在译文中加入解释性话语。

7. 如前所述的追求表现原作者的"用意"、"真意"、"意境"或"神韵"。

8. 追求译者自己的美学标准、美学风格，而置原作者的风格于不顾。

9. 追求译者自己才情的发挥，觉得原作意有未尽而加以补充，或觉得原作不妥而加以修饰改写，目标就是和原作者一比高低。

10. 迎合读者的教育水平，例如作通俗化处理。

11. 迎合读者的口味或时尚，投读者所好而改变原作风貌。

12. 按照领导、客户、赞助人提出的翻译任务、目的或要求，改变原文形式或内容，或改编，或节译，或突破原文限制进行制作。

13. 出于意识形态或对外宣传效果等考虑，对原文删改或重写。……

这张表还远远没开列完。可见，所谓的"意译"其实五花八门，"free"的程度不同，方向目的各异，也并不全是向译入语倾斜或向读者倾斜，无法加以归纳。其中有高水准的翻译，也有远离原作不着边际的翻译，要看所译文本类型和功能，才能对其存在理由作出评估。

结果，直译意译之争便成了一场《三岔口》式的摸黑战，争论双方既不知己也不知彼，弄不清是"什么样的直"对"什么样的意"——原文语意或大意？作者用意或真意？译者写意或任意？搞不清对象和阵营。例如我译诗追求的本是模拟再现原诗作者的风格，却被直译派归入意译派来抨击，而实际上我对偏离原作的直译意译都完全不认同。

那么，有个问题就提上日程了：既然你否定直译意译两分法，那么（除了本书开头谈的翻译三型外）你认为该怎么具体分析翻译方法或翻译取向呢？

我将在下一篇文中提出我的方案。

# 翻译的多维世界

翻译是个"多维"世界。

不同翻译类型或不同译者各有不同的取向，但取向的实际情况很复杂。直译意译两分法之所以分不清楚，是因为这是一把只有两端的"单维"尺子，无法量度翻译领域这个多维世界。要看一位译者、一件译作到底是什么取向，需要列一列翻译世界的多维度和每个维度里可供选择的取向：

| | 维度 | S（源语）取向 | T（译入语）取向 | 0 取向 |
|---|---|---|---|---|
| 1 | 词义 | 源语词义取向 | 译入语词义取向 | 0 词义 |
| 2 | 语法 | 源语语法取向 | 译入语语法取向 | 0 语法 |
| 3 | 语境 | 考虑原文语境 | 归化语境 | 0 语境 |
| 4 | 文化 | 源语文化取向<br>（洋化式） | 译入语文化取向<br>（归化式） | 0 文化 |
| 5 | 形式 | 洋化艺术形式 | 归化艺术形式 | 0 艺术形式 |
| 6 | 风格 | 作者风格取向 | 译者风格取向 | 0 风格 |
| 7 | 功能 | 对等功能 | 增功能<br>转功能 | 0 功能 |

为简明起见，我们暂且抛开翻译的外部社会因素不论，在上表内只考虑翻译的内部因素，并聚焦于原文／译文关

系。如果分得粗些，本来只分语言、文化、形式、功能四个维度也可以，我在这里细分了七个维度，觉得这样可以说得更清楚。例如在语言维度中，词义、语法、语境起的作用是不同的；又如风格维度虽通过艺术形式表现出来，但又难归并于形式维度，因风格含有诗人的生活历练、创作个性、审美理想、情感取向等丰富的精神内涵，难用"形式"概念包容。杨德豫译诗追求模仿逼近原作格律，而我译诗追求模仿逼近原作形式和风格，尽管二者有部分重叠，但着重点和翻译效果还是显然有别的。因为对我而言形式不限于格律，而且形式也聚焦于风格，关注的核心还是体现风格。

表内七项，各有"S"、"T"、"0"（零）三种取向，"S"是 Source（源语、源文化之"源"）的缩写，"T"是 Target（译入语或曰靶语、译入文化或曰靶文化之"靶"）的缩写，"0"取向则类似于语法中的"零冠词"，表示"非 S 非 T 取向"或"取向阙如"。现详述如下：

1. 词义维度

S 取向：源语词义取向的翻译，如 cheese 译"芝士"，cherry 译"车厘子"，ballet 译"芭蕾"，supermarket 译"超市"。

T 取向：译入语词义取向的翻译，如 cheese 译"奶酪"，cherry 译"樱桃"，tennis 译"网球"。

0 取向：词义误译。

2. 语法维度

S 取向：源语语法取向的翻译，如"10 米每秒"。

T 取向：译入语语法取向的翻译，如"每秒 10 米"。

0 取向：语法误译。

3. 语境维度

S 取向：考虑原文语境的翻译，语义单位大于句级。

T 取向：归化语境的翻译。

0 取向：忽略语境的翻译，语义单位小于句级。

4. 文化维度

S 取向：源语文化取向的翻译，即洋化式翻译，如 Waterloo Bridge 译"滑铁卢桥"，honey moon 译"蜜月"，Milky Way 译"奶路"，not in form 译"不在状态"。

T 取向：译入语文化取向的翻译，即归化式翻译，如 Waterloo Bridge 译"蓝桥"，honey moon 译"燕尔"，Milky Way 译"银河"，White House 译"白宫"。

0 取向：0 文化翻译，即文化特色缺失的翻译，如译唐诗删去典故、人名、地名。

5. 形式维度

S 取向：洋化形式取向的翻译，如杨德豫译英诗，严格遵守原作"顿"数和韵式。

T 取向：归化形式取向的翻译，如王力、辜正坤用中国诗词曲形式译英诗。

0 取向：0 形式翻译，即缺失艺术形式的翻译，如把诗译成无诗体形式的散文。

6. 风格维度

S 取向：作者风格取向的翻译，如笔者的译诗追求。

T 取向：译者风格取向的翻译，如蒲伯、郭沫若的译诗，傅雷的译小说；求雅的翻译；许渊冲求美的翻译；还有译者投读者所好的翻译，如《飘》。

0取向：0风格翻译，即缺失艺术风格的翻译，如大量存在的"翻译腔"。

7.功能维度

S取向：对等功能翻译，如 Microsoft 译"微软"，Airbus 译"空客"；但是，如果仅功能维度为 S 取向而其他维度为 T 取向，则可能是像"小蝙蝠"变"小裤子"式的伪翻译。

T取向：增功能或附加功能翻译，如 Pepsi-Cola 译"百事可乐"，BMW 译"宝马"（按：BMW 是 Bayerische Motoren Werke 即"巴伐利亚摩托制造厂"的缩写，其对等功能翻译应是"巴摩"）。

与此不同的还有一类类似转基因的转功能翻译，即有目的地改变原作功能的翻译，如释义翻译、节译、简写本翻译等，改编和戏拟也属于转功能翻译之列。不论是增功能或转功能，都是服从于"T"（译入语）端的赞助者、读者或用户需要，故列入"T"端。

0取向：0功能或减功能翻译。如 Pepsi-Cola 假使译为"消化可拉"就没有促销效果。因忽略功能或达不到原功能，会形成大量0功能或减功能翻译，如外宣翻译丧失宣传功能，文艺翻译丧失艺术审美功能，都是常见现象。

要说明一点：我说的"取向"不一定是绝对的，有时只是偏重一侧的"倾向"或"偏向"（bias），像人有右撇子、左撇子那样，虽然偏重一侧，但人还得用两只手做事，用两条腿走路。

这样，7 个维度乘以 3 等于 21 项，外加"转功能"一项，共计为 22 种取向。但其中"0 词义"和"0 语法"是两种常见的误译现象，一般不是译者有意为之，也可以不计入翻译"取向"。其他有些选项中虽也可能包含误译，但都有翻译取向的性质。

那么，如除掉"0 词义"、"0 语法"两项不计，就还有 20 个取向选项。不同译者对选择表现什么、放弃什么有根本分歧，而这 20 个翻译取向的搭配又千变万化因人而异，像万花筒似的能形成无数不同类型的组合。许多组合可能产生优秀翻译，也都可能产生劣质翻译。

故翻译方法或取向绝非直译／意译概念所能代表，简单化的直译意译两分法造成了一团迷雾。如按我的提议，代之以信息型、审美型、功效型的翻译三分法，辅之以上按多维度细分的 20 个翻译取向，是不是能帮我们拨开迷雾，更好地分析纷繁的翻译类型，也更清晰地为译者的取向定位呢？

# 碟子和"酱油"

讲翻译学理论课，本雅明的名篇《译者的任务》占有特别重要的位置，但研究生反映难读难懂，究其原因，跟所读的英译文有点"隔"（也有些地方欠确切）不无关系，但主要还是由于本雅明的思想比较另类。例如，语言派翻译理论家给翻译下定义，都说翻译是意义或内容信息的传递，这似乎不言自明，很好懂；本雅明却说译者的任务不是传递意义或内容信息，对这种惊人之语大家都觉得不好理解。

其实这反映的仍是翻译学中语言学派和文艺派之争，即我曾用碟子作过比喻的"两个碟子"之争。按语言学派的观点，语言是信息或指称意义的载体，这无可商量。而本雅明看不起的却正是这个指称意义，即"酱油"，他认为诗追求的是"纯语言"，用它来装"酱油"简直是对诗的贬辱。他在《译者的任务》里谈的本是Dichtung（有"诗"和"文学作品"二解）翻译，现将他开宗明义的一段话从德语原文译出如下：

> 试问一件文学作品"说"的是什么？它传递什么信息？对懂文学的人而言它传递的信息很少。它的本质不是信息传递，不是陈述。然而负担传递功

能的翻译却不传递别的，单单传递信息，因此就单单传递非本质的东西。这是拙劣翻译的一种标志。但是除了传递信息，文学作品还含有什么呢？公认为更重要的——连拙劣译者也承认的——不是那难以捉摸的神秘的"诗意"成分吗，即只有译者本身也是诗人才能复制的那种成分吗？不过事实上由此却导致第二种拙劣翻译，其标志因而可定义为：对非本质的内容作不确切的传达。[1]

其实本雅明说得十分清楚了，当然这段译文里也体现了我作为译者的理解或阐释。他所说的第一种拙劣翻译（抛弃艺术维度而单单传递信息），指的是信息译方式的直译；第二种拙劣翻译（标榜传神而对非本质内容作不确切的传达）指的是大而化之的意译。他认为前者复制"字面"的指称信息，后者传达随意臆想的"内容"信息，殊途同归，都把诗当作装"酱油"的载体，尽管装的是两个牌子的酱油。

这里我们试通过一则译诗实例来印证本雅明的论点。选的是瓦莱里的《脚步》，这是法国象征派的一首经典之作，瓦莱里秉承着马拉美的"纯诗"论，与本雅明的思想可谓同出一脉。

---

1 Walter Benjamin: "Die Aufgabe des Übersetzers". In: *Gesammelte Schriften*, Bd. IV, Frankfurt am Main, 1972-1999, S. 9.

[1] Les Pas

Paul Valéry

Tes pas, enfants de mon silence,

Saintement, lentement placés,

Vers le lit de ma vigilance

Procèdent muets et glacés.

Personne pure, ombre divine,

Qu'ils sont doux, tes pas retenus!

Dieux!..tous les dons que je devine

Viennent à moi sur ces pieds nus!

Si, de tes lèvres avancées,

Tu prépares pour l'apaiser,

A l'habitant de mes pensées

La nourriture d'un baiser,

Ne hâte pas cet acte tendre,

Douceur d'être et de n'être pas,

Car j'ai vécu de vous attendre,

Et mon coeur n'était que vos pas.

这首小诗"说"的是什么？它"说"的是诗人听见有脚步声向床边走来。但因为诗是留白的、开放性的艺术，是吸引读者投入和参与的，所以对"脚步"如何理解没有标准答案。"脚步"是个象征性意象，含义不确定，但有导向性，使你可能把它理解为理想、幸福、希望、缪斯等等。诗人听见足音的感受和反应也带有巨大的"留白"，使你可能理解为人的生命本质就是追求，就是寻找，就是期待，等等。诗人正是通过这种开放性的空白，表现了生命最美好的向往，这是《脚步》成为名作的原因。不过留白和境界的奥秘本来在于"不可说"，若像我上面那样用概念化语言来说就破坏诗的境界了。

为什么本雅明说传译词义信息的直译是拙劣翻译，传译内容信息的意译也是拙劣翻译呢？这就来做个实验。先做信息化的直译，下面是严格按直译要求复制的诗，翻译方法（按"维度列表"分析）是词义、语法、语境维度均选"S"取向，其余各维度选"0"取向：

[2]

你的脚步，我的寂静的孩子们，
神圣地、慢慢地放置，
向着我的警惕的床
前进，沉默而又冰冷。


纯粹的人，神圣的阴影，
它们是多么柔软，你的谨慎的脚步！
神们！我猜测得出的一切礼物

都用这双赤脚向我走来！

假如，用你向前移动的嘴唇，
你准备着，为了使他平静下来，
给我思想中的居住者
一个吻的食物，

不要加速这温柔行动，
这生存和不生存的甜味，
因为我一直以等待你而生活，
我的心只是你的脚步。

这篇译文属信息译性质，但因选择词义时考虑语境条件而避免了误译，故属改良的直译即"语义译"。遗憾的是，由于信息译不考虑诗的艺术形式、音律和风格，因而遣词造句生硬，比如原文对脚步移动用的动词是"placés"（法语过去分词，相当于英语的"placed"），直译就成了"放置"，意思虽然可解，但很生硬也很"非诗"。至于瓦莱里最看重并精心锤炼的音律，那就全无踪影了。

再看意译的情况如何吧。本雅明对一般所称的直译和意译也有个比较，他认为：虽然直译不能充分表达原文内涵而且往往难读难解，"拙劣译者随心所欲的自由意译，就达意而言要（比直译）好得多，但是文学和语言水平却差得多了"。所以二者比较，本雅明明确地倾向直译。

怎么会如此呢？让我们再做意译的实验。不过意译缺乏范围约束，没有一定标准，所以这里戏拟一个蹩脚意译，并不代表所有意译，只算可能方案之一吧。翻译方法是：大部分维度选"T"取向，艺术形式选"0"取向，功能维度选"转功能"：

[ 3 ]

我躺在床上睡不着，
因为非常静，
产生了幻觉，
听见有脚步声向我的床走来！

脚步是轻轻的，
胆小的，
我猜想是个美人，
是来安慰我的。

我在这里满腔心烦意乱，
等她安慰都等一辈子了，
如果她过来
一定会给我一吻！

但是慢着慢着，先别过来——
咳！不要做梦想好事了，
所谓脚步嘛，

只是我心跳的声音罢了。

结果是：假如说直译破坏一半诗意，那么蹩脚的意译可以把诗意破坏无遗。直译的毛病是往往造成误译，至少是译得生硬难解；意译的毛病则是自作聪明随意填充诗中的留白，把不可言说处填上"非本质的内容"（"酱油"）并加油加醋——所以比起直译来"达意"要好得多，听起来很"顺"，绝不像直译那么生硬，可是在文学和语言方面却比直译还要差得多，碟子里巴黎圣母院的艺术形象被酱油完全掩盖了。

鉴于这两种译法之不能令人满意，我采用的是二者之外的第三种译法，即以风格译（艺术译）方法译诗，把翻译的重心转移到逼近原诗形式和体现原诗风格方面来。翻译方法：语境、文化、形式、风格、功能维度选"S"取向；词义和语法两个维度，则在"S取向优先"的前提下，在"S"、"T"间机动调谐。下面是我的中译文：

[4] 脚步

你的脚步圣洁，缓慢，
是我的寂静孕育而成；
一步步走向我警醒的床边
脉脉含情，又冷凝如冰。

纯真的人哪，神圣的影，
你的脚步多么轻柔而拘束！

我能猜想的一切天福
向我走来时，都用这双赤足！

如果你的芳唇步步移向
我这一腔思绪里的房客，
是以一个吻作为食粮，
准备来平息他的饥渴，

那就别加快这爱的行动——
这生的甜蜜和死的幸福，
因为我只生活在等待之中，
我的心啊，就是你的脚步。

　　翻译重心既转到艺术方面（集中关注的是艺术形式、艺术风格、艺术功能），词语信息就得让出"无条件"的首要位置而降至次席。因此在风格译中，词义和语法信息可能要服从音律、风格等要求而作必要的机动，不过机动范围还是严格节制的，与本雅明批评的"随心所欲"的意译有本质不同。翻译结果与直译文本对比，主要是用词选择从信息角度转向了艺术角度，其实变动幅度不算很大。

　　瓦莱里的诗以艺术精湛著称，他长于探索心智活动，探索思想在下意识和意识之间萌生的过程，追求思想和词语的升华，诗风清澈、纯净而深沉。译这样一位诗人的作品，直译方案［2］的用词就显得粗糙而欠推敲了。如第四行中直译的无条件概率词义"前进"、"沉默"、"冰冷"，在风格译方案［4］中就分别替换成了有条件选择修辞"走向"、"脉脉含情"和"冷凝如冰"。又如第七行的"Dieux!"（神们！）虽然可译为"神啊！"但斟酌效果，我还是选择了放弃，而把其意蕴移植进"天福"一词中。与直译文本对比，风格译方案的句法和词序也有调整，如第三节中"准备来平息他的饥渴"这行诗本来位处第二行，鉴于直译文本违反译入语规范，使这节译文比较难读，我把这行诗调到了第四行。在这节诗中，极为强调心智活动的瓦莱里把人心里的活动放大，而把人缩小，反转二者的关系，于是人变成了寓居在一腔思绪里的"房客"，这样的陌生化使诗本来就不好读，如不调整源语句法就更加拗口，与原诗清澈优雅的风格也不协调了。

我主张的风格译与本雅明的理念还是有差异的，这从诗行调整上就可以看出。虽然我总体上也倾向"S"一侧，但本雅明显然比我更为倾向直译，他推崇的是"行间译"的方式，——所谓行间译，就必须一行对一行，连词序也不能有大的改动。但这只有在同一语系中如欧洲语言间互译才行得通，法语和汉语分属两大语系，句法词序的巨大差异排除了行间译的可能。

这里也要提一笔原诗精致的音韵。瓦莱里虽是现代派先锋诗人，但遵守传统诗律非常严谨，他认为一首诗的内容主题远远没有其音律和词语的组合重要。在《脚步》中，全部十六行诗的押韵他都用法语"富韵"（rime riche），即在押韵同时加进头韵成分（声母相谐），从而更加强了诗的和声效果。为了体现原诗艺术形式，我的译文十六行诗也全部押韵，基本上遵照原诗"abab"韵式，仅稍有机动。我为仿效原作的富韵而充分调动中文音韵资源，对双数行押韵更为讲究，既讲究平仄，又讲究狭义的韵部，如"成／冰"属"-eng"韵[1]平声，"客／渴"属"-e"韵古入声，同时兼声母相谐，以求音韵和谐，逼近原诗风格。

中译文难以做到与原诗一行对一行，英译文却不难，英语和法语属同一语系，语法结构本来是类似的。在国外任教时，因教学之需，我曾把许多外国诗和中国诗译为英语，其中也包括这首《脚步》。本来若有现成英译文可用，能省我很多力，可是找到现成的英译文往往属于本雅明批评的两类翻译，无奈只好自己动手：

### [5] The Steps

Your footsteps, born and bred of my silence,
Moving in a holy, unhurried pace,
Towards my bed of vigilance
Advance with a mute and icy grace.

Pure being, a shadow divine,
How your steps are soft and timid!
O gods! All the blessings I can divine
Come to me on these bare feet.

---

1 "冰"字本属"-ing"韵，但"-eng"／"-ing"在现代汉语诗韵里已合并为"庚青韵"，"-ing"韵在北京音中的实际发音也是"-ieng"。

If, on your lips to me inclined
You are bringing me the bliss
To calm the inhabitant in my mind
With the nourishment of a kiss,

Please don't hasten this tender act,
In which both Being and Nonbeing are sweet,
Because in waiting has been all my life intact,
And your footsteps have been my heart beat.

与中译相比，英译在语言方面更易贴近原作。为了押韵当然得作机动，如倒数第二行末，为与"act"押韵而加了一个"intact"，有点蛇足之感，但也只是强调了"一生"而没有添加多余意义。末行"heart beat"中加"beat"也是押韵之需，不过用在这里比较自然，心音与脚步的同一本是原文内含之义。

英译在语法词序上与源语容易协调，但在韵律上仿制原作形式却比中译还难，因英语的同韵词太少之故。所以我们通常所见的英译诗往往放弃押韵。但我觉得，若把押韵严谨的格律诗译成无韵自由诗，对作者精心塑造的原诗形式不努力去模拟和传达一二，毕竟非常遗憾。所以我情愿多费力气来模拟原作风格，如本雅明所说去做"瓷瓶碎片的细心拼合"，这是出于对作者和原作的尊重。

# 为不忠实一辩

关于翻译忠实不忠实问题，历来争议不断。起初，争论的焦点不外乎是"我忠你不忠"；语言学派兴起后变成"忠于哪个层次"的问题；操纵学派再把它变成"忠于谁不忠于谁"的问题；硝烟弥漫中又拦腰杀入一支解构主义新军，釜底抽薪，把焦点变成了"忠实根本不存在"问题。于是争议更像一团乱麻，连找头绪都难了。

翻译"忠实"的概念包括"信"和"等值"（equivalence）或译"等价"、"对等"概念，近来遭遇严重挑战。

我认为要求翻译"忠实"并没有错，问题的复杂性在于：商家卖的"品牌"产品是原装的，而译者提供的"品牌"产品却要经翻译加工，不是原装的了，而且由于加工工艺之复杂，已不可能与原文等值。这样，译文声称的"忠于原文"便有疑问，质疑"忠实"也事出有因了。

面对诸多质疑，拥护"忠实"派义愤填膺，努力把争议拉回到"我忠你不忠"的原点，转成了一个怪圈。

在这场纷争中，具体说说我的立场和看法：

翻译的属性规定译文不是"原创"而是"重写"，因此译文对原文有黏附性；

要求忠实是翻译的本质属性，不能推翻；

但所要求的"忠实"只能是某些维度、某个功能、某种程度上的忠实或努力逼近；

而全面忠实、百分之百忠实却是无稽之谈，这无须解构，就是明摆着的；

翻译不可能"等值"，外国文本和中国文本之不能等同，就如同外国人和中国人（在面貌、身材、语言、文化等各个维度）之不能等同，要求"等值"本来就是不合理要求；

因此忠实是相对的，而不忠实是绝对的。

人们往往把"忠实"看得较为轻易，我说"不忠实是绝对的"怕会惹一些译家不高兴，所以在此篇中我得先为不忠实一辩。

常听得人说：不管它什么艺术形式，只要我将文字"如实译出"，就做到了忠实翻译。这样说的问题在于："忠实"涉及的首先是文本／语篇整体的形式和功能，而不是每个字的词义，译解文字并不是译文的功能而是词典功能，诗和词典总是有点不同的是吧？尤其是像诗、歌曲、剧本乃至于双关语、绕口令等艺术形式，如仅译词义而放弃其形式及功能，就等于不译。你说我只要译出文字，诗中的"神"也会跟过来，那好，我们暂且不谈精妙艺术品通过狭窄翻译"信道"的信息科学难题，简单点儿，就说一头猪吧：要猪通过一根自来水管大小的管子显然是不可能的，但在肉类加工厂里，破坏其猪的形式而做成肉糜，就可以顺利通过绞肉机出口的管子灌入火腿肠中。但你并不能据此下结论说："我已经成功地、忠实地把猪通过了管子。"你瞧瞧哪还有猪啊？猪的肥头大耳的神态并没有"跟过来"。因为放弃了猪的形式，它就不复是"猪"而是肉糜了；同理，放弃诗的形式而译出词义，它就不复是"诗"而是词糜了。

退后几步说，即便不谈译诗，就说"如实译出"文字词义吧，也不要小看了文字，由于跨语言跨文化，要达到"如实"又谈何容易。恐怕也只有"氢"、"氧"等纯科学而毫无文化积淀的文字能做到语际"如实"或等值，而"气"字就不能；"水"字仅在 $H_2O$ 的意义上能做到语际等值，在其他意义上则不能。再举个最简单的动词"打"为例吧，如实译成英语是"beat"，然而一进入语言就不那么简单了：打工，打字，打的，打扮，打架，打水，打算，打趣，打杂，打靶，打折，打球，打听，打酒，打分，打赌，打电话，打招呼，打喷嚏，打手势，打哑谜，打旗号，打水漂，打扑克，打趔趄，打灯笼，打哈哈，打毛衣，打个盹儿，打马虎眼，打起精神，打小报告，打她的主意……哪一处译成"beat"还能"如实"啊？生活语言尚且如此，更甭提诗中文字微妙的相互作用了。

"如实"或曰"等值"真不是唾手可得的。即便照原文译音，译的音也不会等值。比如中国人姓徐的"Xu"，到美国人口里不是读成了"zoo"，就是读成了"shoe"。法国诗人 Valéry 的中译名有"瓦莱里"和"梵乐希"两个，从两个译名的差异就可推知它们与原文发音的差距。再看英国诗人 John Donne 的中译名，John 译"约翰"（源自拉丁）与英语发音丝毫不像，他的姓 Donne 发音是 [dʌn]，而汉语没有 [ʌ] 这个元音，于是被译成了百花齐放的"多恩"、"堂恩"、"但恩"、"唐"等译名，听起来满离谱，我无奈译作"得恩"，取的是"得"字与 Donne 的元音同为不圆唇后元音,但是口形和舌位仍有差别,辅音 [d] 也有清浊之别。可见,语言不同,连译个音也不可能达到等值,何况比音更复杂的义。

只有以科技翻译为代表的信息译,而且处理的必须是完全排除文化色彩的特别简单纯粹的文本,才能谈"等值"或近似等值,而绝大部分翻译都谈不上。若放宽尺度,转而用"等效"(读者反应对等)概念似可解决问题,然而"等效"是个模糊概念,是无法核实验证的。拿吃早餐来作比喻:中国早餐的概念是馒头、稀饭加咸菜,或烧饼、油条加豆浆;西方呢,法式早餐概念是"法棍"(baghette au beurre)、羊角面包(croissant)加"欧蕾"(café au lait),英式早餐概念是 bacon and eggs,美式则可能是 cereal,donut 或 pan cake。食物种类和口味不同,作为早餐都能管饱,所以可说"等效";但是有人会反对说:你那个早餐我不爱吃,不能管饱,这又不等效了,可见"等效"之说有点玄。荷兰人吃 blauwe kaas(blue cheese),安知是否与我们吃臭豆腐等效?毛利人生吃蛴螬,安知是否与我们吃虾仁等效?跨文化体验一下试试,体验者可能马上吐出来。

既然不"等值",那就把"equivalence"改译为"对等"或"对应"吧。按卡特福德的定义,翻译只是大致"对应"的替换,例如"阿弥陀佛"大致对应于"God bless my soul"(Hawkes 译《红楼梦》),但二者的文化背景和心态却相差万里。通过翻译哪能让异文化读者感受到"阿弥陀佛"的心态?中国叫金星,英语叫 Venus,指的是这同一个行星,当然准确"对应"了,但其文化形象却大相径庭:太白金星的一大把胡子"对应"维纳斯的风情万种，给人感受是真正不协调。

到词组层次问题进一步复杂化。字面相似的成语，意义可能大不相同，如"Pull sb's leg"不是"拖后腿"而是"愚弄人"，"Eat one's words"不是"食言"而是"承认自己说错"。"一山难容二虎"和"Zwei Bären vertragen sich nicht in einer Höhle"（一穴难容二熊）寓意恰好对应，但虎在中国占山为王威风八面，德国成语憋屈的窝里斗哪有这般气派。"A peacock among sparrows"恰好对应"鹤立鸡群"，但前者是表现其华丽高傲，后者却是表现其水平超群。再上升到句级，一句诗的意义往往已难以穷尽。诗的缘情重于指事，"却道天凉好个秋"，意义岂在气象？"一江春水向东流"，意义岂在地理？哪怕译者用尽艺术手段"忠实"也难以企及，打打"酱油"难道便完成任务么？

文本／语篇层次的解读，即便在本文化的语境里，往往也需要阐释学。一些论者认为作者原意根本就不存在，另一些论者认为自己能完全把握和复原作者原意，我看都不免偏颇。应该说，作者原意是存在的，又是不可能完全复原的；对作者原意是要认真揣摩的，又是不可能真正把握的；况且阐释是历史过程，文本意义随着历史生长发展，并不凝固在作者写作的时刻。诗无达诂，就许多名著而言，作者已死，只能听凭文本的"被接受"；当代作者即便自己现身说法，他说的意图也不一定就算标准答案。

对翻译而言，跨文化谈"忠实"更成为一个悖论。奈达倡导"功能对等"，要求"译文读者读译文的感受相当于原文读者读原文的感受"，这就含有内在矛盾。试想：既要求译者把莎士比亚、托尔斯泰变成以中文为母语写作的中国人——鼻子不高，黑发黄肤，还不能留大胡子，又要求莎士比亚、托尔斯泰和洋读者眼里的面貌风格一样，保持原汁原味不变，怎么可能呢？这相当于叫译者为广东食客做一席川菜，却要求他做成正宗广味，只许放蚝油不许放花椒，而又要保持麻辣川菜的原汁原味不变，怎么可能呢？

所以，即便在对原作的理解和译文表达俱臻最佳的理想条件下，我们也不能期待原作原意在经艺术模塑的译诗中得到复原。这与郑板桥论画竹的道理是一样的："其实胸中之竹，并不是眼中之竹也。因而磨墨展纸，落笔倏作变相，手中之竹又不是胸中之竹也。"对我们说来，"眼中之竹"是原诗文本，"胸中之竹"是译者的艺术接受和表达意念，而"手中之竹"则是落笔形成的译诗文本，三者间有密切的生成和黏附关系，却不可能相互等同。

因此对译者"不忠实"大兴问罪之师前，最好先作具体分析，弄清原委，看看其中有哪些应体谅的实情。

# 为忠实一辩

尽管"翻译不忠实是绝对的"，在本文中我还要为翻译忠实一辩。

翻译要求忠实，这不是哪个人主观制订的"规定"或"标准"，而是翻译的本质属性。如果我译的是哈代的诗，署上了作者哈代的名，我就不能任意窜改，不能冒名顶替，不能滥竽充数，不能改头换面，这是译者的诚信，否则就成了欺诈。这既是翻译伦理问题，也是知识产权的法律问题。

反忠实论者的论证中顶尖的一条，是把翻译"忠实"与封建观念等同起来，据此施加猛烈攻击，仿佛解构"忠实"就要把忠实完全推翻。这一观点是我不能认同的。其实翻译"忠实"跟"愚忠"、"从一而终"等观念不属同类项，和封建扯不上边。它只表明：翻译既声明是根据某一原文文本所作转述，就不能不保持与该原文在相当程度上的同一性，也许够不上"同一性"，就说是"黏附性"吧。这是"信用"问题，涉及的是契约和义务，和商店里卖的某个品牌是真货还是假货是同样性质。翻译依据的原文文本相当于所卖"品牌"，忠实翻译是译者的诚信。（按：信用是随经济发展而发展的，对卖真货的商家，你扣得上"封建观念"的帽子吗？）

翻译的属性规定了译文不是"原创"而是"重写"，这两种属性不同，不能混淆。如原作在著作权保护期内，翻译须获得著作权人的授权，哪怕过了保护期后，署名权也不会变；翻译须顾及与原文可比照的"适当性"，否则要构成侵权；翻译不能自认是原创，否则要构成剽窃。这是说具有知识产权的文本。其他类型的文本／语篇各有不同要求，如果是翻译国家或政府首脑说的话，翻译须十分严谨认真，假如翻译不忠实是要负政治责任的（试问一声：一国领导人说"和平"，译者可以创造性地译成"宣战"吗？），为企业 CEO、客户、赞助人翻译也是要负责任的。在政治、军事、经济、法律、科学、技术等领域内，凡是信息型翻译（不论所译文本有没有著作权保护）都要求忠实准确，如关键问题上翻译失实，可造成严重后果。所以我任军事兼外事翻译的近十年，日子过得毫不轻松。

如前所述，功效型翻译属于另类，直接对客户、赞助人的要求负责，以超语言的实用效益为目的，不要求对原文文本保持忠实，原文文本的性质变成了信息源或参考样本。译者忠实的对象从原文文本转向了所接受的翻译任务。外事翻译及许多其他场合的口译中，以忠实的信息译法为主，但也常带一定的功效译成分，需要译员根据具体情况随机应变，作出正确决断。

艺术译是本书讨论的重点，而此类文本是有著作权保护的。当然艺术译也包括各种翻译策略，节译、改编都有可能，——不是吗？电视剧对所依据的文学作品都作改编（改编也属于广义的翻译），包括情节的增减变动，更不必说台词了。但是你若要改编，就必须获得原作者授权，要署上原作者和改编者的名，以示对作者和读者负责。否则若擅自改编，打的是原作者的旗号而内容却面目全非，就涉嫌侵权、窜改或冒牌了。

这里问题又来了。既然前篇文中已论证了忠实和等值之不可能（尤其是在艺术译领域内），那么艺术译还怎么能侈谈"忠实"呢？

艺术译谈"忠实"仍然是可能的，当然是有条件的。这不妨拿画肖像画作比喻。肖像画和艺术译一样是"有所本"的，属于可比项。

我们明知肖像画不可能等值于真人——人是血肉之躯，而画是纸质或布质的，人会行动、能言语，而画像不能，这类差别可以无限地列举下去。画家为人物画像只是一种"重写"，不能要求在宣纸或画布上复制或克隆一个真人，这不必多费口舌进行论证。但是有艺术修养的画家却能运用素描、油画、水墨写意或工笔重彩等等手法，逼近所画对象的形式特征，把此人画得惟妙惟肖。既然是肖像画，不论采取何种画法，共同要求就是与所画之人相似，具有形象上的同一性或黏附性。这就是"忠实"或"信"对艺术译的要求。若不"信"（不似）则不能称作人物肖像，不"信"（不似）也就不能称作某篇原作的译文。否则便是自欺欺人，而且读者也不是容易欺的。

艺术译的"忠实"或"信"，核心在于审美的相似性，因为形象性（而非信息性）和审美价值是艺术的本质特征，这也不是哪个人主观规定的。问题在于跨语种、跨文化翻译不能在各个方面都与原文相似，于是就和肖像画家一样，只能运用自己掌握的语言资源和技能，捕捉对象最突出、最有代表性的风格特点加以表现，因此我称之为"风格译"。虽然只真正抓住了一两个特点、一两个笔触，假如你看准特点又能成功表现出来，就可显得惟妙惟肖。

所以艺术译谈"求似"还是可能的，谈"忠实"也是可能的了——指的当然是相对的忠实，不是"等值"，甚至也不是"等效"。翻译中不能全得，只能有得有失，关键就在于选择：得什么？失什么？精力放在哪一点？在哪个重点上着力求似？因此我们需要列出翻译的维度和取向选项。有点像在考卷上做选择题，有 ABCD 四个选项，你选一个就意味着失去其他三个。你不可能选全部 ABCD，对它全覆盖，那样的话你的考卷就作废了。在诗翻译中常常也是这样：选择信息可能失掉了诗，选择格律可能失掉了顺，选择土可能失掉了洋。没办法，译者只能选择优先项，选择表现什么，舍弃什么，忠于哪部分，不忠于哪部分。常言道"翻译即叛逆"，指的就是不论怎么译，也总会有不忠实的部分，即你不得不舍弃的部分。

由于信息译的惯性巨大，译者通常都会选择信息而丢弃诗，所以说"诗是翻译中丢失的东西"是有充分道理的。但我们需要意识到艺术并不是获取信息的手段，而是审美欣赏的对象。传达剧情信息不能代替观剧，介绍歌曲内容不能代替听演唱，译出诗的词义也不能自命为译诗"忠实"。语言好像是个生物，它既有骨骼又有肌肤血肉，指称意义是其骨架，而联想意义、隐喻意义、形象意义、音韵意义、情感意义、风格意义、互文意义、文化和历史意义是其肌肤血肉。

信息译着眼于"单息"的"无机"语言，即选择语言的骨骼而丢弃肌肤，好比医生以科学眼光看 X 光片，排除表面层次的遮蔽直视骨骼，以获得准确无误的本质信息；艺术译着眼的则是"复息"的"有机"语言，即观看的是语言的活体，用审美眼光首先看到的就是语言的肌肤容貌，而不是透过肌肤直达骨骼。要不然，假如你戴 X 光眼镜去观赏芭蕾舞，只见骨骼的群舞，那就彻底失去观赏功能了。这种"信息忠实"是不能替代艺术忠实的。

但我主张的风格译（艺术译）并不会随意丢弃词义信息，因为语言的活体不能缺少骨骼的支撑。风格译虽以审美价值为主要着眼点，但并不采用宽尺度的"意译"，通常只是从艺术角度对词义多加推敲而已。为了音韵格律等因素，有时对词义要作些必要的调整移位，但都是有限的，"换鸟"之类的事也只是个别案例。怎么调整移位我再举个例来说明。

阿诺德的名作 *To Marguerite, Continued*（《再致玛格丽特》）本因失恋而作，但诗人把主题上升到了哲理层次，超越失恋主题而变成了现代孤独主题。——古代人烟稀少，人际关系倒很密切；如今世界越来越小，人越来越拥挤，人际关系却越来越疏远了，"异化"之神接管了上帝的统治。诗中说：人们变成了人生之海中一个个孤立的岛屿，"被涛声回荡的海峡分割，散布在荒芜无边的海域"，人和人要求重聚的希望已变得"酷似绝望"，这是该诗很有震撼力的末节：

Who ordered, that their longing's fire
Should be, as soon as kindled, cooled?

Who renders vain their deep desire?—
A God, a God their severance ruled!
And bade betwixt their shores to be
The unplumbed, salt, estranging sea.


*（是谁，使他们如火的盼望之情*

*一旦点燃，又迅即冷却？*

*是谁，使他们的心愿化为泡影？——*

*有一个神，令他们互相隔绝，*

*令大海把他们的海岸相隔，*

*滔滔咸水，使人疏远，深不可测。）*


　　我上面的译文从诗意和诗律出发，试图兼顾艺术形式和词义语法，但在两方面也都有所让步妥协。在诗律维度上完全遵照原文"六行体"（sestet），复制"ababcc"韵式（一组交韵加一对偶韵），但在顿数（音步）方面有所松动以免束缚了充分抒发。在词义维度上的松动主要是修辞性质的，如：第一行的"盼望之火"译作"如火的盼望之情"是为了押韵；第一、三行的"谁"都译作"是谁"并加逗号，是为了加强质问语气。调整较大的只有第五、六行，全诗压轴的两行诗是要重点关注的。

　　这两行如按原文词序直译是："并命令在他们的岸之间要有／未测深度的、咸的、使人疏远的海。"调整一下词序也可译为："并命令要有未测深度的、咸的、／使人疏远的海介于他们的岸之间。"但从中文角度感受起来，这两种译法都嫌拖沓，一拖沓就失去了警句的力度，压轴偶句压不住台，就会把一首好诗全糟蹋了。因此我把句型完全重组，把原文祈使语气动词"to be"改为较有力的及物动词"相隔"，再把"海"的三个定语从原文长句中抽出来独立成句，切分三段，每段四字，使之短促有力便于诵读，共同组成结尾行；又把"深不可测"调动到最后，与"隔"字押压轴的韵。经过这一系列调整移位，读起来才达到艺术译的基本要求。

翻译当然是一种"重写"，因各个维度互相制约，在各方面都要有所让步妥协，因而都有"不忠实"成分。拿机动幅度最大的第六行来说，句子是新组的，连主语"水"字及其形容词"滔滔"也都是新加的，全句连用三个四字组，诵读效果不错，却不得不突破了原作的音步数。这当然都是"不忠实"了。艺术译所期望的只是：在整体上努力逼近原作艺术形式和风格，而把对原诗的局部"叛逆"控制在最低限度。

"忠实"不可能完全实现，也不可能完全推翻。要求完全忠实否定了翻译的可能，推翻忠实则废除了翻译本身。所以功效译除外，翻译仍要追求忠实，不过应该是适宜的和可能达到的忠实，不是虚拟的忠实。

就诗翻译而言，只要与信息译、功效译划清界限，那么相对忠实的诗翻译就是可能的。

强调凡是翻译都是"重写"的勒菲弗尔（André Lefevere）在 *Translation, Rewriting and the Manipulation of Literary Fame*（《翻译、重写以及对文学名声的制控》）一书中写道：

　　我并不想给人们一种印象，仿佛有一帮狡诈邪恶的无原则的译者、评论者、历史学者、编辑和选集编选者躲在一边窃笑着，故意地系统地"窜改"一切经过他们手的文学作品。相反，文学重写者的大多数，通常是认真细致、勤勤恳恳、学识广博、为人十分忠诚的。他们只是把他们所作所为看成是显而易见的唯一方法，尽管这种方法在历史上已屡经变迁。把那句古老的谚语一劳永逸地打发去安息吧：翻译者必然是叛逆者，但是绝大部分时间内他们并不知道这一点，而且几乎所有时间内他们别无选择，只要他们还生活在他们出生所属或后天归属的文化圈内，并且只要他们还在试图影响这一文化的演进，这就是他们想做的最合逻辑的事。

　　"译者的主体性"近来成了热议的话题。至少在艺术译的领域里，我认为译者的主体性是极为重要的，但这主体性应发挥在对原作艺术的努力逼近和对原作风格的刻意求似上，这才是它正确的目标。而且和肖像画一样，这也绝不会降低译作作为独立艺术品存在的本体价值。至于不求与原作相似的功效译当然又当别论。

# 信道瓶颈和诗的"口径"

　　我在《为不忠实一辩》文中谈到翻译"信道"问题，为了形容诗通过狭窄的翻译"信道"之难，打比喻说：好比是猪难以通过自来水管大小的管子，如果硬要把猪通过管子灌入火腿肠，就把猪的形式破坏掉了。这本是我上课时随口打的比喻。有位学生要求我具体解释一下翻译"信道"；况且，"你怎么能把诗比作猪呢？"对呀，这可真是个问题。

　　这一问就问出了这篇文章。

　　"信道"是信息论的概念，信息论研究的是信息的传输和处理，涉及信道容量、编码理论、数据压缩和抗噪音等问题，本来针对的是电信，后来运用越来越广，到了信息时代已形成无所不在的信息科学。从广义上说，翻译学也是研究信息编码和传输的，所以翻译的理论研究离不开信息论。

　　任何信息的传输都得通过信道，并受到信道容量的限制。现代生活里我们天天接触的宽带，所说 8M、10M 的"带宽"就是网络的信道容量。"带宽"单位是 bps，即每秒能传输的比特数，10M（10 兆）等于每秒传输一千多万比特，是个巨大的数。要知道传输一个字母只有 8 比特，传输一个汉字只有 16 比特信息量，宽带论"兆"的流量主要是用于传输视频的。以前通过电话线，信道带宽不足以传输视频，只能打电话或传输嘀嘀嗒嗒的摩尔斯电码。打电话每秒钟大约说三个字，即只传出每秒 48 比特信息量（我指的不是音频信息量，如按音频信息计要多些）。而宽带利用原有的电话线可承载的频带，划分出 256 段频宽用以传输不同信号，好比是开通了 256 个车道的高速公路，这才达到"兆"级。光纤信道的带宽就更惊人了。

要说翻译的信道带宽嘛，大概与传统电话相当，适于传输"线性"而清晰明确的词义信息，因此信息译可顺利通过。但诗翻译需要传输大量"有机"而"立体"的艺术信息，这就像视频一样需要大的信道带宽，可是偏偏没有翻译"宽带"。于是在狭窄的翻译信道面前诗翻译遭遇了"瓶颈"。这就和电话电报能通过传统电话线路而一部视频难以通过，蛇能钻进狭小的管子而一头猪难以通过是同样道理。

但是诗怎么能拿猪作比呀？我上课的时候作这比喻是出自直觉，还没经过思考。想想看，诗和猪确实很少交集，唯一的共同点就是（我直觉地感觉到的）二者的"口径"都太大。不过，猪因其肥而"口径"大是显而易见的。诗呢？难道诗也肥吗？

诗并不"肥"，相反，诗是一切文本类型中最简洁的，故也可以说是最"瘦"的。所以诗和猪的"口径"性质是两样的：猪是实体"口径"大，而诗却是虚拟"口径"大。诗在其占字数（占比特数）最少的瘦瘦的文字形体之外，在其文字周围——借用本雅明的术语来说——散发出艺术品的"光晕"，而令其口径明显增大。

本雅明在他的著名论文 *Das Kunstwerk im Zeitalter seiner*

*technischen Reproduzierbarkeit*（《机械复制时代的艺术作品》）中，一方面肯定机械复制时代使得艺术有条件和大众接触，另一方面也指出大批量的机械复制使得围绕着艺术品的"光晕"（Aura）遭到破坏。本雅明说的"光晕"是美学概念，具有神秘朦胧、不可接近的性质，它本来是不可说明的。我在这里不是试图定义这个术语，而只是借他这一用词。我现在要探讨的，是使诗这件艺术品超越区区文字之外散发"光晕"而占有巨大"虚拟空间"的，到底是哪些艺术信息，因此我不得不祛除"光晕"的神秘性而探讨具体问题。尽管概念不尽相符，但我探讨的"光晕"或艺术信息在通过机械复制式的翻译管道时之遭到破坏，倒恰与本雅明的描述一致。

提问引起我思考：使诗具有"光晕"并超出翻译信道口径的，到底有哪些艺术信息呢？考虑结果是这样：

1. 诗最显著的"光晕"特性，就是我们已一再提到过的"留白"或曰"飞白"，即诗人不说出的言外之意和想象空间。诗人能做到"不著一字，尽得风流"，把诗最好的部分留在不言之中，以吸引读者参与想象，共同营造诗的意境。诗的这一性质虚实相生，它虽因"不言"而似乎不占比特数，却占有巨大的虚拟空间，这虚拟空间是靠精妙的诗句结构投射而成的。诗句通过狭窄翻译信道时受到挤压变形，结构精妙之处必然破损，结果就像破损的光盘一样丧失了投射（播放）功能。

如"行到水穷处，坐看云起时"通过翻译信道的挤压后，很可能就只传达出"走一走，坐一坐"的意思，或至多能传达出半日闲情；"未济终焉心飘渺，万事都从缺憾好"通过翻译信道挤压后，可能就只传达出心神不定的意思，甚或是根本不知所云。留白、意境和"光晕"消失了，或者变成了晦涩。

2. 诗带有大量音乐和形式信息，这是产生"光晕"的重要因素。诗和歌同一起源，音义交融是诗的一大特性，但在通过翻译信道时受其口径限制，音和义通常只能二择一，要么译音要么译义。译诗每天常会遇到的挑战就是音义无法兼顾的尴尬：你找到了最佳修辞，可惜押不上韵，你找到了最佳韵脚，偏又不是最佳修辞——突显出翻译信道不让二者兼容的狭窄。

原文携带的许多音乐元素和诗体形式通过翻译信道都非常困难，或近乎不可能。即使译文勉强模拟原文诗体，读起来仍像"隔着布袋买猫"那样难以辨认。而诗体本来是诗极重要的组分，与诗的意蕴、情调密不可分，并不是可以随意替换的衣服。如一首"七律"或"虞美人"或"渔歌子"，在源文化中各有其独特的不可互换的韵味，但这种韵味根本通不过翻译的"管道"。你即便在译入语中努力模拟了原文诗体的音节数和韵式，读者也还是感受不到。经许多译家数十年来辛勤耕耘，十四行诗大概是唯一成功译入中文的诗体，但欧洲语言十四行诗的韵味在中译文里还是难以尝到。

3. 诗文本在其字句之外带有大量语境和文化链接，包括象征、隐喻、典故和互文关系，涉及范围之广常超出我们的想象。卡特福德在《翻译的语言学理论》中说："作为言语行为中心环节的文本却是，或可能是，不仅相关于这一直接情境的特征，而且也相关于在越来越大的距离上（姑且这样说吧）扩展开去的特征，最终扩展到这一情境的整个文化背景。换句话说，所谓'情境'可以看作是与文本相关的一系列的同心圆或同心领域。"[1] 他这段话有点拗口，我们换得形象点儿也可以这样说：如果投石击水，一圈圈波纹会荡漾开去直到铺满整个池塘，与此相似，一个具体文本的语境也不限于当下，而会一圈圈扩展开去，直到波及"源文化"的整个领域，涉及整个文化背景！

如上文例举的"行到水穷处，坐看云起时"互文链接着中国的禅文化，"未济终焉心飘渺，万事都从缺憾好"互文链接着《易经》和老子，同时又含有儒家知识分子的担当情怀。这样的文化链接宏大深厚，涉及整个源文化背景，显然无法通过诗翻译的信道。异域读者缺少中国文化熏陶和环境濡染，就无法获得默契的感悟和触动。诗译者传递不了大口径的文化信息，不得已也只有加注之一法，从信息学角度说，就是受限于信道带宽，只能以增加信息长度来弥补，好比是把面团压进管道。然而对诗的接受，最大特征就是直接性，而加注却是间接性的，加上"蛇足"对读诗必有干扰。艾略特的《荒原》注释倒比诗文多，读起来像读古籍考证一般，读者就得努力克制不耐。所以译诗加注实在是不得已的办法。

如哈代的 *During Wind and Rain* 一诗，是哈代根据亡妻爱玛回忆她少女时代优裕幸福生活的笔记写成的，诗的主题是感叹人世无常，一切都被风雨销蚀，诗题和诗中反复

---

1 John Catford, *A Linguistic Theory of Translation,* Oxford University Press, 1965, p. 52.

咏叹的叠句"Ah, no; the years O!"互文链接的，是莎士比亚《第十二夜》中小丑唱的闭幕曲："With hey, ho, the wind and rain…For the rain it raineth everyday."（"嘿，嗬，风雨声声……每日风雨不消停。"）我参照互文，把诗题和叠句译为《风雨声里》和"哦，且住！岁月忽忽"，同时又加注了关于莎士比亚的互文链接。不过与熟悉互文链接的原文读者相比，译文读者是"隔文化如隔山"的，加注的帮助其实也很有限，不过聊胜于无罢了。

4. 诗的"光晕"之又一要素，是富含于诗歌语言中的复义和模糊性。记得上世纪八十年代我国诗歌界还曾发生过一场"朦胧诗"与"反朦胧"的争论，而朦胧源自诗的留白和模糊表述，其实是诗的基本属性。而且不仅于诗为然，自然语言的表述本来也大都是模糊的，作为语言艺术的诗便是发掘了这种模糊性，并利用和发挥它来营造含蓄美和拓展虚拟空间。

从信息论观点看，模糊性意味的是信息的不确定性，或用热力学术语叫做"熵"。应用性的信息科学致力的目标本是消除或减少"熵"，力求信息的明确，这也是信息译致力的目标。因此计算机技术和机器翻译技术都在攻模糊信息识别和处理的难题，其关键则是运用词义消歧算法，根据近似度和综合判断来消除复义性，以获取词义的单义。尽管如此，由于机器翻译缺乏语境知识，词义消歧工作做得并不能尽如人意。可是诗却不是一般语言，诗中的"信息熵"即意义不确定性是不能消除的，如果试图用词义消歧法来铲除诗中的"信息熵"，也就等于消除了"光晕"，把诗还原为陈述性的信息文本。很遗憾，这正是有些译诗者做的工作。

诗是一种特殊的文本，它除指称信息外，更需要的是从精练的诗性文字结构里生发出朦胧的艺术"光晕"。我们可以作这样的比较：指称信息是"明电码"，一码对一字，一词指一义，说一是一，说二是二；而诗犹如是"密电码"，说一不等于一，说二不等于二。指称信息要指义简明，排除一切歧义；而诗则蕴意深厚，言有尽而意无穷。"信息熵"在通信中是亟须消除的威胁和危害，但诗人却能把"信息熵"化为待开发的矿藏和诗意的境界。用同等长度的文字或符码，诗比指称信息能传递的意思要多得多，而且大量意思是"压缩"和"加密"的，要求读者自行解压解密（并在其中获得最大享受），以致后人写上成百成千篇诠释、鉴赏和论文，也无法穷尽一首好诗的内涵。

我们没能力在这里分析一首好诗，那就仅从细部着眼谈谈一词复义吧，在信息译中这也是要极力排除的，在诗中却是精妙的艺术。例如霍普金斯的代表作《隼》中，有一句语言"别扭"的诗："Brute beauty and valour and act, oh, air, pride, plume, here Buckle!" 我的译文是"野性美，勇，行，风，傲，羽，都在此扣合！"然而"buckle"这个动词，霍普金斯是用其复义的，这一词就包含了"扣合"、"扣紧"、"折弯"、"压弯"、"垮塌"和"全力以赴"等含义，作者既用它来"扣合"前述的一连串品格于一身，又用它来形容隼的飞行中突然"弯折"，收紧双翅急坠而"凋落"，而从这首诗作为耶稣赞美诗的性质中，又可看出作者以隼在飞行中俯冲急坠的形象，隐喻的是耶稣蒙难牺牲，竭尽全力完成自己的救世使命。[1] 这种多义修辞属不可译范畴，因为通过翻译信道时只能从丰富的复义中译留其一，这就令译者无计可施了。我在《诗海》中曾把这 "buckle" 译作 "弯折"，最近在《樱花正值最美时》（《英国维多利亚时代诗选·下卷》）中又改译为 "扣合"，而都不能完全达意，就表现了这种困境。

诗的这些性质，在本文化的生态环境里享有 "主场" 之利，所以与读者相处融洽。虽然在本土也要经过信息传输，但传输并无困难。现在就让我们考察一下：诗以有限的文字（如一首七绝只用 28 个字）承载丰富的内涵和诗意，这种大 "口径" 信息在文化 "主场" 是怎样传输的呢？

这实际靠的是信源端和接收端的默契协作：一方面要靠作者巧妙精湛的创造性编码和压缩艺术，把丰富蕴意寄托于有限文字之中；另方面要靠读者以自己的文化素养、储备与悟性，不仅进行解压、解码，还要作填充、拓展，这样双方默契，配合互动，才能达到 "心有灵犀一点通"。这不是电信式的机械性传输，而是一种创造性的传递。它的实现依托的是信源端和接收端有默认的共享体系，即作者和读者享有共同的语言、共同的文化背景、共同的历史和文学遗产，所以许多事都不必说破，一点就通。

可是译诗要跨语言、跨文化进入 "客场"，于是主场之利就丧失了。诗中蕴含的联想意义、风格意义、文化意义、互文意义、隐喻意义、音韵意义和情感意义在 "主场" 是尽在不言中的事，在出国时却成了冗余行李，行李尺度太大而

---

1 参看第三辑《"读起来不像译文" 好不好？》文中的引诗（241—242 页）。

信道太窄，过海关都被截留，通过后就只剩简单文字了。

诗又像是一棵枝繁叶茂的树。如须离开本土出口，则树被伐倒，通过翻译加工流水线时枝叶树皮全被削尽，从翻译管道拖出来时已变成一根光溜溜的木料。原来生意盎然的青枝绿叶不见了，丰富的链接断裂了，"光晕"自然也消失了。

反驳者提出："我认为，'神'是最主观的东西，甲认为是'神'的，乙也许认为是'鬼'。诗中真的有'神'的话，也一定包含在诗的文字之中，只要把原诗的文字如实地译过来，'神'不也就跟着过来了吗？"[1] 这里说的"神"指的也就是文字携带的某种诗性。反驳者反对"神韵"、"传神"之类的说法有其理由：光说这些失之过虚，我也赞成讨论翻译学问题应当尽量予以细化（虽然也要防止相对主义）。但若说只需"如实译出"文字"神就跟过来"，那也未免过于天真了。如果事情真有那么简单，诗可以像大量技术性、商务性翻译材料一样顺利通过机器翻译程序或信息译加工管道，那岂不太省心省力了？

诗没有那么幸运。既要翻译，诗也不得不进翻译信道，我主张的艺术译并不能绕过"诗口径大而翻译信道窄"的矛盾；而限于信道带宽，诗携带的艺术信息（包括所谓"神"或"光晕"）是无论如何不能整体跟过来的。所以艺术译（风格译）只是呼吁要把关注重点放到艺术信息和青枝绿叶上来，实际操作中诗译者所能做的，大概也只有这么几条：

1. 既然出入境航班对携带行李有限制，那就只得选择重

---

1 余振：《与姜椿芳关于译诗的通信》，载《随笔》1989年第5期。

要东西随身带，否则你就要摊上麻烦了。我曾见过旅客在登机前被迫一叠叠地丢弃超重的衣物；也见过旅客抵达美国时在海关被大量截留禁带的食品（火腿、月饼、银耳之类）和中药材。所以旅客带行李就该有所考虑。就译诗而言也一样，需要精心选择你要带过翻译通道的成分。

很可惜，译者通常都选择只带"词义"或"内容"信息（即本雅明所称"非本质的东西"或我前述的"酱油"）登机过关。"诗"却成了过翻译关时被丢弃的东西。

在我看来，诗译者首先要选择的应是使诗成为诗的最重要成分，即最能代表这首诗艺术风格的元素。因"行李"严格限量，为此就不得不舍弃一些次要元素。所以，精心选择，成了译诗成败的关键。这也就是我三十多年前在《谈谈诗感》一文中所说的"突破口的选择"。

2. 可是诗语不同于普通词语，看起来区区几个字却很难随手塞进行李包。诗语的特征是简洁而内涵丰富，好比是压缩文件，紧凑的文字能释出巨大的信息量。但这种精致的"压缩文件"携带的原文结构、链接和"光晕"信息却通不过翻译信道，由于"S"端（源语端）、"T"端（译入语端）的压缩加密系统分属完全不同类型，所以不能以压缩形式通过信道再解压解密。诗译者只能先在"S"端解读作者的艺术"密码"并认真学习作者的编码艺术，然后又在"T"端模仿原诗重新编制高度压缩的艺术"密码"，包括模糊信息、加密信息、音乐信息，并努力达到不逊于作者的艺术水平，争取使原诗的"光晕"重现。

如果译者连原诗"密码"也不能解读，则译文传递出的信息当然成了不可解的"乱码"。在解读原诗密码的基础上，来到了"T"端，为弄散了的诗语重新加压加密便成了关键。常见问题是把诗译得拖泥带水，稀稀拉拉，把原诗的精练变成啰嗦，把原诗的诗意修辞给"说白了"，把原诗的"留白"倒给填死了。所以"T"端的艺术编码（重新加压加密）是对译者艺术功力的真正考验。若力有不逮则艺术密码失灵，诗变为信息型文本，也就丧失诗性功能了。

3. 通过翻译信道后原有文化链接断裂，译者要尽可能修复弥补；在不能修复的情况下也可考虑适当建立新的替代性链接。如《"火鸡"公案》一文中谈到的，由于电影片名《鹤北飞》意象的"S文化链接"断裂导致"光晕"消失，译者在"T"文化端重制"雁南飞"意象，建立了替代性的"T文化链接"，从而起到近似等效的功能。这种"T"侧取向有时作为必要补偿，也是无可厚非的。

# 留白，还是填空？

　　诗邀读者参与的程度高于其他文体，这是诗最重要的特征。我们通常说的诗贵含蓄、意在言外等等，以及我在上文中谈的"加压加密"，都是这一特征的体现。诗中大大小小的留白或"飞白"，就是对读者参与发出的邀请。诗的语言精练，但靠含蓄留白却能极大地扩展其亦真亦幻的虚拟空间。似乎是要为诗巨大的虚拟空间作一点暗示吧，诗在纸面上留出的白也大大多于散文，不会印得密不透风。每行诗、每节诗后都会为言外之意留一点空白，为读者留一点体味、参与的空间。

　　考生遇到填空题就得填空，读者读诗遇到留白也得填空，但做考卷和读诗的填空性质又全然不同。考卷是一种压力，而诗是一种吸引，诗留的空白必有诱人之处，使读者感到魅力难以抗拒而自愿进入。考试填空只有一个标准答案，参与者必须按规定回答；而诗的留白有广阔空间，让读者能自由地神游其中，而且诗中境界难以穷尽，诗的"留白性"也就是诗的"生成性"，读者从诗中会不断有新的发现。这就是读诗的乐趣所在，也是好诗耐读的缘故。不过也得补充一句：有些说教诗和考卷填空题相似，只有一个标准答案；不同于考卷的是作者生怕读者填不对，还要把标准答案即教喻耳提面命地告诉你——这就比考卷还没味道了。

猜谜与考试一样，只需调动智力，而且只有一个标准答案，但因猜谜需要的是巧智，比考试有趣，故能吸引人自愿参加。而读诗邀约读者进入未知领域时，不只需要调动心智，更需要调动情感、想象和全部生活经验的储备，所以也更为余味无穷。

但译诗该留白还是该填空，在译家间分歧很大。这是因为译诗有个矛盾：译者既要做源语"S"端的解读者，又要做译入语"T"端的重写者，前一种身份要求他参与填空，后一种身份要求他保持和重制留白。译者以读者身份参与填空并有所发现后，出于好心，往往急于把自己填空的答案教给读者。译者的心理是这样的："读者不通外语，没条件参与解读，全靠我为他们译诗，帮他们解读，所以在诗中保持或重制留白实无必要。我把标准答案送到读者手里，对读者岂不是更有帮助？"持这种态度的译家众多。在我看来，这是把"译诗"变成了"代做考卷填空题"。若论译者的角色，这类译者对待读者不是平等关系，带启发的属于"教师"类别，全包办的则属于"保姆"或"枪手"类别。

我觉得"留白还是填空"是大可探讨的问题。要用个实例以便具体探讨，没工夫找，就用我在论文《论风格译》[1]里举过的一例吧。下面是摘自敦煌曲子词《忆江南》中的三行诗原文及其英译文：

---

1 参看第四辑《论风格译》。

我是曲江临池柳，

这人折了那人攀，

恩爱一时间。


I am but a courtesan at Qujiangchi,

For men to take any liberties with me.

If, of all the girls, one picks and chooses me,

Mere personal preference; love, it can't be.

If someone shows for me, a little care,

That is only a momentary affair.


（《词百首英译》，徐忠杰选译，

北京语言学院出版社 1986 年版，2 页）


　　前辈徐忠杰先生中英文功底深厚，他的中诗英译比较讲究音韵，语言表达也令我钦佩。但在处理留白的问题上我却持有不同观点，需要陈述。

　　《忆江南》是无名作者的杰作，原诗通篇运用隐喻语言，风格简洁含蓄。仅说"柳"意象吧，从《诗经》的"昔我往矣，杨柳依依"起，诗人们既以柳喻指相思和送别，又以柳形容女性的婀娜和柔弱，诗性积淀极为丰富，翻译信道很难传输。所以译者对诗歌密码作了解码，帮助读者做完了全部填空题。这是可以理解的，但很可惜这却填塞了原诗的留白。这些留白本是作者用"加压""加密"的艺术手段精心营造的，也是诗中情感浓缩汇聚的所在。一旦填塞，诗的含蓄美和"光晕"消失无遗。把英译文回译成中文成了这样：

> 我不过是曲江池的一名伴妓，
>
> 让人们随意与我狎昵。
>
> 如果有人从所有女郎中挑选了我，
>
> 那只是个人的偏爱；不可能是爱情。
>
> 如果有人对我表示一点儿关心，
>
> 那也只是一时间的事罢了。

对照一下原诗的留白就可以看到：

作者留白"柳"，译者填空为"一名伴妓"；

作者留白"折，攀"，译者填空为"随意与我狎昵"；

作者留白"恩爱一时间"，译者判断这是一道正误题，于是除译述外，还很有把握地填入了一个否定答案——"不可能是爱情。"

这样一一填空，实际上是把一首诗填成一份考卷了。假如是考卷，那么这样填空大体上都不算错，然而对诗性留白而言，填空的结果却造成"非诗化"。因为诗性留白的性质本是移情的，互动的，不确定而待演绎的，期待读者移情进入诗中；如果译者以"保姆"身份为读者代做填空题，其性质却变成说教的、武断的、标签式的、概念化的了，起的作用不是释疑解惑，而是填塞留白，封闭了读者移情"入诗"之门。

诗这种文体很奇怪：文字简洁含蓄而留白开阔，"言不尽意"，使得它诗意浓郁；如增加文字密度填塞空白，试图把"意"说尽，则诗意也随之而尽。文字数量和诗意似成反比。试比较以上的文本：原作只有 3 行 19 字，英译文增加到 6 行 46 个词 64 个音节。英语的词和中文不好比较，可参照回译中文的字数 73 字，与原作的 19 字相比膨胀系数近 4 倍。当然，在翻译中一定的阐释或"显化"（explicitation）常属必需，尤其是在跨文化译诗中，译文的膨胀和稀释更为难免。但形成填空过度的原因之一，显然是译者对诗中留白不珍惜，对译文不作加压加密反而大尺度地解压解密。其结果既破坏了原诗风格，也使译文膨胀系数超出合理限度。

"显化"翻译不能排除，为了帮助读者理解，译者常常需要作些"显化"填空，但首先得看看原诗留白的性质。对诗性的、移情的留白要格外珍惜，对复义性质的留白也要尽量避免单义化。读者不易理解的空缺，只有在不属诗性和移情性质，且为单义时，才是最适合填空的。这类简单填空与考卷填空题同类，不待说译者也要防止填错。

但与考卷填空一样，译诗填空填错也是常见的，翻开书来例子俯拾即是。这是马雅可夫斯基的长诗《好》的一种译本里，对十月革命后俄罗斯遭受列强干涉的艰苦年代的描写："只吃煎牛肉加肉汤，还有你们的一百五十万普特的面包"[1]。那年头俄罗斯正闹饥荒，怎么会有如此丰富的食物呢？见到不可思议的译文，一查对，往往就是填空填错所致。原来这场景是有钱人下小馆子吃饭，原义意思是："喝碗肉汤，吃盆排骨，面包自备，一百五十万。"说的是通货膨

---

1《马雅可夫斯基选集》（第三卷），人民文学出版社 1959 年版，545 页。

胀达到了惊人程度。中国读者不了解当时语境，可能猜不到这"一百五十万"说的是一顿饭的价格，因此我译此诗时以货币单位作了填空："喝碗肉汤，吃盆排骨，面包自备，每客一百五十万卢布。"[1] 上述版本的译者也作填空，可惜填错了，想当然地把原文留白的货币单位"卢布"误填为计量单位"普特"，普特是俄罗斯的粮食计量单位，一普特合32斤多。饥饿年代每人只有不能果腹的几两粮票定额，即便你有钱，下餐馆也得"面包自备"。做梦也想象不出如此天文数字的面包呀！译文遂不可解。

如果不是这类的单义填空，那么译者就不要太轻易地去填。可是译者往往会感到：诗写到这里似乎还言不尽意，说得"不到位"，译者觉得不解渴，有必要给它填充一点，补足一笔，延伸一下。不仅林纾译小说有这种冲动，当代译者译诗也常常会有（不敢说我就完全能免）。这里试找个例子来说明。哈代的《火车上的优柔寡断者》一诗，描写的是抒情主人公生命途中的一个镜头：他乘火车旅行途中，偶见所经站台上有一个光彩照人的陌生女郎。这是个电光石火般一闪而过的场景，但触发了主人公的激烈波动：

I said, "Get out to her do I dare?"
But I kept my seat in my search for a plea,
And the wheels moved on. O could it but be
That I had alighted there!

---

1 《马雅可夫斯基诗选》（中卷），飞白译，上海译文出版社1982年版，403页。

（我琢磨："为她下车，敢不敢？"

绞脑汁找借口间，我没离座，

而车轮已动。哦假如能果断点！

哦假如我就在那站，下了车！）

（《哈代诗选》，飞白译，

外语教学与研究出版社 2014 年版，197 页）


　　诗以假设的"下了车"收尾，而"下了车"会怎么样？则是此诗巨大的留白，诗人在这里打开了一扇"人生轨迹转向何方"的巨大窗口，与弗罗斯特被广为传诵的那首《没有走的路》异曲同工。如果说乘火车是人生旅途的隐喻，那么此诗开启的是开阔的不确定境界。哈代把空白留给了读者，吸引读者把自己的人生代入其中，我翻译时也把这个空留给读者，因为这里可贵的就是那种无边的"不确定"。如果译者试图填空，哪怕只是倾向性、延伸性的填空，诗的窗口就可能被"堵"。下文中我用着重号标出的就是倾向性填空：


我想，"敢不敢下车去追？"

但我坐着没动，心中找着托辞。

于是铁轮滚动往前驶去。啊，要是

我在这儿下了车，那该多美。

（《哈代文集 8·诗选》，人民文学出版社

2004 年版，361 页）

诗中本来开阔的留白，因这样脚踏实地的一"追"和乐滋滋的一"美"而关闭了。很可惜，诗的哲理性境界和余味从而消失。

优秀的小说家也常采用类似的诗性手法，如海明威的《白象似的群山》，这篇短篇小说写小火车站上一个片断场景，篇末也留下巨大的不确定性，成为小说留白的著名范例。

诗的留白机制在通过翻译通道时很容易受压破坏，我以为译者应当努力修复原诗的留白机制，但受制于"T"端语言文化环境和译者本人的素养储备，使之与原诗等效几乎不可能。译诗与解释（阐释）本是两个高度重合的概念，所以尽管力求不填塞原作的留白、不遮挡原作的光，但重制留白必然会有译者阐释的倾向。因此同是一首诗，不同译者重写的译文和重制的留白都是相当不同的，前面在《译者的阐释》和《试解不解之谜》等文中对此已有探讨。

经翻译，诗中留白常常就消失或失效了。有的译者对留白本来就不以为然，按照信息译力求消除意义不确定性的宗旨，认为空白是原诗的缺损，故应予以消除；有的译者没注意到原诗这里开着窗口，或没看到窗外竟有风景，有意无意地把窗口填塞；也有的译者是由于技术原因而未能重制留白机能。我希望的是译家从诗的特性着眼，对诗中留白给予更多的重视，尽可能多保留一点留白，少填一点空。因为诗中留白往往是诗的境界所在之处，诗的情感聚焦之处，无声胜有声之处。

说到底，诗与猪毕竟两样：诗的虚拟空间是不能用肥膘填实的。公元前 3 世纪希腊化时代诗人卡利马科斯就说，执掌诗歌的阿波罗教导他："要育肥自己的羊群，但不可育肥自己的缪斯。"

译诗要译出诗的"言外"部分，比译出诗的"言内"部分更难。虽然"言外"部分（即留白的部分）是从"言内"部分生发出来的，这种生发机制要靠诗人和诗译者精心制作。

麦克利什在《诗艺》一诗中说："诗应无言，如鸟儿飞旋。"（A poem should be wordless / As the flight of birds.）

李渔在《答同席诸子》中说："和盘托出，不若使人想象于无穷。"钱锺书引用马拉美的话说："诗之佳趣全在供人优柔玩索，苟指事物而直道其名，则风味减去太半。隐约示其几，魂梦斯萦。"（Nommer un objet, c'est supprimer les trois quarts de la jouissance du poème qui est faite du bonheur de deviner peu à peu; le suggérer, voilà le rêve.）诗的"眼"，有可能就在留白之中。引起读者调动想象力以及超理性的神往、恍惚和迷惘的，常常是诗中的空白。到紧要处"不著一字"，方能尽得风流，若在这里多著一字多说一句，就可能堵塞诗眼，好比下围棋时自堵活眼一样。

# 译者的角色

历来译者的角色常被说成"媒婆",也常被指为"叛逆"。两种比喻都很妙,但和一切妙喻一样,也是抓住一点不及其余。歌德的"媒婆"说抓住的是翻译的介绍功能,但正如钱锺书说的,只有因译本的导诱使读者学好外语直接去读原作了,做媒才算成功,那么成功率实在很低,红娘开的婚介所该倒闭了。因为大多数情况下读者是读红娘不读莺莺,只与红娘见面而并不打算与莺莺见面的。"叛逆"说则抓住了凡翻译必有不忠实成分这根小辫子,但无法说明为什么"叛逆"事业倒越来越发达,越来越重要。

我们则从实际功能角度来讨论译者的角色。译者的角色是很多样的,你瞧瞧,假如译者扮演的是单一的角色,那么翻译的差异哪会有如此之大,而且各方争论起来往往连共同语言都找不到?

实际上译者的角色多种多样,无法统合。在本书开头,我就曾把译者的角色归纳成三"员":在信息译中是通信员,在艺术译中是演员,在功效译中是推销员。今天再继续说说这个话题。

## 1. "通信员"

通信员负责的是传递信息,担任的是客观化角色,所以在翻译维度上重点关注词义、语法、语境维度，而且比较偏重"S"取向。但这通信员的工作远不如快递哥那么单纯，因为传递的邮包不是原装密封送达的，而是要全面转译重写的。虽然信息译要求客观而准确，但在跨语种、跨文化的旅程中，怎么译才是客观准确也很难确定。例如新闻翻译中"person of the year"的准确直译是"本年的人"，这样译却行不通，需要加工润饰。那么应加工为"年度的人"呢？还是"年度人物"？乃至再加油加醋而成为"年度风云人物"呢？这样一步步加工不是过度翻译（overtranslation）了吗？可见，即便是信息译，传达的信息并不全然单纯，何况信息译中通常还会含有一些艺术译和功效译成分。所以这通信员同样不是容易当的。

2."演员"

艺术译需要表现原作的艺术形象、艺术风格，体现其审美功能，如果光传达原作内容信息是全然无用的。于是译者不得不化装一番进入情境，担任起演员的角色。像背书似的念念台词显然不够演员资格，即便你没念错字也算不上本事（何况还常常念错），看功夫就要看你演得像不像了。正如英国诗人翻译家德莱顿在《奥维德书简译序》中所说，"译者要时刻盯住原作者，谨防丢了人，而不是亦步亦趋地紧跟他的每个字"。

艺术译者作为演员，首先要深入体会角色，所以在形式、风格、文化、语境维度上应十分关注"S"取向，另方面他又得面向观众，从演出效果出发也不可忽视"T"取向，这就需要掌握点"平衡木"的技巧。

够格的演员有本色演员和性格演员之分。本色演员不论演什么角色都像他自己，表现的是自己的本色，所以只适合扮演与自己性格气质相似的角色；性格演员则善于塑造性格不同、气质迥异的多种人物形象。反映在翻译中，多数译者专译一两个与自己本色接近的作者，也有译者以十八般武艺翻译风格迥异的作者而表现其不同风貌，就像性格演员喜欢挑战形形色色的戏剧角色，塑造反差鲜明的人物形象一样。

3. "推销员"

功效译的译者扮演的是"推销员"角色，其基本任务既不是单纯传递信息，也不是表现艺术风格，而是要运用各种手段达到宣传或营销的最大效果。他们需要"忠实"对待的不是原文文本或原文作者，而是"推销"任务和所"推销"的产品。"推销"中当然也有伦理问题，包括不应做虚假宣传，但那已超出翻译研究的范围了。

为了"推销"，需要的是研究读者和国情，做到知己知彼，随机应变，努力令人信服，"心动不如行动"。所以在翻译诸维度上重点关注的是功能、文化、形式、风格维度，且全都锁定"T"取向。由于对"S"取向不注重，功效译"重写"的自由度可以很大，甚至与原文文本全不沾边，例如：外宣文本常会脱离国内使用的原文本而另创；为了追逐票房价值，电影片名 *Cleopatra* 可以译成《埃及艳后》，*Matrix* 可以译成《黑客帝国》，而 *Great Expectations* 可以译成《孤星血泪》。

我说的三"员"是译者角色的三大基本类型。若要细分，其中的具体角色还多得很。例如我在凯利（Louis G. Kelly）

的 *The True Interpreter: A History of Translation Theory and Practice in the West*（《真正的阐释者：西方翻译理论与翻译实践史》）一书中，读到他对译者角色的种种定位，颇觉有趣。他的定位是从（艺术译类型）译者同原文作者的关系着眼的，现从中挑几种给大家说说：

4. "挑战者"

"挑战者"角色或称"比武对手"，这类译者一般充满自信，才情横溢，视"译场"为擂台，上得译场来就是要与作者比武。他们挥毫泼墨可有神来之笔，但笔走龙蛇也易跑调离谱。其取向多偏向"T"侧，因为比武的功夫本是译入语和本文化的功底。此类典型译家虽不常有，此类表现却并不罕见，所以钱锺书说："译者驱使本国文字，其功夫或非作者驱使原文所能及，故译笔正无妨出原著头地。"作家余华在访谈中也说："在我看来，译文和原文不像是恋爱关系，像是拳击比赛，译文给原文一拳，原文还译文一拳，你来我往，有时候原文赢了，有时候译文赢了。"

5. "美容师"

"美容师"爱做的当然是美容和整容，在翻译中做的则是"雅化"工艺。"雅化"翻译倒不是严复发明的，在十七世纪新古典主义的法国曾盛行一时，在法国这被称为"le bon goût"，讲究匀称典雅，循规蹈矩，如觉得原文不合我们的时尚规范，"不登大雅之堂"，译者就一定要对它做一番美容，否则不能让它与观众见面。十八世纪英国诗人蒲伯译荷马史诗扮演的也是"美容师"角色，"雅化"的荷马出版后大受读者欢迎，但评论家指出："真是好诗啊，蒲伯，可是你不能称之为荷马。"

6. "知音人"

作为"知音人"的译者对作者的心仪和理解非同一般，不是业务性交往，也不是泛泛之交，而是比通常的本色演员专演一个角色还要深入一步，有点像伯牙子期的故事了。不过时至现代，"知音人"只是译者自诩，对原作的"知音"究竟几许，解读的"忠实"到底几何，可能都得存疑。当然，高悬伯牙子期的古典理想作为企及的目标，感觉永远是很美好的。对"知音人"角色，十七世纪爱尔兰的罗斯康芒伯爵在《翻译论》中有诗为证：

Then seek a poet who your way do's bend,
And chuse an author as you chuse a Friend,
United by this sympathetic Bond,
You grow familiar, intimate and Fond;
Your thoughts, your Words, your Stiles, your Souls agree,
No longer his interpreter, but he.


（那就找一位最让你心仪的诗人，
选一位作者就等于选一位知心，
让友爱之结把你们牢系在一起，
你俩越来越熟悉，越来越亲昵；
思想、言语、风格、灵魂一概融洽，
你不复是他的译者，你变成了他。）

7. "丈母娘"

扮演这一角色的译者虽然译某个作者的作品，但又总觉得其思想或内容或味道有些不妥，这通常是因文化之"隔"造成的。"这叫我怎么译呀？上不了台面呀！真没辙，不删改不行。"这么一来，译者与作者的关系变成了"管教者"对"不好管教的家伙"，"丈母娘"对"出身低微的女婿"。在客人面前为他深感尴尬，得好好管教管教。以前法国人翻译英国作品常有这种现象，以前我国翻译西方作品要删改，也曾是不成文法规。

8. "偏爱者"

这是友好模式中的一种类型。译者对作者怀有偏爱，但是对作品又觉得美中不足，有点瑕疵，这当然是译者个人的（或译者代表读者的）观点。遇到这种场合，那我当然得"为友讳"，给他"包庇"一下，把"瑕疵"掩饰过去。"偏爱者"角色和前述的"美容师"似乎有点类似，但二者态度是不同的。我们现在翻译文学作品时，再像严复那样全面求"雅"已不可能了，但不自觉地模糊一下，掩饰一下原文中（我们所认为的）"瑕疵"，却是常常发生的事。

凯利的观点属阐释学派，所以他只关注"译者—作者"关系，却并不关注读者。其实若从"译者—读者"关系看，译者角色也同样微妙复杂，例如可以有"朋友"角色、"教师"角色、"保姆"角色、"弄玄虚者"角色、"迎合者"角色等。译者有尊重和平等对待读者的，有把读者当知心的，有把读者当"愿意学习提高的学生"的，有把读者当"需要抱的三岁娃娃"的，有根本不把读者放在眼里的，在市场的强力驱动下，当然更有"迎合低俗趣味"的，有对读者"糊弄忽悠"的、"招摇撞骗"的，真是一言难尽。留待有兴趣者再续作分析吧。

# 扮演一回宣传员兼美容师

　　我选译的诗大抵是一流的世界名作，也有不甚闻名的但必质量臻于上乘，因此忠实体现这些佳作的风格和水平就成为我孜孜以求的一贯目标。但此外我也做过大量功能多样、目标各异的翻译工作，包括军事的、外事的、杂事的和文艺的，扮演过各种翻译角色，调配过翻译调色板上的各种色彩。其中也包括另类模式的"外宣"诗翻译。

　　我们知道诗翻译属艺术型，而外宣翻译属功效型；诗翻译要求忠实于原作，而外宣翻译要求忠实于外宣目的；诗翻译不能自由发挥，而外宣翻译只求有效不求等效。我在1999年受托要将一首迎接澳门回归的诗（歌词）译成英语，译的对象是诗，但翻译任务却不是我定义的风格译，而是按外宣要求，要由电视播出的功效译。性质反差极大的诗翻译和外宣该如何调和呀？

　　我的学生说：你译过许多世界名作，这次不是名作，翻译起来不是更轻易么？我却觉得这还真是个挑战。我的感觉和本雅明一样。前面引述过他有个另类观点是：一部作品水平越高，它的可译性就越高；一部作品独具艺术风格的程度越低而作为信息的程度越高，则它的可译性就越低，它对于翻译而言就越是一块贫瘠的土地。我深抱同感。我译惯了世界一流的诗歌，那往往有开掘不尽的丰富内涵，无疑是做翻译耕耘的最丰饶的土地；如今转到不够丰饶的土壤上耕作，感觉自然就吃力了。这首迎接澳门回归的诗写得也不错，挺有感情的（我不知其作者，我做外宣译者也不署名），但与世界名作相比，当然其"独具艺术风格的程度"较低而"作为信息的程度"较高了。翻译任务需要认真完成，这次我不得不扮演一回宣传员兼美容师，试图提高诗的风格性，并与其信息性兼容。

说明一下，此诗的"信息性"不同于科技文本那种单纯信息性，而与新闻文本的信息性同类。前者的信息性直接表露在文字上，后者的信息性则体现在内容和主旨中：它是特为某个 event（时事性质的重要事件）而作的。这一主导信息使其他信息包括艺术信息都处于从属位置，形成一面倒，所以它的"说什么"压倒了"怎么说"。但尽管信息性主旨鲜明，因采取诗的艺术形式，作者又要在形式上追求诗意朦胧和留白，结果留下一些语义模糊点或语病。而从功能上说呢，外宣翻译属功效译范畴，不能按风格译方针处理，但为了尽量提高其风格性和抒情性，译者仍须运用风格译的艺术手段。这样，翻译调色板上的三原色全都涉及，如何调色而使之和谐，就是难度所在了。

这首诗题为《归来的梦》，*The Dream of Return*，共四节，下面我们就一节一节来边译边述：

> 熟悉的街道，陌生的名称，小小的天地，多彩的故事。
> 悠悠此情，相依相随。几度悲观，百种滋味。

Each street is so familiar
　　But bears an alien name;
A promontory not too large
　　Yet has colorful and dramatic fame.
Year after year, long-drawn
　　Yearning exhausts us;
From time to time we lose heart,
　　And depression gnaws us.

　　第一节，原文的"天地"指的是澳门的面积，译成 space 还是译成 world？都不恰当，为了把它弄得具象化一点，经斟酌译为"promontory"（海角，海岬），以显示澳门的地理特点。原文以"故事"结句不押韵，译文为它美容加韵。原文"悠悠此情，相依相随"，音响中含有"依依"的韵味，译文珍惜原作这一闪光点，用"year–year–yearning"的 alliteration（头韵）音乐手法加以重现，并加用"long-drawn"的长音修饰强调之。但接下去"悲观"却是个过于"非诗"的词，不应译为对等的"pessimistic"，故改译为"lose heart"，而"exhausts us"和"gnaws us"特意用了阴性韵以表现深度的郁郁之情。

　　　　远方的灯啊，心中的门，谁让我们　早已约定！
　　　　远方的灯啊，心中的门，九九重逢，久久不离分！

　　　　Yonder gleam illuminations,

In our hearts it's the Gate;
Destiny is calling us there
　　As if to a longed for date.
Yonder gleam illuminations,
　　In our hearts it's the Gate;
Once reunited in '99,
　　Never more shall we separate!

第二节，原文用意是以"灯"和"门"两个意象隐喻澳门 1999 年的回归，但意象略嫌含糊，译文把它修饰得鲜明了一点，把"灯"译为"illuminations"，即装饰用的彩灯，把门译为"Gate"，作大写处理，以表示吉庆之门。对原文含糊的"谁让我们"之语也作了阐释，以"calling us there"表示期待而以"date"译"约定"，这个 date 含双关义，既是确定的日期，同时又暗指情侣约会，设下伏线以引出下半首中的爱情隐喻。

　　岁月的风霜，写满了离情，匆匆的脚步穿越了时空。
　　潮来潮往，春去春回，天地沧桑，暮止晨归。

O I have pined in love
　　For so many winters;
But still time flies along
　　Thro' the universe;
The sea ebbs and flows,

Spring always brings bloom;

Continents may drift,

And the lost one come home.

第三节，原文抒写的"离情"非常 Chinese，中国诗的传统定势是思亲——missing one's relatives，这很难译成西方语言，西方诗中的定势则是爱情。从功效译角度考虑，我决定稍向译入语文化归化，用"苦恋"隐喻取代"思亲"隐喻，借此也可加强诗的情感浓度。

接下去，"脚步"句有点问题：是谁的脚步呢？该是我们的脚步？那么又如何在时空中行走？是宇航员的 Space walking 还是 Michael Jackson 的"太空步"？译文把它定义为时间的脚步，不是在时间中行走而是时间在前进，世界在变化。"天地沧桑"有硬凑之嫌，这不是个四字成语，"heaven–earth–sea–field"的连缀也不合逻辑（"沧桑"是海陆的变迁而不是天的）；又因海意象在上面"潮来潮往"中用过了，故译文此处就概括为陆意象。"暮止"二字又有语病（显得古文修养不足），现将"止"改为"失"。谓语 come 是跟 may 的，表示可能和希望。

远方的人啊，归来的梦，谁让我们　苦苦追寻？
远方的人啊，归来的梦，九九重逢，久久圆成真。

Yonder is my Love,

The dream ever grew;

Thro' hardships and mishaps

That's the purpose I pursue;

Yonder is my Love,

The dream ever grew;

Once reunited in '99,

The dream finally comes true.

第四节，中译英的人称是个大问题。原文贯穿全诗的是第一人称复数"我们"，这是中国式抒情的常规选项，但在西方诗中却很不适于抒情。（这里插叙一则马雅可夫斯基轶事：一次朗诵会上，有人攻击马氏写起诗来总是"我，我，我"，马氏答道："看来，你向姑娘求爱时一定是说'我们爱你'喽！"）我的译文既将思亲主题改造为爱情主题，人称势必随之改变，在下半首诗中就换成了第一人称单数"I"。假如照搬原文人称不改呢，到这里会发生人称混乱：因为在"我们早已约定"中"我们"包括"他们"，但行文至此"我们"却又在"苦苦追寻"他们；"我们"（the speakers）是站在大陆思念"远方的人"呢，还是站在远方思念祖国？"远方的人"是我们还是你们还是他们？汉语可以马虎过去，英语却不能含糊。译文快刀斩乱麻，将它改为爱情意象，就避免了"我们／他们"的混乱。再者，澳门在地理位置上讲并不是"远方"，故将"远方"改译为"yonder"。

结尾的"圆成真"是作者将"圆梦"和"梦成真"合并而成，原文又用"久久"与"九九"形成谐音，听觉效果不错，可是状语"久久"和"圆成真"却不搭配。"久久"是持续性的，用语法名词说属"未完成体"，比如说"久久未到达"；而"圆成真"是一次性或"完成体"的，比如说"终于到了"。若要说"久久地到了"则不通。因此干脆舍弃之。前面用了"purpose–pursue"的 alliteration 来译"苦苦追寻"，这里不必为译"久久／九九"的谐音费心。

这个译例也是一种跨境或"半跨境"诗翻译。它是外宣任务，服从功效译的方针；原文虽具有高度信息性，却又是诗体，故不能采用信息译方法翻译；在翻译技巧上还得尽量运用艺术译以加强译文的艺术性。综合诸因素的结果是：以功效译为整体方针，而以艺术译为（促其发挥功效的）局部手段。

我在《跨境的诗翻译》一文中谈功效译，举的译例基本属文字游戏类。但是功效译领域广阔，非文字游戏类所能概括。今天补充这则译例，以说明译者应分析判断翻译的功能和目的，选取与之适合的翻译方针、策略和手段。

# 第三辑

　　诗的世界百花齐放，风格人人不同。风格译的目标就是努力呈现诗风之争奇斗妍，而不是把不同风格纳入同一规格、同一模子，哪怕是"好"的模子，如"顺"或"流畅"。

# 译诗需要敏锐听觉

诗和音乐自古以来紧密相联。《尚书·尧典》说："诗言志，歌永言，声依永，律和声"；《毛诗序》说："在心为志，发言为诗，情动于中而形于言，言之不足，故嗟叹之，嗟叹之不足，故咏歌之"。中国的风雅颂全是咏唱的，西方诗歌名词 lyric 出自希腊的琴歌，elegy 出自希腊的笛歌，希腊神话中各种艺术由九位缪斯分别职掌，其中音乐和抒情诗两样，却是由同一位缪斯欧忒耳佩掌管的，她的形象也是在吹奏着双管笛。虽然到了现代诗和音乐表面上渐行渐远，但本质上仍不可分割，尽管诗现在已不唱了，也仍称"诗歌"。

诗与音乐一样，要"声依永，律和声"，一个单音发出后迅即在空中散去，要有音应和才产生和声，这既是音乐共鸣，也是情感的共鸣。我们不妨来先听听诗的姐妹——音乐的声音。音乐没有指称意义，其单个音如 C 调 do 的意义（定义）是音频"262 赫兹"，mi 是"330 赫兹"，sol 是"392 赫兹"等，并不含语义或情感功能。可是一旦几个音结合而相互作用，马上就产生艺术效应并富有意义了。请听：

do mi sol sol…do do mi sol sol… 这是春光烂漫的"蓝色的多瑙河"；

do mi mi do fa mi re… 这是流淌着无边哀愁的"如歌的

行板";

　　mi sol sol…mi re do… 这是远离故土"思故乡";

　　mi sol…sol la do… 这是壮怀激烈"满江红";

　　mi mi mi do… 这是不可阻挡的命运在敲门;

　　sol sol mi re la sol la do re… 这是"二泉映月"在娓娓倾诉;

　　而 sol do do do mi re do re mi… 则是"友谊地久天长"……

　　音乐相当于马拉美理想中的"纯诗",诗歌语言虽含指称意义而难成为"纯诗",但也已经不是"陈述",而与音乐同构。音乐性和留白一样,也是诗最微妙的部分,即便在自由诗、散文诗中也同样存在,只不过是从显性存在转为了隐性而已。译诗艺术由此而与信息译有重大区别。所以作为诗歌译者,必须具备敏锐的听觉。

　　我们可以挑几首著名的"音诗"来作具体分析。*The Splendour Falls on Castle Walls*(《辉煌的夕照》)是丁尼生的一首著名音诗,丁尼生在英语世界被称为"具有最敏锐听觉的诗人",艾略特也赞他为"最伟大的音律大师"。这首《辉煌的夕照》是他的长诗《公主》中的一段抒情插曲,诗中歌咏回声,字里行间也充满着回声效果,历来为人称道。原文基本节奏是抑扬格四、五、六音步,每小节里的诗句排列由短到长,又用了大量的行内韵即腰韵:每节的第一、三行都在行内自相押韵,第六行的结尾词"dying"则三次回荡,造成幽谷回应、渐远渐弱的效果。回声效果就是这一切手段共同营造出来的。译者要通过听觉充分感受其风格韵味并谙熟于心,才能在跨语言重写中作综合模拟:

The splendour falls on castle walls

    And snowy summits old in story:

The long light shakes across the lakes,

    And the wild cataract leaps in glory.

Blow, bugle, blow, set the wild echoes flying,

Blow, bugle; answer, echoes, dying, dying, dying.


    O hark, O hear! how thin and clear,

        And thinner, clearer, farther going!

    O sweet and far from cliff and scar

        The horns of Elfland faintly blowing!

Blow, let us hear the purple glens replying:

Blow, bugle; answer, echoes, dying, dying, dying.


    O love, they die in yon rich sky,

        They faint on hill or field or river:

    Our echoes roll from soul to soul,

        And grow for ever and for ever.

Blow, bugle, blow, set the wild echoes flying,

And answer, echoes, answer, dying, dying, dying.


  辉煌的夕照映着城堡，

    映着古老的雪峰之巅；

  长长的金光在湖面摇荡，

    野性的瀑布壮丽地飞溅。

吹吧，号角，吹吧，惊起那荒野的回声，

吹吧，号角；回声呼应，一声声轻了，更轻，更轻。

听啊，听仔细！它微弱而清晰，

越去越远却越明朗，

啊，又远又甜，传自峭壁悬岩，

精灵之国的号角在隐约吹响！

吹吧，让我们听那紫色的幽谷回应，

吹吧，号角；回声呼应，一声声轻了，更轻，更轻。

爱人啊，回声在天边溶化，

在山野，在河面熄灭，消散；

咱俩的回声在心灵间应答，

却不断增强，永远，永远。

吹吧，号角，吹吧，惊起那荒野的回声，

呼应吧，回声，呼应，一声声轻了，更轻，更轻。

（《世界在门外闪光》，飞白译，

湖南文艺出版社 2015 年版，97 页）

这里以第一节为例，分析一下其音乐元素。先把轻重音
格律标注如下：

The splendour falls on castle walls
And snowy summits old in story:

译诗漫笔

The long light shakes across the lakes,
And the wild cataract leaps in glory.
Blow, bugle, blow, set the wild echoes flying,
Blow, bugle; answer, echoes, dying, dying, dying.

可以看出：第一、二行的抑扬格音步是正规的，第三、四行中就作了一点变化；第五、六行中抑扬格的规律被打破，出现一行中有七个重音以及重音互相碰撞的"拗格"，给人一种回声在山岗间回荡散射、渐乱渐弱的感觉。再看看韵式：第一行的行内韵是 falls—walls，第三行的是 shakes—lakes；第二、四行的脚韵是 story—glory，以双音节押韵前重后轻，这叫"阴性韵"；第五、六行的脚韵 flying—dying 也是阴性韵。因此整个诗节的韵式是：(aa)b, (cc)b, d(ddd)，其中加括号的是行内韵。

除抑扬格和阴性韵不能体现外，中译文对这些元素尽量作了模拟，如第一行押行内韵"夕照—城堡"，第三行押行内韵"金光—摇荡"等，译文各行"顿"数是四、六、八：

辉煌的｜夕照｜映着｜城堡，
　映着｜古老的｜雪峰｜之巅；
长长的｜金光｜在湖面｜摇荡，
　野性的｜瀑布｜壮丽地｜飞溅。
吹吧，｜号角，｜吹吧，｜惊起那｜荒野的｜回声，
吹吧，｜号角；回声｜呼应，｜一声声｜轻了，｜
　更轻，｜更轻。

诗中惊起回声的是号角，也许是猎人的号角。角声融入自然幻化为精灵之国的号角，接着又引起了心灵间的回声应答。其中又包含着丁尼生的时间主题，每小节结尾的"**dying, dying, dying**"既表示回声渐轻渐弱，也有音响的象声功能，还含有"死去，逝去"的意思。——时间是时时刻刻都在死去，而又永生不死的。诗人把这一特性应用于自然和爱情：这二者也时时都在死去而又永生不死。按：英语动词"**die**"有"死，凋谢，衰亡，结束，减退，（火）熄灭，（声）渐轻，（光）渐弱，（风）渐息"等词义，诗人运用词义往往不限单义，这里的"**dying, dying, dying**"就是如此。中文译作"轻了，更轻，更轻"，是照顾其主要含义和音响功能，却无法兼顾扩展和联想意义"死去"。十分遗憾，这使本诗哲理性内涵的深度受损。假如把结束句直译为"吹吧，号角；回声呼应，一声声死去，死去，死去"呢，则中文不通，变成"死译"了；设或折中一下，改译为"一声声消逝，消逝，消逝"呢，是说得通的，境界虽好但回声效果稍差。由于体现"音诗韵味"是成败关键，遂决定选择原译方案。

这首诗是说明押韵和音步的良好素材。但译诗中日常遇到的音乐性元素还有很多，除押韵外最重要的，在外国诗中大概是元音协同（assonance）和辅音协同（consonance 与 alliteration），在中国诗中是平仄声调和双声叠韵（哪怕是在现代诗中）。我们不妨再举两个例子。

这是丁尼生的一首精致的小诗《鹰》（*The Eagle*），它的格律非常简单，抑扬格四音步，"aaa, bbb"的韵式，像一首上下阕变韵的"浣溪纱"，篇幅精练而音、形、义融合无间，音乐性、意象性俱佳：

> He clasps the crag with crooked hands;
> Close to the sun in lonely lands,
> Ringed with the azure world, he stands.
>
> The wrinkled sea beneath him crawls;
> He watches from his mountain walls,
> And like a thunderbolt he falls.

这是鲜明有力的音象兼意象组成的速写，试着朗读，读者会有上升到了鹰的立足点和崇高境界之感。作者的音乐手段就是辅音协同和元音协同。上阕写鹰的静态，但第一行里作者就连用三次爆破音"cl"和"cr"的辅音连缀，配以短促有力的元音"æ"和"u"，让鹰登场亮相就突显了铁钩般的爪和喙，力透纸背，我在中译文中则用"弯钩"和"紧抠"（辅音 g 和 k）模拟之。第二行突然变调，改用舒展的长元音"ou"和软性的辅音"l"重复，描写鹰身处的崇高开阔境界，中译文则用"凉、阳、蓝"等舒展的平声字模拟之。下阕写鹰的动态，作者用"r"音表现海面的挛缩，用"w"音表现鹰眼的锐利，译文则用"皱缩""搜索""霹雳""落"等双声、叠韵手法表现鹰的威势。译诗对音乐性的模拟不可能是每音每字刻板模仿，只能是总体风格的综合模拟：

他用弯钩的手紧抠山岩，

在荒凉地带，在太阳身边，

立在蔚蓝世界环抱之间。


大海在他的下方皱缩，

他站在山城之巅搜索，

并像霹雳一样自天而落。

（同上书，123 页）

再举里尔克的名作 *Der Panther*（《豹》）为例：


Sein Blick ist vom Vorübergehn der Stäbe

so müd geworden, daß er nichts mehr hält.

Ihm ist, als ob es tausend Stäbe gäbe

und hinter tausend Stäben keine Welt.


Der weiche Gang geschmeidig starker Schritte,

der sich im allerkleinsten Kreise dreht,

ist wie ein Tanz von Kraft um eine Mitte,

in der betäubt ein großer Wille steht.


Nur manchmal schiebt der Vorhang der Pupille

sich lautlos auf —. Dann geht ein Bild hinein,

geht durch der Glieder angespannte Stille —

und hört im Herzen auf zu sein.

（他的目光因不断闪过的铁栏
而疲倦，再也容不下别的一切。
他觉得只有千根铁栏在眼前，
千根铁栏之外再没有世界。

他迈着强劲而柔软的脚步，
转着狭小而封闭的圈子，
仿佛一场绕着圆心的力之舞，
其中晕眩了一个巨大的意志。

只有偶尔，瞳孔的帘幕无声地
抬起：一幅图象摄入了眼界，
穿越沉寂而绷紧的机体，
终于进入心房而寂灭。）

（《诗海游踪》，飞白著，浙江工商大学
出版社 2011 年版，55 页）

这里只细说第一节。这一节里诗人把"Stäbe"（铁栏）
一词重复三遍，在其周围又用"tausend, hält, Welt"等词中
辅音"t"的协同和"hält, gäbe"等词中元音"ä"的协同，
对 Stäbe 给以支撑和加强，着意渲染主人公"豹"在铁栏密
密层层围困中的囚徒处境。"tausend Stäbe"（千根铁栏）是

极言其多，现实中的铁笼可能有百根的铁栏，不至于有千根。但当豹在笼中不断转圈时，铁栏连续不断闪过眼前，一圈一圈无穷无尽，就幻化成千根了。从这种音义互动手段运用中可见里尔克的匠心。译文模拟原诗用音响营造层层铁栏意象的手法，选用"一切—眼前—千"等声母"q-"的重复，"断—闪—千—栏—倦"等韵母"-an"的重复，来协同和加强"千根铁栏"意象，渲染了单调而厌倦的氛围。

音乐元素不限于行末是否押韵，在诗中可谓无处不在，译诗者不应听而不闻，无动于衷。在译文中怎样重新表现音乐是没有一定之规的，前提是要有能感受音乐的耳朵。只要真切地听到了，充分地感受了，译者自会寻找途径，努力把感受转化为表现，这是再自然不过的事。

# 接受格律的挑战

诗律是基于语言的。在不同语言的土壤上，自然生长着各民族独特的诗律。译诗时，诗律只有在同一系统的语言之间可能移植，而且即便如此也会发生变异，例如从希腊语移植到英语时，iambic 从"短长格"变成了"抑扬格"，dactyl 从"长短短格"变成了"扬抑抑格"。但中国和欧洲语言差别太大了，这些欧洲语言的诗律在中文里就无法移植或仿制，正如对欧洲语言而言，中国诗律的"平平仄"、"仄仄平"完全不可思议一样。

可是毕竟，诗是语言的舞蹈，音律是诗的生命搏动。读中国诗时我们很容易感受到诗体形式的重要性。例如读一首56 字的七律，比较一首也是 56 字的词牌木兰花，或仅少一字的鹧鸪天，由于格律有别，味道都截然不同，更不必说换成散文了。外国诗的道理与此一样。因此我们译诗，还是切盼能体现一点原作音律的独特风姿。假如知难而退放弃原诗的形式美，而只讲述语义信息，那就等于丢弃了诗变成了散文，总觉得不能甘心，于是就鼓勇接受格律的挑战。

译者接受格律的挑战，通常的手段是在本土资源中寻找近似的材质，加以改造，来模拟原作诗律的风格特色。尽管不能求同，也要努力求似。这里我通过一段实例"解剖麻雀"，来说明格律对翻译的挑战，以及译者腾挪应对的策略。

俄罗斯文学名著中有一部长诗《谁在俄罗斯能过好日子》，这是诗人涅克拉索夫为十九世纪俄罗斯农村描绘的一幅全景图。把全诗串起来的是一条带浓厚民间说唱文学风格的线索：有七个农民，"家住勒紧裤带省，受苦受难县，一贫如洗乡，来自肩挨肩的七个村庄：补丁村、破烂儿村、赤脚村、挨冻村、焦土村、空肚村，还有一个灾荒庄"，他们碰到了一块，决定走遍俄罗斯到处去寻访，以便弄清一个问题："谁在俄罗斯能过好日子，过得快活又舒畅？"

这部长诗是涅克拉索夫于 1863 年开始创作的（耗时十余年，写到逝世尚未完成）。我应出版社约稿，在一百周年之际的 1963 年译出，但直到"文革"结束才得以出版。说来有趣的是，这部译稿经历"文革"而能幸存，未与抄家材料一同焚毁，还真得感谢专案组保管有功。我在"文革"中以"你知道的事情太多了"[1] 的严重罪名被秘密逮捕（这可是个该灭口的罪名），"失踪"多年。由于逮捕理由上不了台面，专案组努力罗织更多罪名，给我强安了涉嫌反对林彪集团的罪名，又指控我译涅克拉索夫抨击沙皇的书有配合《海瑞骂皇帝》的重大嫌疑，把书稿作为罪证保管了十年。"文革"结束后我要索还，专案组还信誓旦旦地说"确已烧掉了"。后来事实证明，译稿其实还密藏在保险柜里，并终于重见天日。

闲话少说，这里摘一节诗做样品。该书第四章《幸福的

---

1 "文革"前夕我在军区报社任职期间，因参加广州军区党委扩大会并担任材料组组长，被认为掌握了过多内部批评揭发军区领导的线索。

人们》里，七个寻访者在节日集市上摆一桶酒来征求幸福的
人，在见识了一系列破烂和补丁的"幸福"、罗锅和老茧的
"幸福"之后，这是作为压轴高潮的一段乞丐讨饭调：

> Оборванные нищие,
>
> Послышав запах пенного,
>
> И те пришли доказывать,
>
> Как счасливы они:
>
> «Нас у порога лавочник
>
> Встречает подаянием,
>
> А в дом войдем, так из дому
>
> Проводят до ворот…
>
> Чуть запоем мы песенку,
>
> Бежит к окну хозяюшка
>
> С краюхою, с ножом,
>
> А мы то заливаемся:
>
> «Давать давай, весь каравай,
>
> Не мнется и не крошится,
>
> Тебе скорей, а нам спорей…»

考虑到当今读者中学俄语的不太多，在讨论格律前，我
们先通过楚图南译本了解一下这节诗的词义内容。楚图南先
生是我尊敬的译界前辈，他在上世纪三十年代译介了多部世
界名著，有启蒙开拓之功。其译作中就包括涅氏这部长诗：

有些褴褛的老乞丐，
嗅到了酒香，
也来到农人们的面前，
他们说他们是快乐的。

"这理由是：
我们走到了大门外，
小铺掌柜迎出来！
我们走到了大门内，
从那儿他们送我们一直到大门。
我们开始唱着莲花落，
厨妇持着一把刀，
捧着面包一大个，
赶到了窗子上，
预备分给我。

这时我们的歌声更活泼，
啊！请给我们一整个！
那不能打碎，也不能割。
那样为你更方便，
为我们更快乐！"

（《在俄罗斯谁能快乐而自由》，楚图南译，
人民文学出版社 1955 年版，97—98 页）

六十年代初出版社要求我重译此书，因为楚译本是从英语转译的，书名也与原著不同，而是照英译本译作《在俄罗斯谁能快乐而自由》；其次也因转译之"隔"，楚译本仅传达了该书内容而未表现其诗律形式。所以还需要直接从俄语原文翻译原诗。下面就来讨论诗律的话题。

《谁在俄罗斯能过好日子》俄语原诗的节奏非常鲜明，其主体为无韵诗，基本格律是"抑扬格"（˘ˊ）三音步，大多数诗行加上"扬抑抑"（ˊ˘˘）结尾，而每隔数行（大抵在意思稍告一段落的地方）有一行以重音结尾。这样形成了这部以"八、六言"为主的万行长诗。作者为了避免单调，在其中又作了丰富的音律变化，并插入许多有韵的抒情插曲和民谣，但以上述基本节奏贯穿全诗，维系着风格的统一。我用"˘"符表示轻音节，"ˊ"符表示重音节，把原文的基本格律单元图解如下：

˘ˊ˘ˊ˘ˊ˘˘

˘ˊ˘ˊ˘ˊ˘˘

˘ˊ˘ˊ˘ˊ

楚译本根据的英译本是朱丽叶·索斯凯斯译的 *Who Can Be Happy and Free in Russia*。下面是这节诗的英译文：

Some ragged old beggars

Come up to the peasants,

Drawn near by the smell
  Of the froth on the vodka;
They say they are happy.

  "Why, right on his threshold
The shopman will meet us!
  We go to a house-door,
From there they conduct us
  Right back to the gate!
When we begin singing
  The housewife runs quickly
And brings to the window
  A loaf and a knife.
And then we sing loudly,

  'Oh, give us the whole loaf,
It cannot be cut
  And it cannot be crumbled,
For you it is quicker,
  For us it is better!'"

　　我们来看看英译者是怎样应对原诗格律的挑战的。首先，她决定仿原作采用无韵体翻译，由于英诗（尤其是叙事诗）本身有无韵的传统，这就非常自然，这里她（相对于中文译者）占得了先机。不过俄语原著中大多数诗行用"扬抑抑"结尾，这是俄罗斯民谣的招牌式标记，也是《谁在俄罗斯能过好日子》的招牌式标记，却对英语翻译构成了严重的格律挑战。原因是俄语词尾的屈折变化远比英语丰富，从而产生出大量后缀轻音节，诗人用起来可以得心应手。而英语呢，虽也有"重轻轻"格式的词（如 beautiful, happily），但没那么多，难以批量运用，而且用它结尾有点滑稽，更不必说用它来贯穿全诗了。于是译者只得变通，放弃"扬抑抑"结尾而代之以每行两个"抑扬抑格"音步，这真是个灵活应变，因为这就在诗行中段造出了一个"重轻轻"（ˊˇˇ）格式，以此模仿原诗节奏风格倒也有几分像。不过原来"八、六言"的诗就变成"六、五言"的了。诗行缩短了话说不完怎么办？只好以增加行数来弥补，结果使得全书的行数大增。现将英译文的基本格律单元图解如下：

    ˇˊˇˇˊˇ

    ˇˊˇˇˊˇ

    ˇˊˇˇˊ

    我的中译，比英译面临更大的格律挑战。由于中国没有无韵诗传统，译文不押韵就变成了分行散文，读起来不像诗了；译成有韵诗吧，又太背离原作形式，真是两难的选择。最终我来了个二者交融"取其中"，即间或用脚韵，把韵维持在有无之间。欧洲的无韵诗是靠节奏和头韵来维持其诗的性质的，我现在脚韵用得较少，就也要以强化节奏来弥补，可是原诗的"八、六言"节奏在中文里难以复制。虽然中国传统词曲中间或也有"八、六言"句,如"那堪片片飞花弄晚,蒙蒙残雨笼晴",但要想用这种句式译整部长诗却很不现实,再说即便敷衍成篇,于原著风格也不对劲儿。

原作的风格是怎样的呢?最鲜明的特征就是民间说唱文学风格,若想模拟,最好还是利用中国本土与之同类的民间文学资源。由于中国民间说唱的传统不是"八、六言",而以"七、五言"为主,从效果考虑,我也像英语译者一样放弃了"八、六言",选择了以"七、五言"为基础。至于"抑扬格"和"扬抑抑"结尾,如前所述,中文无法体现。中文发音不像欧洲语言那样明确区分轻重音节,虽有"的"、"了"等轻音助词,以及有些词汇的第二音节轻读,但并不能以轻重音节的交替组成"抑扬"、"扬抑"之类的诗律。不过中国民间说唱的节奏感很强,只要一打竹板就打出鲜明的"板眼"来:竹板打出一板一眼(呱达)就是"ˇˋ",打一板两眼(呱达达)就是"ˇˋˋ",一板三眼就是"ˇˋˋˋ"。所以只要译出民间说唱的味道,译文就会有鲜明的节奏感。

译这段"讨饭调"我选用了数来宝风格,每行基本含四个重音(ˋˋˋˋ),重音间的轻音节数(包括衬字)灵活,往往也能弄些"ˇˋˋ"(呱达达)节奏来。这节诗我押了韵,要不然不像讨饭调。数来宝风格最大的好处是明显"听得到"打竹板。与英译者一样,我虽造不出"扬抑抑"结尾,至少能在行中造出一些"扬抑抑"的效果:

一批破衣烂裤的要饭花子，

闻到了烧酒味儿，

也都赶来嚼舌头，

说他们是幸福的人儿：

"我们上小铺里走一走，

掌柜的施舍真痛快；

我们上人家屋里串一串，

人家直送到大门外。

我们一唱讨饭调，

大婶儿连忙迎出来，

捧着一个大面包，

打算用刀切一块。

我们一见高声唱：

要给你就整个儿给，

不要切开，不要弄碎，

你也干脆，我也实惠……"

（《谁在俄罗斯能过好日子》，飞白译，<br>上海译文出版社 1979 年版，98 页）

　　格律是生长在不同的语言土壤上的，在不同语言间不能通约，但毕竟还是有一定的共性。现给其中几行诗注上轻重音标记，对俄、英、中三种文本作一番对照比较，以便清楚地看出格律与语言的血肉关系：

[1] 原文：

«Нас у порога лавочник
Встречает подаянием,
А в дом войдем, так из дому
Проводят до ворот…


[2] 英译文：

"Why, right on his threshold
The shopman will meet us!
We go to a house-door,
From there they conduct us
Right back to the gate!


[3] 飞白中译文：

"我们上小铺里走一走，
掌柜的施舍真痛快；
我们上人家屋里串一串，
人家直送到大门外。


通过这样的比较，我们也可以看出为什么译诗要把着力点放在风格的模拟上。这是由于：1. 在不同语言中，塑造诗的材质是非常不同的，如果用单纯的"信息译"法译诗，则诗的形式如音韵节奏等等完全丢失，风格也会随之丢失；2. 如果试图简单生硬地照搬原作格律，则在译入语土壤上很可能水土不服无法成活；3. 但如干脆用归化式格律代替原作格律，例如用中国诗词曲的形式译西洋诗呢，又可能如鲁迅所说"削低洋人的鼻子"而使原作面貌全非。因此我的观点是这样：接受格律挑战之时，我们既要尊重并试图模拟和逼近原作的形式，同时又要充分利用本土的语言文化资源，试图通过二者的融会或嫁接，寻找一条如伽达默尔说的"两个视界融合"的最佳途径。

# 转译之"隔"

写上文时接触到了转译之"隔",觉得可以再专门谈谈。

出版社要我从俄语重译《谁在俄罗斯能过好日子》,因为早先的楚译本是从英语转译的,其书名《在俄罗斯谁能快乐而自由》也从英译本而来。俄语书名本是"*Кому на Руси жить хорошо*",而英译本却作"*Who Can Be Happy and Free in Russia*",为什么要把"**жить хорошо**"即"过好日子"改译成"be happy and free"呢?细细体味一下不难明白,原来俄语"**жить хорошо**"和汉语"过好日子"都含有"生活幸福"的意思,而假如直译成英语"live well"却不能表达这一寓意了,英语"live well"的含义模糊宽泛(例如也包括"做好人"、"行善事"的意思),用在这里词不达意。若想要表达"生活幸福"的意思,英语就得说"live a happy life"或"be happy"才行。而根据原著的深层寓意,即俄罗斯人民要求解放,英译者朱丽叶·索斯凯斯又加译一个"free"来把"好日子"的含义进一步充实补足,用心周到,不愧佳译。译诗过程含有再创作的因素,从书名翻译中已见一斑。

严格地说,我的中译本书名也非全然直译。照原文书名逐词直译本应是"谁在俄罗斯能生活得好",但这样译既不像书名也不像汉语，而且"过好日子"（即幸福日子）的含义也将损失掉一大半。"过好日子"和"生活得好"似乎只是调动一下词序，结果却面目有别。显然，不仅作诗要推敲，译诗同样要推敲和艺术加工。艺术译与信息译是不同的，经过翻译的诗已是译者加工重写的新艺术品，不复是原汁原貌。所以诗是不宜转译的，若不看原著而从人家的译本转译，就会感到非常"隔"，好比是"隔着布袋买猫"，不知该猫是三色的还是狸花的。不仅诗的艺术特色（猫的花色）全部被"隔"掉，就连转译透出来的词义信息也因"隔"了一层而捉摸不准了。

例如上文摘抄楚译本的那节"讨饭调"时，就发现头一行"有些褴褛的老乞丐"中的"老"字为原著所无。一核对，它来自英译的"Some ragged old beggars"。英译为什么要加个"old"呢？理由很简单：是为了构成"抑扬抑二音步"（‿‑‿‿‑‿）的格律，若不加个"old"字，这一行就缺一个轻音节，格律残缺而没法读了。格律的律令难以违拗，只得填个衬字，想想乞丐大抵是年老病残，否则干吗乞讨呢？填个"old"字应该是不违情理的。换我来作英译也没有更高明的选择。

译诗中此类机动是常有的，译者要模拟或传达的信息很复杂，不可能面面俱到，总有些损耗、增益或机动，这不能责怪译者。我的译文中词义也同样是有损耗的，如第十行"Бежит к окну хозяюшка"我译为"大婶儿连忙迎出来"，而本意应是"大婶儿连忙跑到窗口来"才对，我为求节奏紧凑而省略了"窗口"一词。附带说说这个"大婶儿"，其原文"хозяюшка"是俄语"хозяйка"（女主人，主妇）的昵称，且带有浓厚民间文学情调，我觉得中文也只有译"大婶儿"比较对应。英语缺少俄语那么微妙的词形变化，所以英译者只能译其基本词义"housewife"，而损失了风格和情感色彩（楚译本译作"厨妇"则是对 housewife 理解欠妥）。

下面我们从《谁在俄罗斯能过好日子》中再摘个小段来看看，这是该书第三章《醉的夜》中的一段可爱的小对白：

> Иван кричит: «Я спать хочу»,
>
> А Марьюшка: «И я с тобой!»
>
> Иван кричит: «Постель узка»,
>
> А Марьюшка: «Уляжемся!»
>
> Иван кричит: «Ой, холодно»,
>
> А Марьюшка: «Угреемся!»

这一段我的中译文运气不错：词义和音韵没发生冲突而得以兼顾，除末行里意思略有损耗外（下文再谈），没有走失原文含义：

> 伊凡嚷嚷："我想睡，"
>
> 玛留莎说："我陪你！"

伊凡嚷嚷："铺太窄，"

玛留莎说："挤一挤！"

伊凡嚷嚷："好冷啊，"

玛留莎说："我暖暖你！"

（《谁在俄罗斯能过好日子》，飞白译，<br>上海译文出版社 1979 年版，83 页）

从楚译本中找出这节诗一看，词句与原著却很对不上：

伊凡叫着说："我爱你！"

马利斯加说："我也爱你哟！"

伊凡说："搂紧些！"

马利斯加说："亲我的嘴罢！"

伊凡说："夜气寒冷！"

马利斯加说："抱着我罢！"

（《在俄罗斯谁能快乐而自由》，<br>楚图南译，人民文学出版社 1955 年版，82 页）

查英译本，不出所料，与原著的出入都从英译本而来：

Cries Ívan, "I love you,"

And Mariushka, "I you!"

Cries Ívan, "Press closer!"

And Mariushka, "Kiss me!"

Cries Ívan, "The night's cold,"

And Mariushka, "Warm me!"

　　先作个注释：Иван（伊凡）是俄罗斯常用男子名，发音为 [i'van]，重音在后；而英语 Íван 的发音为 ['aivən]，重音在前，所以细心的英译者在字母"I"上加标了重音符，以表明与俄语原文名的不同。

　　英译者为了纳入"ˇˊˇˇ"格律，这节诗译得十分生硬。因为诗句极短，缺少机动转圜余地，在"六言"的"抑扬抑二音步"框架内，达意确实太难了，特别是 Mariushka 的名字就占三个音节，因"ˇˊˇˇ"格律要轻音起头，重音起头的 Mariushka 名字前还不得不添一个轻音节 and，"六言"诗这样费去四言，就只剩两个音节了。我的中译文"七言"句里费去四言，好歹还可用三个字来译一句对白，而英译者只能用两个音节来译 Mariushka 的每一句话，真个是弄得捉襟见肘，词不达意。用三个字我可以造一个主谓宾齐全的句子"我陪你"，索斯凯斯用两个音节却造不出。结果她好不容易编出那么一组前言不搭后语的对白来，她两度采用祈使句型"Kiss me"和"Warm me"，就因为英语用祈使句才能省略主语，从而造出一个两音节的句子。索斯凯斯在此时此刻一定也痛感用"六言"句成了作茧自缚。

　　英译者这样腾挪，固然是出自不得已，但与原著对比，我觉得实在损失过重。换我来译的话，两害之间取其轻，我一定会把这段对白作抒情插曲破格处理，宁肯在这里暂时放弃"抑扬抑二音步"的"六言"框框。

　　现在我们再回头来研究我的译文末行中的损耗。末行中玛留莎说的"Угреемся"仅为一个动词，其中却含有丰富的信息，要是充分译出，需要挺长一句话才能说完，就是："咱们俩一起焐焐就暖和了！"这里突显了语言间的差别。该动词的本义是"取暖"，但是俄语作为一种高度的"屈折语"（即靠词形屈折变化表示语法关系的语言），这一个动词的形态里就体现出了好几层意思：首先，动词变位是第一人称复数形态，表示动作主体是"我们"，因动词形态已明确了施动主体，所以主语可以省略不必说出了；第二，"反身动词"形态，表示"取暖"动作由自己对自己或（在复数的情况下）互相完成；第三，既然是共同取暖，那么主语要包括受话人"你"在内，我们因而就成了"咱们"；第四，完成体将来时态，意味着动作能够完成而且对期待效果怀有信心。玛留莎说的这一个词儿，可真是言简意赅而又情意绵绵，很有意思。可是要用一个词儿表示这么多信息，在英语和汉语都不可能。译文多费些口舌吧，又受格律框架限制不能啰嗦。无奈之下只好断章取义译其一部分了，英译者选择了"Warm me"即"暖暖我吧"；而我选择了"我暖暖你"。舍弃了一部分意思（特别是"互相"的意思）当然很可惜。本来若是说"你暖暖我，我暖暖你"就比较完整了，可惜太啰嗦了，诗律无法容纳。

从这些诗翻译的实例可以看到，译诗是一种加工重写过程，而国外译者的格律意识往往比我们更强，在词义上机动的自由度也往往比我们更大。假如我们根据人家的译本转译，而眼前没有原著原文，就会深感其"隔"，不知道所译意象到底是属于原作者的，还是属于第一手译者的；对于诗的形式、格律、风格等就更近乎盲目了，岂止是隔布袋，简直是隔了堵墙。一串人玩传话游戏，传的是同一句话，不须作语言转换，结果也常会大闹笑话（正因此才觉得传话游戏很好玩）；诗的转译要历经转换，且受制因素很多，传的结果更可能面目全非。那就觉得很不好玩了。

　　本雅明在著名的《译者的任务》中曾声言："翻译就是把原作译入更为终端的语言领域，因为原作一到此就不能再次转译了"，一切诗和文学作品的翻译只能从原作重新开始。本雅明对此解释说：翻译的核心成分是"超越信息的成分"，这也正是译文中不可转译的东西。"你尽管可以从中提取所能提取的一切信息，加以翻译，但真正译者的工作瞄准的那不可捉摸的东西，你却得不到。"尽管本雅明心目中的"超越"含有神秘主义色彩，但他的结论与我的感受完全一致。

　　所以，转译只是一种缺乏条件时的权宜之计，如在二十世纪二三十年代，迫切需要了解国外文学和引进新鲜思想之时，来自英语和日语的转译曾起过非常重要的作用。但译诗不能满足于了解诗的"内容"信息（诗说了些什么），而是要表现诗艺（是怎么说的）。为了达到真切而不"隔"，就只能直接从原著原文作第一手翻译。我热心翻译罕人问津的"小语种"诗，原因就在于此。

# "音乐占第一位"和"不可不作误释"

　　历来的诗家对诗的音乐性所持观念不同。如古典派认为音韵应为义理服务，而象征派则把音韵置于义理之上。古典主义代表诗人布瓦洛在其经典之作《诗艺》（*L'Art poétique*, 1674）中这样宣称：

> Quelque sujet qu'on traite, ou plaisant, ou sublime,
> Que toujours le bon sens s'accorde avec la rime;
> L'un l'autre vainement ils semblent se haïr;
> La rime est une esclave et ne doit qu'obéir....
> Au joug de la raison sans peine elle fléchit
> Et, loin de la gêner, la sert et l'enrichit.

> （不论写什么主题，谐趣或崇高，
> 都要求情理与音韵完全协调；
> 尽管它们似乎老是在闹芥蒂，
> 音韵只是奴隶，必须服从使役。……
> 在理性驾驭下，韵不难俯首听命，
> 韵不能束缚理性，只能助其丰盈。）

而整两百年后的 1874 年，象征主义代表诗人魏尔伦同样以《诗艺》为题，发表针锋相对的宣言：

De la musique avant toute chose,
Et pour cela préfère l'Impair
Plus vague et plus soluble dans l'air,
Sans rien en lui qui pèse ou qui pose.

Il faut aussi que tu n'ailles point
Choisir tes mots sans quelque méprise:
Rien de plus cher que la chanson grise
Où l'Indécis au Précis se joint.

C'est des beaux yeux derrière des voiles,
C'est le grand jour tremblant de midi,
C'est, par un ciel d'automne attiédi,
Le bleu fouillis des claires étoiles!

（诗中第一位的是音乐性，
为此优先采用奇数音节，
要词义模糊，随风溶解，
而切忌装腔作势和笨重。

当你选词儿来用于诗中，
不可不对它作某种误释：

最可贵的是灰蒙蒙的歌词，
其中清晰要结合着朦胧。

这是面纱后美丽的眼睛，
这是正午的阳光在微颤，
这是杂乱星光一片幽蓝
簇拥在冷冷的秋之天穹！）

　　古典主义强调理性、法度和规范，崇尚的是思想严谨、
文词清晰；象征主义则揭橥"纯诗"论和"音乐占第一位"，
主张感性压倒理性，音乐重于词义。在上面引的几节诗里，
魏尔伦提出词义"模糊"和"溶解"，这既针对古典主义的
严谨清晰，也针对帕尔纳斯派精雕细刻的固态化风格。附带
需要解释的是：魏尔伦偏好奇数音节律，拒绝法国诗传统主
流的 12 音节、10 音节等偶数音节律，也是为了叫诗句更流
动化而避免四平八稳。但最另类的观点，莫过于他对诗中词
语"不可不作误释"的提法了。这是怎么回事呢？我们试通
过下面的一首诗来体验一下。

　　魏尔伦对诗中词语的"不可不作误释"，从诗集的书名
就开始体现了。他有诗集十余种，其中最能代表他的风格且
流传最广的，是他与兰波一起流浪时作的《无词的浪漫曲》
（ *Romances sans paroles* ）。明明是用词语写成的诗，却称之为
"无词曲"，就是明显的"误释"。我们从"无词曲"集子中
挑的这首诗是《被遗忘的小咏叹调·之一》（ *Ariettes oubliées
I* ），明明印在书里，却要说它"被遗忘"，又是一重"误释"。

更有趣的是，这首通篇写声音的音诗"无词曲"，按魏尔伦悖论式的写法，却又似是一首"无声曲"。——诗中描写的声音本是风声，然而他偏在诗前引了法瓦尔的两行诗："Le vent dans la plaine/ Suspend son haleine."（原野上的风 / 屏住了呼吸）。所以诗中写的是无风的风声，这就愈加构成一种"误释"。试读原文：

> C'est l'extase langoureuse,
>
> C'est la fatigue amoureuse,
>
> C'est tous les frissons des bois
>
> Parmi l'étreinte des brises,
>
> C'est, vers les ramures grises,
>
> Le chœur des petites voix.

作者用的格律是"六行体"（sestet），其韵式是"aab, ccb"，第一、二行，第四、五行押阴性韵，第三、六行押阳性韵，而且大量运用富韵、元音协同、辅音协同等手段，如"langoureuse—amoureuse"以及下节里的"murmure—susurre"等，构成十分协调的和声，这是魏尔伦音韵的特色。我在译文中依法仿制，尽量关注音韵的和声效果：

> 这是忧伤哀怨的陶醉，
>
> 这是痴情贪恋的疲惫，
>
> 这是整座森林颤栗瑟瑟，
>
> 颤栗在微风的怀抱中，

这是向灰暗的枝叶丛
微弱的万籁合唱的歌。

其实，诗人也承认：无风之处还是有微风，森林在微风
中颤栗，草叶在微风中婆娑，但是魏尔伦采用"花非花，雾
非雾"的神秘化手法，把客观事物——虚掉。他说，这不是
枝叶丛的声响，而是万籁在面向枝叶丛唱歌，接下去又说，
这不是草浪的沙沙，可是它"就像是"草浪的声息，这也不
是溪水冲激卵石，仅仅是"你觉得"如此而已：

Ô le frêle et frais murmure!
Cela gazouille et susurre,
Cela ressemble au cri doux
Que l'herbe agitée expire...
Tu dirais, sous l'eau qui vire,
Le roulis sourd des cailloux.

（哦这微弱清新的呢喃！
它在簌簌啊，它在潺潺，
它就像是草浪摇曳婆娑，
呼出一片温柔的声息……
使你觉得，是回旋的水底
卵石在轻轻地翻滚厮磨。）

大自然的这些声音的来源被诗人——否定，但是声音却

在"呢喃",在"簌簌",在"潺潺"(原文用了富于音响效果的大量象声词)。诗人如何解释这无风黄昏的万籁呢?只剩下一个解释:这莫不是心灵的声音吧?自然的天籁,就这样化成了发自心灵的颂歌。丁尼生和魏尔伦一样,也抒写自然与心灵间的共鸣,但丁尼生是实写,象征主义者魏尔伦则是"误释"。其实,细心的读者在诗开头就已能感到,诗人想表现的是心灵的音乐,其他一切"外景"全是心情的投射。原来:

Cette âme qui se lamente

En cette plainte dormante

C'est la nôtre, n'est-ce pas?

La mienne, dis, et la tienne,

Dont s'exhale l'humble antienne

Par ce tiède soir, tout bas?


(这是心灵在叹息哀怨,

傍着呜咽声沉入睡眠,

这是我们的心灵吧,不是么?

这许是我的心、你的魂

轻轻地,趁这温和的黄昏

散发出一曲谦逊的颂歌? )

(《法国名家诗选》,飞白译,

海天出版社 2014 年版,280 页 )

实际上"误释"在诗或翻译中本属常规，试看雪莱说云雀"你绝不是一只鸟"，岂非误释？稼轩说铸就"相思错"，料当初"费尽人间铁"，岂非谬说？容若说"辛苦最怜天上月"，又干月底事？诗翻译中的误释我们已谈过许多，其实"误释"不限诗歌，连信息化的科技翻译也少不了，如automobile（自动）译作了"汽车"（"steam vehicle"），而bicycle（双轮）反而译作"自行车"（"automobile vehicle"），telephone（远听）译作"电话"（"electric talk"），radio（辐射）译作"无线电"（"wireless electricity"），photography（光学图像）译作"摄影"（"shadow-taking"），直到当今"微信"译作"WeChat"，可谓不胜枚举。魏尔伦不过是把司空见惯不以为怪的现象突出并标榜起来，作为一种主义，从而显得怪诞罢了。

所以这位用文字谱写"无词曲"的魔术师魏尔伦是既魔幻，又并不魔幻。他的语言魔术不过是善于捕捉瞬间的感觉、印象和情绪，绘出一幅幅心灵的风景画，又把词义溶入音乐之流，谱出一支支心灵的回旋曲。词语在语言学里的身份是"能指"，所指的意义在自身之外，但在诗中，特别是在魏尔伦这一流的诗中，词语同时成了"所指"，像音乐一样成了艺术品自身。魏尔伦就宣布，他不把语言当作表义符号来使用，而力求把语言"液化"为悠扬流动而无定形的音乐。

但"无词曲"又显然是一种夸张的说法，诗是语言艺术，突出音乐性并不是废除语义，朦胧也并不排斥清晰。他只是试图把诗中的音乐性提升到首位，把词义视为乐曲的表情符号，而音乐也给词义增添了魔术般的情感魅力。他诗中的音乐性和词义是密切相关、血肉相连的，不是各自单独起作用，而是融合为一，相辅相成，协同作用，从而使魏尔伦的诗萦回缭绕，呈现如梦如雾的暗示和流水般的和声。

要在中译文里复制魏尔伦的语言魔术，就得使用中文资源而模拟魏尔伦的手法；要表现他的独特风格，首先就得按魏尔伦的主张把音乐放在第一位。选用"瑟瑟"、"簌簌"、"潺潺"、"呢喃"、"婆娑"等词语，就是把它们当作音符用来谱写乐句的。我的韵式遵照原诗的"六行体"格式，译文模仿原诗，非常重视"韵字"的音响和情调，第一节选用的是"醉—惫—瑟，中—丛—歌"，第二节是"喃—潺—娑，息—底—磨，"第三节是"怨—眠—么，魂—昏—歌"。本来这三节诗的"b"韵并不需要前后统一，中译文里我把它们统一于"歌—娑"韵，是因为对频繁穿插的洋化韵式，"中国耳朵"感受度要稍逊于"法国耳朵"，假如每节末落脚不同，将难以形成协和与呼应，故以增加韵频补偿，以求在音乐性上逼近"等效"。

魏尔伦的"无词曲"对翻译构成巨大挑战，想真正逼近"等效"很难，若不小心就会把"无词曲"译成"无曲词"。但是法籍翻译名家、曾以二十七年心血译成《红楼梦》法译本的李治华先生还是称道我译的魏尔伦"无论在情调或意境上，都与原诗较为接近"[1]，给了我很大的鼓励和支持；他和夫人雅歌（译《红楼梦》的协作者）还曾来访当时的杭州大学与我晤谈。

---

1 见1984年3月17日《欧洲时报》。

正如布瓦洛所说，诗和音乐即便在传统诗中也有不解之缘，从古以来的诗人，没有一个是完全不重视音乐性的。但传统诗的重视音乐性，是把它当作从属于内容的音律手段，而在魏尔伦手里，音乐性却上升到了第一位。虽然音乐和词义在不同诗人笔下呈现的关系不同，轻重比例不同，但我觉得"音乐占第一位"对诗翻译还是很有启发性的。

就我个人而言，至少在先后顺序上，译诗从来是从音乐入手的。我觉得译诗就像填一首新词、学一首新歌，从音乐入手最为自然。想当年我在吉普车上、在渡口驳船上、在灰土弥漫或雨水淋漓的行军路上译诗时，通常总是用口译法在嘴里嘟嘟哝哝，颠来倒去比较诗句的乐感，起初可能是"转轴拨弦三两声，未成曲调先有情"，最终才形成为诗句，相信历来诗人词人吟诗填词应该也是如此。我不知道此外有什么方法（例如逐字逐词照词典译？）能形成可诵的诗句。

# 镣铐，还是翅膀？

译诗而体现音律不易，经常要在音和义之间协调取舍，因此这件充满甘苦的工作就被形容成"戴着镣铐跳舞"。但是一切比喻都是跛脚的，这个比喻也不够贴切。其实，译诗和其他艺术一样都离不开形式，诗和舞蹈之需要音律是一样的。镣铐对于舞蹈是外加的，可以解脱的，但音律之于舞蹈却是内在而不可弃去的。所以真正的舞者、诗人或译诗者都不会视音律为镣铐，而视之为舞和诗飞翔的翅膀。若弃却（广义的）音律，舞和诗都将失去飞翔的能力。

"戴着镣铐"的感觉有时也难免，特别是当译者面临艰难抉择无法解决之际，但那毕竟是暂时的。像《转译之"隔"》文中说的英译者那样捉襟见肘（要用两个音节译一句话），那是她自选的格律太紧造成的，也属特例。

"镣铐"之说盛行的根本原因不是这个，而是许多译诗者都误认为"译诗就是在直译文本上加几个韵脚上去"。如果韵是外"加"上去的那就和镣铐无异了。当然比起译诗只译词义而不考虑押韵的译者来，译诗"加韵脚"派已经算很卖力了，可是在我看来，音乐性就蕴含在诗内，是诗的生命的"循环系统"，不是在诗写成或译成后"加"上去的，不是像镣铐那样"套"上去的，也不是像膏药那样"贴"上去的。如译者力有不逮，不能使诗意和音乐融合于诗内，那就算不上成功的译诗。凡是外贴韵脚，即便加上去了也难与内容融合，很易露出破绽，哪怕你润色加藻也仍是外贴的一块膏药。想想看好了，任何人写一首菩萨蛮或浣溪纱，都一定是顺着音律运思，合着音律填词。岂有奇人抛开音律写一个非诗的文本，然后再"加几个韵脚上去"的，那能成为一首菩萨蛮或浣溪纱吗？

为了说明镣铐和翅膀的关系，我们今天再请一位诗人音乐家来为我们作形象化的演示。这位诗人是俄罗斯十九世纪纯艺术派诗歌的领袖费特（Афанасий Фет），他的抒情诗向音乐靠拢，并带浓厚的象征主义色彩，为此屡遭保守评论责难，但得到柴可夫斯基、拉赫玛尼诺夫等音乐家的喜爱并纷纷为他谱曲。柴可夫斯基评论费特道："他具有触动我们心弦的能力，这，即便是强有力的艺术家因受语言局限也是难以做到的。""他在最出色的时刻能超越诗的界限，而向我们的领域跨出勇敢的一步。……他不仅是个诗人，而且是诗人音乐家，他仿佛是在有意回避那些用文字易于表现的主题。因此人们常常不懂得他，甚至还有些先生嘲笑他，或者发现《把我的心带向嘹亮的远方》这样的诗是胡言乱语。对于缺乏素养特别是不懂音乐的人，这或许算是胡言乱语，难怪费特得不到普遍承认，尽管我知道他有无疑的天才。"

《把我的心带向嘹亮的远方》这首诗，标题本是《给一位女歌唱家》（*Певице*）。这首表现音乐魅力的诗，本身就像是用音乐谱成的。诗人没有描写歌唱家的容貌神态，也没有对她的歌声作具体描绘，而是大量采用暗示和象征手段，借助于词义的音乐化、朦胧化，像音乐一样直接诉诸情感和意志。其次，此诗又采用了音乐式的回旋和变奏手法，如第一、二行的主导动机与第七、八行的对应主题（或称主导动机的"变形"，前者表现为"带向"，而后者表现为"追随"）到了末节均以变奏形式重现，造成一种回旋曲式、赋格曲式的缭绕如歌的美。这首诗由柴可夫斯基谱曲，成为一首著名的浪漫曲。下面是该诗原文和中译文：

Уноси мое сердце в звенящую даль,
　　Где как месяц за рощей печаль;
В этих звуках на жаркие слезы твои
　　Кротко светит улыбка любви.

О дитя! как легко средь незримых зыбей
　　Доверяться мне песне твоей:
Выше, выше плыву серебристым путем,
　　Будто шаткая тень за крылом.

Вдалеке замирает твой голос, горя,
　　Словно за морем ночью заря,—
И откуда-то вдруг, я понять не могу,
　　Грянет звонкий прилив жемчугу.

Уноси ж мое сердце в звенящую даль,
　　Где кротка, как улыбка, печаль,

И всё выше помчусь серебристым путем

Я, как шаткая тень за крылом.


把我的心带向嘹亮的远方，

那边悬着哀伤象林后的月亮；

此声之中恍惚有爱的微笑

在你点点热泪上柔光照耀。


姑娘！在一片无形的涟漪之中，

把我交给你的歌是何等轻松，——

沿着银色路游去，向上向上，

如同蹒跚的影子追随翅膀。


你燃烧的声音在远方凝结，

仿佛晚霞在海外凝入黑夜，——

却不知从何处，我难明奥妙，

突然涌来了响亮的珍珠之潮。


把我的心带向嘹亮的远方，

那边哀伤柔顺得象微笑一样，

我沿着银色的路，上升上升，

如同追随着翅膀的蹒跚的影。


（《诗海——世界诗歌史纲·传统卷》，飞白著，

漓江出版社 1989 年版，697 页）

　　这首诗中费特向我们演示的，正是心灵摆脱镣铐而追随翅膀的艺术之路。通过诗中的音乐和意境，我们感受到的音律不是镣铐，而是翅膀。固然在追随过程（或译诗过程、听歌过程）中我们难免"蹒跚"，但仍在不停地上升，上升。

　　再具体说说费特的诗艺。费特常被与法国印象派的画家德加、雷诺阿，音乐家德彪西等相比，他们都喜欢把线条虚掉，而强调瞬息万变的光和色晕构成的美的印象。因此费特的诗也被称为音诗和音画。他诗中的音乐是靠诗意的境界和词义的柔化营造的，不是外贴上去的韵脚。费特对词义的选择和组合新颖生动，超尘脱俗，如歌如画，画面形象优美而有光晕，似在眼前却又没有具体轮廓，仿佛是小提琴的如泣如诉，或是钢琴的华美乐章。抠概念的先生们责难道：远方如何会嘹亮？珍珠如何会涌潮？歌声里如何能呈现爱的微笑与点点热泪？哀伤如何会高悬又如何会柔顺？声音如何能燃烧又如何能凝结？用信息观点抠起来，这些全被看作了"胡言乱语"，因为这些本来都不是指称性的确切信息，而是音乐化的隐喻和象征意象。它们奇特而和谐的组合形成了一首音诗的旋律与和声。

　　《给一位女歌唱家》的格律是"抑抑扬"格，用音乐语言说是"3/4 拍子"或"6/8 拍子"，用代数式表示韵式和音步则是"$a^4a^3b^4b^3$"。现以第 1 节为例，将轻重音节标注如下：

Уноси мое сердце в звенящую даль,

Где как месяц за рощей печаль;

В этих звуках на жаркие слезы твои
Кротко светит улыбка любви.

华尔兹式的音乐节奏对翻译构成严峻挑战。假如译者想依法复制的话，那么它构成的就不只是挑战，干脆就是不可译的屏障了。汉语里没有"抑抑扬格"（就如同俄语里没有"阴平、阳平"一样），"三拍子"节奏在中文里也不可能通篇采用，我在译文中只能尽量多用一些，如"我的心"、"嘹亮的"、"却不知"、"从何处"、"涌来了"等，并把它用作"顿"的基础。不过为了保持诗句流畅，我没有过分拘泥于原诗音步数，原诗很规律的"4，3，4，3"音步（因此原文作参差排列）在中译文里变成了较自由的 4 顿或 3 顿节律（因此译文诗行就不作参差排列了）：

> 把我的心 / 带向 / 嘹亮的 / 远方，
> 那边悬着 / 哀伤象 / 林后的 / 月亮；
> 此声之中 / 恍惚有 / 爱的微笑
> 在你点点 / 热泪上 / 柔光照耀。

我用英语上课，需要把所引用的诗都译成英语。因英俄都是欧洲语言，一般而言英译比中译较易处理，但这次却有点出乎意料：费特的音乐元素丰富，我英译时顾此失彼，要安排好"抑抑扬格"音步深感吃力，还"贴"上一些不太自然的韵，如用 glitters 押 tears 就嫌勉强（感到英语的韵词真

译诗漫笔

214

太受限了）。可见，长"翅膀"不成反而变"镣铐"的事也是时常可能发生的。这份英译文附在这里，从中可见出译者力有不逮之处：

## TO A SINGER

### Afanasy Fet

Carry my heart away to the resonant horizon,
Where hangs sorrow like the yonder moon arisen;
In these notes a smile of love glitters,
Shining meekly on your passionate tears.

O my child! How easy it's to surrender myself
To your melodious ripples, ethereal and mistful;
Higher and higher, along a silver way I swim,
Like a shaky shadow following the wing.

Your burning voice dies away in a distant flight,
As the afterglow beyond the sea dies into the night;
But all of a sudden, again it unfurls
And breaks out a high surge of pearls.

Carry my heart away to the resonant horizon,
Where hangs sorrow like a meek smile withdrawn;
Higher and higher, along a silver way I fling,

Like a shaky shadow following the wing.

　　押韵是个枝节问题，而译诗要求与音韵、意境融合无间，却不是个枝节技术，而是整体艺术。译诗和音乐作曲颇有点相似，也是心情的艺术或多种感觉的自由游戏。也正因此，译一首诗能否译得成功是没法保证的，不像熟练木匠做一张床那样可以保证得到成功。

# 诗的建筑美

当诗印在页面上时，诗的音乐美呈现为诗行排列的建筑美。从前中国传统诗词习惯连排，因为那时刻版印刷或誊写抄录成本昂贵，诗词传播方式以吟唱为主；而中国人对诗词格律耳熟能详，哪怕不加标点也毫不影响吟咏。但现在的书本和网页上，对古典诗词也已越来越倾向分行排列了。

最近一年来，我对八十年代（在"诗苑译林"丛书里）出过的《英国维多利亚时代诗选》作了更新和充实，从原先的一卷变为两卷，新版书名上卷是《世界在门外闪光》，下卷是《樱花正值最美时》。这两本书排印过程中的一个小插曲，引出了这篇文字。

维多利亚时代诗歌的鲜明特色之一，是诗体结构和韵式丰富多彩，从排印形式就看得很清楚。维多利亚时代，诗人们一面继承各种传统形式，一面作了大规模的诗体探索和创新，使英国诗艺得到空前发展。我选译的诗就包含种类繁多的诗体，如英国传统的谣曲体、素体诗和六行体，意大利式十四行诗及多种变体，法国式亚历山大诗律和回旋曲，来自东方的鲁拜体，以及诗人自创的各种长短句。其中韵式（体现为诗行参差排列）更是琳琅满目，叫人目不暇接。中译文虽不可能准确复制原诗艺术形式，但我本着一贯的译诗理念，尽量仿制和逼近所有这些诗艺特色，努力体现其不同韵味。

这些诗体结构和诗艺的形式特色，性质本来属于听觉，但当印在页面上时却要转换成排列方式，而呈现于视觉。我的书交稿时都是自己排好版样的，尤其是这种排式繁复的书，若交给排版车间去排很难排对，不如自己多花点功夫，像做艺术品似的把它完全做好。虽然因所用排版软件不同，我排好的版到排印车间还可能要转换调整，但这总比交给他们排省事得多。

可是，不知是转换过程出了什么毛病，这次两本维多利亚诗的校样寄达我手里时令我大吃一惊：我交的电子稿中原已精心排好的诗行排式全部灭失。本来风格各异、百花齐放、参差排列的诗行排式被一刀切齐了，全部诗行一律向左看齐；而本来各各设置好文字样式的诗人名、诗题、内文等，也丢失了规格，被排成了字体随机大大小小的百花齐放。我精心排版的时间精力一下子付诸东流。我在发给出版社的电邮中实在忍不住急了：

> ……在旁人看来，排式也许不过是个形式问题，难道真有那么重要？值得那么较真么？
> 世界上不存在完全脱离形式的诗。而在纸面上，诗的形式特征是以排式来体现的。排式是诗印在书中的视觉形象（建筑美），它和诗的听觉形象（音乐美）紧密契合，类同于影视艺术中视频和音

频的关系。

比如说"近体七律"或"意大利体十四行诗"，如果弃却字数、行数、音律的规定而乱排，就不成为七律或意大利体十四行诗了。我可以打个比方，最近体育频道中大家常看中国女排比赛，就知道排球比赛要有排球比赛的形式和规则：如场地中间有球网，场地四周有边线，每队上场限定是六人，分两排站位且有分工，站位和轮转还都不能出错。如果废弃形式，混成一团打乱仗，还成为排球比赛么？每行不是七言的长短句也许是词牌但肯定不是七律，不站排而扎堆抢球也许是橄榄球但肯定不是排球。

维多利亚诗歌是多元化的，诗人的众多音调组成了一个交响乐团，有如提琴、竖琴、长笛、铜号，管弦齐鸣；而诗艺之色彩缤纷又像一幅百鸟图，有如孔雀、锦鸡、朱鹮、白鹤，争奇斗妍。岂料进了排版车间的流程，在鼠标点击转换之下，百鸟竟被脱光了缤纷羽毛，但见从车间缓缓而出的传送带上，孔雀、锦鸡、朱鹮、白鹤整整齐齐挂在一排钩子上，变成了格式化的光鸡。一幅百鸟图魔术般地变成了烤禽店。每翻开一页都见一排烤禽出炉。叫人气怎能顺？……

经问讯得知，可能是因"诗苑译林"丛书改变版心版式，造成了这次异动。对变成这副样子的校样，本当原封退回去返工。但我想若返工重做转换、打校样、寄校样，费很多时间不说，而且我不相信重做转换能符合要求。所以想想也就认了，我排的版就算白做，让他们排版车间去排吧。我就按他们的新版心规格，在校样上用红笔一行行手工校改，重新标注正确的排式，然后等他们改好后重出校样，再一校二校，又费了一整个流程，好不容易才把两本诗排成功。

这次折腾，使我觉得诗的建筑美是个值得谈的题目。而要谈译诗和诗的建筑美，我首先选哈代的诗。徐志摩说哈代的诗像建筑是不错的，哈代是建筑师出身，从小在建筑业当学徒，做的主要是修缮教堂的工作，所以哈代的诗艺与建筑美关系密切。建筑美也就成了我译哈代诗重点关注的问题。这里举一首他的 *A Sheep Fair*（《羊市》）为例。哈代在人世间到处发掘诗意，他会写微小低贱、极不入诗的题材，而把宏观主题注入其中。这首《羊市》题材怪异，诗体形式独特；虽从内容到色调灰暗一片，却又因鲜明生动的描写而生气勃勃，具有巨大的内在张力和震撼力，也充分表现了哈代的悲悯之心：

> 那天正好开秋季羊市，
> 　　赶上大雨淋漓，
> 羊群聚集了一万只，
> 　　全都淋得透湿。
> 它们周围筑起了围栏，
> 一拨一拨被清出羊圈，
> 拍卖师把大胡子拧干，

用手掌边刮刮沾雨的脸，
还不时擦账本，免得水湮了字迹，
因为大雨淋漓。


羊毛如海绵吸水饱胀，
在整天的雨里，
挤紧的羊想转、躺、冲撞，
全都白费气力。
羊角泡得像指甲般软，
牧人冒着气，倚着木栏，
一边拴着夹尾巴挨淋的犬，
顾客的帽檐也被水灌满，
稍微变个姿势，就犹如瀑布泻地，
在整天的雨里。


附记

时间已过很久，一去不回，
自从那一大批
泡湿的羊众喘息着聚会
在彭梅里市集：
全体羊众早流完血了，
湿淋淋的顾客早散了，
喉咙喊哑的拍卖师呢
也死了，一声声"卖了，卖了！"
他曾把全体温顺之众送往绝地，

在彭梅里市集。

（《哈代诗选》，飞白译，外研社2014年版，
240—243页）

哈代一生都在探索诗律，英诗格律通过哈代得到了全面
传承与发展。他用过的诗体、音律和韵式数量之多，居英语
诗人之冠。有人讽刺哈代是个"桂冠工程师"，我看这也不
算什么贬义词。其实哈代并不为形式而形式，他多变的格律
和形式总是从内容要求出发选取的最"合身"的服装，是诗
表现的"意味"的重要部分。他常顺着诗行语气，为每一首
诗量身特制诗体形式，这一首也不例外。他的"诗建筑"形
式纵然复杂，但在一首诗内的各小节却严格保持一致，像一
座哥特式教堂那样呈现繁复缤纷而统一的建筑美。这首诗分
三节，每节结构一样。限于篇幅这里仅对照一下中间一节的
原文：

> The wool of the ewes is like a sponge
> > With the daylong rain:
> Jammed tight, to turn, or lie, or lunge,
> > They strive in vain.
> Their horns are soft as finger-nails,
> Their shepherds reek against the rails,
> The tied dogs soak with tucked-in tails,
> The buyers' hat-brims fill like pails,

Which spill small cascades when they shift their stand
In the daylong rain.

哈代为《羊市》特制的诗体格律是"$a^4b^2a^4b^2$, $c^4c^4c^4c^4$, $D^5b^2$"。每小节里包含三个小单元:第一单元"$a^4b^2a^4b^2$"是四行交韵,单行较长而双行特短,每个长行后接一个短行,似乎是长吸一口气刚鼓起劲来(好比挤得紧紧的羊鼓起劲来想冲撞一下)就又被立即挫败,气还没鼓足马上就泄掉了。接着,第二单元"$c^4c^4c^4c^4$"是英语诗中少有的一连四行随韵,从听觉上令人感到单调重复,从视觉上看到这样一排四个"nails—rails—tails—pails",也像里尔克《豹》诗中"千根铁栏"那样非常惹眼。听觉视觉共同渲染出一幅极其憋屈无奈的场景。最后是一个特长行加一个特短行(第二行的变奏)。特长行的 D 韵(stand)我标作大写字母,是因为它是跨节押韵,即不在本节中押韵而是与前节的"hand"和后节的"band"押韵。

中译文仿制了原诗的诗体格式:既仿制听觉的音乐美,也仿制视觉的建筑美,使它读起来和看起来都与原诗相似。如第一单元中的"a"韵,我选用的字是"胀—撞",与原诗的"sponge—lunge"一样含有(仿佛是从牙缝里使劲挤出来的)塞擦音;而第二单元那一排四个"c"韵"nails—rails—tails—pails",我译作相似而单调的"软—栏—犬—满";唯有原诗跨节押韵的 D 韵,因押韵词跨节且相距十行之遥,在中文里根本不可辨认,所以译文不得不改为末两行以"$B^5B^2$"韵(地—里)收尾,并与前后节的 B 韵跨节通押。

这样, B 韵就从"大雨淋漓"起,贯串全诗直到"送往绝地",让悲剧色彩笼罩始终。

在节奏上我也尽力仿制原诗,但在音步(顿)上略有松动,没有绝对遵守原诗的音步数,以免束缚了酣畅的表达和抒情。这就是我和知友杨德豫在译诗方针上略有差别之处。德豫对音步(顿)的严格遵守是我望尘莫及的,而我的首要选择则是体现诗的整体风格。音步格律只是我仿制原作形式的诸元素之一,我在这些元素中会作一定的权衡取舍。如在本诗里,音步(顿)时而有所放宽,二音步短行译成了六字句便得读三顿,如硬压缩为二顿会很勉强,就不强求了。

顺便需要一提的是:译此诗第三节里的"flock"一词颇费斟酌。"flock"是复义词,基本词义有二:第一义是动物群,主要指羊群,也可指鸟群;第二义是人群,尤指信徒群、会众。哈代写《羊市》是隐喻人世,兼用一词二义有深意在焉。其文化背景是《圣经》中耶稣把人群称作羊群,而自称"好牧人";基督教的神职人员也被称作"牧师"。本诗的隐喻意义聚焦于此,羊群无助地被困在悲惨条件下,一拨一拨被送往绝地,而貌似上帝的拍卖师自己也不比羊群强,这是哈代为人世描绘的一幅讽刺图。因此"flock"成了诗中关键词,也是"诗眼"或言筌的"开口"。复义总会对翻译构成重大挑战,如把"flock"不经心地译作"群"或"羊群",就把诗磨平了,把诗筌封上了。我斟酌的结果是把"羊群"和"人众"/"会众"合并组成新词"羊众",从而兼顾二义。复义词翻译并不是经常能做到兼顾的。

本题主要是谈诗的建筑美的,末尾我们再拉回本题来。

原来，英国古老的教堂建筑都属哥特式（如坎特伯雷大教堂、威斯敏斯特大教堂等），而哈代做建筑师的年代正逢英国"哥特式复兴"，他以很高的热情投入古老教堂的修复、哥特式风格的复原和保存工作，而同时又把建筑美学移用于他的诗艺。哥特式教堂建筑风格粗犷而宏伟，静态中呈现动态，石墙厚重里含着朴实和沉郁，尖塔高耸中寓有理想和悲悯。整齐的簇柱和复杂的拱券骨架可对应哈代精心设计的诗体结构；玲珑剔透的彩色拼画玻璃窗和雕刻装饰可对应哈代琳琅满目的韵式。哥特式教堂建筑还有哈代所说"狡猾的不规则的艺术"，运用到诗里，就成了他那些时而显得怪异的拼接，时而显得粗糙的词语和音律。建筑是凝固的音乐，音乐是流动的建筑，而诗人博大的悲悯情怀浸透其中。

# 语言的骨骼和血肉

区分信息型翻译和艺术型翻译，归根结底是基于语言的两重性。我在前面已提到过，语言是一种生命体，像生物一样有骨骼也有血肉，各有不同功能，语言的单义性是其骨骼，语言的复义性是其血肉，缺一不能成为语言。科学和偏向科学的语言运用以前者为基础，艺术和偏向艺术的语言运用以后者为生命。

语言为什么要有这样的两重性呢？假如人造一个符号通信系统，仅仅是为了传递准确信息，那么肯定应该一组符码严格对应一个词义，任何明码或密码都是这样设计的。但是任何天然语言却都有十分复杂的词义系统，语言中充满着一词多义、多词一义的现象，语用又充满着灵活性、模糊性和暗示性。为什么人造系统与天然语言会如此不同？因为前者只需要传递明确单一的信息；而后者是活人说的语言，还需要有情感和审美功能，需要提供生动丰富的语言表述。

没有语言的单义性就没有科学，没有语言的复义性就没有文艺。语言的这两重性质并不限于科学和文艺领域，在日常生活中也随处可见。生活中使用明确的逻辑性话语其实是比较少的，充满着生活语言的是感受、期望、赞美、叹息、埋怨、责骂、宽恕、亲昵、遗憾、问候、玩笑等等不科学也不精准的表达。

语言既有二性，翻译也就有二性，而且差别巨大。这是在翻译学中语言学派和文艺派分歧的由来。诚然，纯粹而泾渭分明的单义性翻译或复义性翻译都是罕见的，但翻译之分为两大类型是明显的事实。

信息类文本作为信息载体，所承载的是单义信息即语言"骨骼"，视语言"血肉"（情感的、联想的、多义性的、文化的和艺术形式的"血肉"）为赘余，在比较严格的信息类文本如论文里，凡遇到可能有歧义之处还得加写定义以消除之，这样把赘余血肉——剔除后，剩下指称符号的基本骨骼，活的语言变成单义语言，信息就全属硬性而毫不含糊了。翻译这类文本只要准确传递其承载的信息（译义，或译内容）即可，这就叫信息型翻译。翻译过程中，凡遇到可能有歧义之处也同样得剔除之。就翻译而论这样倒很简单，因为跨语种翻译，本来就只有单义对单义可基本对应，并没有多义对多义的对应方程式。

艺术类文本就不同了，依据和侧重的是语言的复义性、丰富性、情感性、审美性，例如诗就是有血有肉而富于生命力的语篇之典型代表。干巴巴的思想概念或命题都不成为诗，诗的语言特征是有情感，有意蕴，有联想，有风格，有境界，有文化背景和互文性，有艺术形式，有意象性、隐喻性和音乐性，总之是有多义性，由此还有拓展性。诗如果是单义直白的"大白话"，说完其"意义"也随之而尽，毫无余音余味，那就不成为诗，至少可以肯定不是好诗。我在上课时是这样形容的：简单地说，信息型语言是"说一是一，说二是二"；诗歌语言却是"说一不等于一，说二不等于二"，或"说一不限于一，说二不限于二"。本书前面谈及的诸多译诗问题，如留白，如音韵，如阐释，如"误释"，如"光晕"，都与语言的复义性有关。诗能引起读者最大限度的参与，包括调动读者的心智、情感、体验和想象，其魅力就是复义性带来的。而单义性却排除读者的参与，诗中单义性占比过大会使诗枯燥僵化，失去想象的余地，从而成为非诗。

如果用信息型翻译的老办法来处理诗，来个庖丁解牛，把"血肉"即语言的艺术形式、多义性、活性和一切微妙之处剔除，那么正如弗罗斯特所说，诗也就被翻译剔除了，或过滤净尽了，因为诗就存在于"微妙"之中。如《留白，还是填空？》一文举的例子："我是曲江临池柳"中的"柳"，意象是微妙的，复义的，是血肉；而当译成"一名伴妓"时，诗就被翻译剔除了。尽管"柳"意象丰富的文化复义无法全面译出，至少也可用一个"weeping willow"意象，尽管其隐喻意义比"柳"意象单纯许多，只剩下了"哀怨"加东方色彩，那终究还是一个诗性隐喻。

这里只说了信息译和艺术译，那么功效译呢？功效型翻译与艺术型翻译区别的关键在于要不要求忠实于源文本，如就所用语言性质而言，两者其实常常是同类的。宣传广告用的语言基本属文艺型，在偏重复义这点上，功效译与艺术译相同（如插入科技资料则偏重单义而与信息译相同）。所以关于功效译只需研究策略，对其语言无须另案讨论。

我们翻译单义信息时，要求言必尽意，尽量使读者能简单明了地接受原文信息；翻译复义信息时，则会言不尽意，需要通过重写，保持和恢复其语言的复义性质，使译文能像原作那样吸引读者参与。难点在于，艺术性源文本的复义性不是你说保持就能保持的。翻译的信道本是只译"单义"的"单行道"，遇到复义无能为力，源语的复义译入另一种语言（尤其是不同语系的语言）时走失殆尽。

比如说我在美国看到路旁边有 Hood 牌牛奶的广告牌："Father-Hood, Mother-Hood, Child-Hood, Everybody-Hood"，利用的是"hood"在英语中可用作词尾的复义性。有一则中国笑话说：有一读别字蒙师死，见冥王；勘毕，罚为狗。别字者曰："请为母狗。"王曰："何也？"曰："《礼记》云：临财母狗得，临难母狗免。"利用的是汉语"毋苟"二字与"母狗"二字形似的（伪）复义性。这都是复义不可译的典型案例。

且不说此类典型例子，就说最寻常的复义和联想意义吧，每种语言都有海量的词汇、文化元素和互文典故，源语和译入语的复义和联想意义互相巧合的机会少之又少，不过万一。诗的艺术形式和音韵赋予源语诗歌的复义呢，不消说也通不过翻译"信道"。所以简单地要求"保持"原诗复义是很不切实际的。要求于译者的毋宁是要"重写和重塑"原诗复义性的血肉。

而为了能逼真地重塑，译者不但要有手艺，还首先要有对原诗真切的感受和重塑的热情。

上举"Hood"和"母狗"之类不可译的案例，属于文字游戏类的双关复义。诗的游戏性固然不如双关语、字谜、绕口令等强，但诗歌语言的复义性和含蓄性却往往比文字游戏还强得多，复杂得多，不仅双关，而且可以关联四面八方形成"多关"。兼顾双义已很困难，兼顾多义（包括音韵等形式意义）更加困难。但换个角度说，文字游戏类翻译因为是硬性的双义翻译，一条道堵死就干脆不可译了；而诗则属于复杂朦胧的多义翻译，具有较大的弹性，有时可做到或多或少兼顾双义，有时可机动腾挪作些补偿，所以在实践上诗翻译的可行性反而高于文字游戏类的翻译，陷于完全不可译的情况比较少。

诗翻译重点关注语言的复义性，是与信息译相对而言，并不是说诗翻译对语言的单义性就可以马虎。诗翻译看重艺术对象的生命和形态，要有血有肉，但血肉之内也得有骨骼。如骨骼不存，血肉又焉附呢？那结果就会一塌糊涂了。所以正确理解原文，推敲词义，是任何翻译包括诗翻译的先决条件和地基。

勃朗宁有一首颇为著名的诗 *The Lost Mistress*（《失去的恋人》），其中 Lost 和 Mistress 二词的词义都不算复杂，大概各有三个主要词义：Lost 可以是"失去的"、"迷失的"或"迷惘的"，Mistress 可以是"女主人"、"情妇"或"恋人"。但仅此两组三个词义就搭配出 9 种可能性（3×3），若引申一下，可能性就不计其数了。在我译这首诗之前，国内多种选本上流行的此诗中译文标题竟然是《失恋的姑娘》。Lost 本来并无"失恋"之解，Mistress 也没有"姑娘"之解。"失恋"是从"迷惘的"这个词义引申出来的：她为什么迷惘呀？肯定是失恋，错不了，而既然失恋，恋人就不能再叫恋人，应该还原为"姑娘"了。

但只要你看懂诗中的情节，或参照一下此诗的语境——诗人勃朗宁广为人知的恋爱故事，就知道诗中失恋的独白者不是姑娘，而是向姑娘求婚的男主人公，即诗人勃朗宁的化身。这首诗作于勃朗宁初次向伊丽莎白求婚遭拒之时，女诗人伊丽莎白因自己病残不敢奢望爱情，婉拒了勃朗宁并规定"只能做朋友"，主人公从而失去了恋人（后来勃朗宁靠锲而不舍的真情最终收到了回报，但那是后话）。虽然勃朗宁把这件事写成了一首戏剧独白诗，但作者个人的情感和体验在诗中是非常明显的，总不至于让读者（译者）连主人公的性别都弄倒错了吧。语言的骨骼这么一倒错，译诗的内容也可想而知了。

所以译诗重视语言的血肉和艺术形相（这相当于一个人的面貌、身材），绝不是说可以忽视语言的骨骼。骨骼错位导致整体的畸形，那整个外貌还能好看得了吗？这也许是笔者一点多余的说明。

本书中的多个题目都是围绕语言的信息型和艺术型展开的，因为我平日里经常感到，许多译者并不了解或很不注意二者的差别。为了展示一下二者的不同面貌，忽然想到一个形象化的例子（虽然不是一首诗）。

在这本《译诗漫笔》之前，我曾把"比较诗学"的讲稿编写了一本《诗海游踪》出版，并给它拍过两幅不同角度的"小照"。研究生们说这两幅"小照"非常好玩，反映了"诗性"和"信息性"的鲜明对照。《诗海游踪》和《译诗漫笔》本是姐妹篇，源自我最受学生欢迎的两门课"比较诗学"和"翻译学"，二者讨论的都是跨语言、跨文化问题，姐妹关系是很亲密的。我想到的，就是把"姐姐"的小照贴在下面。

《诗海游踪》的第一幅小照是她的目录。这本讲稿的风格和《译诗漫笔》一样是散文体，虽也含科学成分，但主体包括语言风格都属艺术型，目录呈现的是该书的本来面貌：

1. 探海之旅（代前言）：海风的召唤／诗海交汇／"没有金羊毛"／自讨苦吃，沟通诗海航路；

2. 语言之屋和望星空：存在和栖居／魔术师的徒弟／语言之屋／"说"和"被说"／自然的星和语言的星／是桥梁也是囚笼／可持续栖居性；

3. 比月亮："中国屋"和"圣母送子"／谁家的月亮圆／"月狂"及其表现／月亮格式塔／月的形相与家族观念／波阿斯的梦；

4. 花之语：不一样的花语／花与情操／看不懂的异国花／咏海棠、苹果花诗比较／花意象的性别色彩／伪男性、伪女性及其辨析；

5. 诗人何以孤独："余情信芳"和"孑然孤立"／心怀社稷和个人本位／玛格丽特组诗与异化主题／酷似绝望的盼望／伤痛如何化为珍珠；

6. 渔夫和鱼的故事："斜风细雨不须归"／"她半拖半诱，他半推半就"／两个母题中包含的张力／自然"宜人"还是"诱人"／"鱼乐"和鱼的思辨；

7. 山与海的对话："观沧海"和"海始于斯"／地理环境的熏陶／高山仰止和"没什么意思"／山的吸纳，海的挑战／人与自然：和谐与敬畏；

8.存在的苦难和存在中的爱：读诗个案讨论 /
不轻易看破人间价值 / "说话人"及其语调 / 多层
次的意义和意味 / 诗人的热心肠 / 诗是对存在的求
索，但不是存在的解；

9.迷狂与禅境：两种灵感模式 / "我发烧又发
冷" / "满船空载月明归" / 另样的狂和醉 // 两
种张力结构 / "你来自天堂或地狱？" / "君问穷
通理，渔歌入浦深" // 两种自由观 / "任性的心，
你要什么？" / "行到水穷处，坐看云起时" / "我
无地可枕我的头"；

10.后记：延宕的旅程 / 作中西诗比较有什么
意义？ / 乘风漂泊吧，诗帆。

（《诗海游踪：中西诗比较讲稿》，飞白著，
浙江工商大学出版社 2011 年版，目录）

第二幅小照是报给学校社科处的大纲，这是诗性的《诗
海游踪》翻译成信息型文本后的模样。可以看出，这种"跨
型"翻译（从艺术领域译入科学领域）使用语言不同，其跨
度比跨语种翻译还大，简直像是体检时 X 光拍照，咔嗒一声
一个活人就变了骨骼：

本书是"比较诗学与文化"科研课题最终成果，
原为飞白在美国尔赛纳斯学院（Ursinus College）、
浙大和云大授课的讲稿，由本人择要选编并从英语

译成中文。全书十章，以诗为素材，论述语言与文化，普适主义与相对主义，社会历史与文化心理，主体性与主体间性，女性主义与生态批评，儒道互补与基督教异教互补，东西方诗学之灵感模式、张力结构和自由观等问题，旨在沟通中西，行文上则同时兼顾学术性与可读性。除前言后记外，本书主体部分八章均曾作为课题阶段性成果发表。内容提纲如下：

1. 前言：说明本课题的缘起与指导思想。

2. 语言之屋和望星空：讨论语言与文化的生成及其对文学和意识的巨大影响，探讨"言说"和"被说"、"创世"和"陈言"的关系，探讨诗化哲学和诗的人文关怀。

3. 比月亮：以"月意象"为例，讨论历史积淀与文化心理，以及跨文化传播中的意象变形。作者认为：意象、隐喻与象征在民族文化中的生成是"历史"的，与能指所指关系相似而具有任意性，而诗人的贡献在其中扮演着十分重要的角色。

4. 花之语：比较中外诗歌中的审美心理与伦理因素，重点关注男性中心语言体系对诗和文化的影响，深入辨析诗中的"伪男性"人格和"伪女性"话语，作者支持女性主义观点，但主张持论应当"适度"。

5. 诗人何以孤独：通过孤独主题，比较中西文化与诗的集体（伦理）本位与个人（存在）本位，讨论交流／理解的需求与障碍，对孤独的救赎，以及诗的社会性与非功利／准功利性间的关系。

6. 渔夫和鱼的故事：研究中国诗中儒家道家的对立互补关系和西方诗中基督教异教的对立互补关系；比较中西自然观，指出其"宜人"与"诱人"的区别；比较中西人生观，关注其"超脱"与"超越"的区别。

7. 山与海的对话：考察地理环境与生产模式对民族审美取向的模塑作用，文学原型与传统的生成发展及其稳定性；本章继续比较中西自然观并兼及生态批评。

8. 存在的苦难和存在中的爱：从共性角度讨论诗的本质属性和对文学文本应如何深入解读，认为在各国千姿百态的文化色彩之下，在深层次上文学创作、批评和解读的核心都应当是人文关怀，以此与前文呼应。

9. 迷狂与禅境：从中西诗比较中归纳出三大区别，即：两种灵感模式（迷狂模式 vs 禅境模式）、两种张力结构（十字模型 vs 圆模型）、两种自由观（纵情发挥 vs 免受骚扰）。认为不同气质的诗传统需要互相理解沟通，达到互补和互相启发。

10. 后记：探讨在多元文化时代中西诗比较和对话的意义和价值。

# "读起来不像译文"好不好?

　　一般认为,译文读起来不像译文,流畅得简直就像用本国语写的一样,这肯定是翻译的最高境界了。名家傅雷就一再表明过这是他的翻译标准和理想:"译书的标准应当是这样:假使原作者是精通中国语文的,译本就是他使用中文完成的创作。""理想的译文仿佛是原作者的中文写作。那么原文的意义与精神,译文的流畅与完整,都可以兼筹并顾,不至于再有以辞害意,或以意害辞的弊病了。"

　　钱锺书在《林纾的翻译》一文中写道:"把作品从一国文字转变成另一国文字,既能不因语文习惯的差异而露出生硬牵强的痕迹,又能完全保存原有的风味,那就算得入于'化境'。……换句话说,译本对原作应该忠实得以至于读起来不像译本,因为作品在原文里决不会读起来像经过翻译似的。"

　　奈达也持同样立场,他主张翻译要达到最贴切、最自然的功能对等,翻译的最高标准是"使译文读者完全能像原文读者理解欣赏原文一样地理解和欣赏译文"。

　　读者中的绝大多数肯定拥护这一主张,因为读译文最怕的是佶屈聱牙的"翻译腔",实在叫人难以卒读,我之怕读此种译文也和大家一样。谁不欢迎译文读起来很"顺",贴切自然，就像用本国语原创的一样呢？这作为对译文的最高赞扬似乎无可置疑。

因此，读到本雅明的观点又觉得很另类了。本雅明认为："说一篇译文读起来就像是用本国语言写成的一样，并不是一种最高的赞扬。"为什么呢？这是因为译文读起来很"顺"，就有遮蔽原作的嫌疑，而"真正的翻译是透明的，它不遮蔽原作，不挡住它的光"。

另类的还有一个鲁迅，他曾接连写多篇文章质疑"顺"的翻译，而主张容忍"多少的不顺"。在《"题未定"草》中鲁迅写道：

> 如果还是翻译，那么，首先的目的，就在博览外国的作品，不但移情，也要益智，至少是知道何地何时，有这等事，和旅行外国，是很相像的：它必须有异国情调，就是所谓洋气。其实世界上也不会有完全归化的译文，倘有，就是貌合神离，从严辨别起来，它算不得翻译。凡是翻译，必须兼顾着两面，一当然力求其易解，一则保存着原作的丰姿，但这保存，却又常常和易懂相矛盾：看不惯了。不过它原是洋鬼子，当然谁也看不惯，为比较的顺眼起见，只能改换他的衣裳，却不该削低他的鼻子，剜掉他的眼睛。我是不主张削鼻剜眼的，所以有些地方，仍然宁可译得不顺口。

其实从本质上说，外国作品的译文既是一种"他者"，读译文的味道就不可能和读本国语原创作品一模一样。译文读起来如果完全没有洋气，西餐的味道吃起来如果和中餐一模一样，星巴克喝起来如果完全像是铁观音，就说明译者选择了彻底归化的取向，已经把原作修理得面目全非了。由于原文作品是植根在其本国语言和文化土壤里的，字里行间有大量看得见和看不见的"网络链接"，包括文化性的和互文性的语境链接，共同构成一部作品的意蕴。经过翻译，这些链接几乎全部断开，哪怕是带洋气的译文也只能做到局部的修复，而在"没有洋气"的译文中这些链接则将无一幸存，那译作还能像原来的作品吗？所以，即便是倡导"化境"的钱锺书也认为彻底和全部的"化"是不可实现的理想；奈达同样承认他提出的翻译最高标准"是永远不可能达到的"。

既然"不可能达到"是事实，那么现在的问题只在于：译者要不要把"全力求顺"作为优先取向。在这点上，即在"归化／洋化"这对矛盾上，存在着明显的分歧。如上所述，许多著名译家是全力求顺的；鲁迅和本雅明是明确主张保存洋气的，当代翻译理论家韦努蒂（Lawrence Venuti）也从翻译伦理角度出发，明确提倡"存异"，反对"求同"归化。

这样，译文到底是归化求顺还是保存洋气，是求同还是存异，便成了一个抉择难题而摆在译者面前了。求"顺"代表的是大众的取向，"存异"虽代表小众，但有翻译伦理为支撑。译者该何去何从呢？

就我而言，却从没受到这个难题的困扰。我只按我一贯的方向译诗，以"体现原诗风格"为既定目标和优先取向。结果得到的反馈却有点意想不到。曾见到网上评论，大意是说：读飞白译诗觉得表现参差不齐，很觉奇怪——同是这一个译者，不知为何有时译得很流畅，有时又佶屈聱牙，有时语言优雅，有时又甚为艰涩，不像出自一个人的文笔，不明白这是怎么回事。

我觉得这位读者有眼力，捕捉到了我译诗的特点：既不一味求"顺"，也不一味求"异"，而是一人扮演多重角色。经这样一点明，我回顾了一番我历来所译——顺的和不顺的、洋气的和土气的——译文。不能详作盘点，且略举数例。

例如译苏格兰农民诗人彭斯，不消说，风格是顺的也是土的：

是谁在我的闺房门口？

　　当然是我，芬德莱说；

别呆在这儿，你赶快走！

　　难道当真？芬德莱说。

干吗你这样偷偷摸摸？

　　你出来看，芬德莱说；

等不到天亮你要闯祸，

　　真要闯祸，芬德莱说。……

(Wha is that at my bower door?

　　O wha is it but Findlay?

Then gae your gate, ye'se nae be here!

　　Indeed maun I, quo' Findlay.

What mak ye sae like a thief?

O come and see, quo' Findlay;

Before the morn ye'll work mischief;

Indeed will I, quo' Findlay…)

译法国象征派大师马拉美，要表达他那种努力趋近纯诗理想的风格，肯定就既不顺也不土了：

肉体含悲，唉！而书已被我读完。

逃避吧！远走高飞！我感到鸟儿醉酣，

飘在陌生的海沫和天空之间！

任何东西，不论是映入眼帘的老花园，

夜啊夜，不论是我凄冷的灯光

照在保卫着洁白的一张白纸上，

或是给婴儿哺乳的年轻的爱人，

都留不住这颗海水浸透的心。

(La chair est triste, hélas! et j'ai lu tous les livres.

Fuir! Là-bas fuir! Je sens que des oiseaux sont ivres

D'être parmi l'écume inconnue et les cieux!

Rien, ni les vieux jardins reflétés par les yeux

Ne retiendra ce cœur qui dans la mer se trempe

Ô nuits! ni la clarté déserte de ma lampe

Sur le vide papier que la blancheur défend…

Et ni la jeune femme allaitant son enfant.)

即便是译古代诗人，风格也不一定全属古雅深奥，如罗马大诗人奥维德在两千多年前，就用当时口语化的拉丁文开启了"顺"的一派：

> 如果人们当中有谁不懂爱的艺术，
> 　　请读我的诗吧，一读就能精通。
> 快船靠艺术航行，轻车靠艺术驾驭，
> 　　爱情也只有靠艺术才能成功。

> (Siquis in hoc artem populo non novit amandi,
> 　　Hoc legat et lecto carmine doctus amet.
> Arte citae veloque rates remoque moventur,
> 　　Arte leves currus: arte regendus amor.)

而现代派先驱的英国诗人霍普金斯，写的却不大像白话，其语言之别扭不顺使他别创一格：

> 野性美，勇，行，风，傲，羽，都在此
> 　　扣合！于是从你迸发的烈火
> 化成亿万倍可爱可危，呵，我的骑士！

> 这不奇怪：劳作使犁沿犁沟闪烁，
> 蓝而冷的余烬，我亲爱的呵，
> 　　凋落，辱没，把金的红划破。

(Brute beauty and valour and act, oh, air, pride, plume, here
　　Buckle! AND the fire that breaks from thee then, a billion
Times told lovelier, more dangerous, O my chevalier!

No wonder of it: shéer plód makes plough down sillion
Shine, and blue-bleak embers, ah my dear,
　　Fall, gall themselves, and gash gold-vermillion.)

　　诗的世界百花齐放，风格人人不同。风格译的目标就是努力呈现诗风之争奇斗妍，而不是把不同风格纳入同一规格、同一模子，哪怕是"好"的模子，如"顺"或"流畅"。

　　源语的洋气是应当尽可能保存的，译入语的基本规范也是应当遵守的，这没有问题。但是我认为不应当把"顺"或"流畅"（或"雅"）之类视作译文应当追求的统一标准。我译诗也绝不会为顺而顺，或为雅而雅，或为土而土，或哪怕是为美而美。因为，诗人必须具有他自己的风格个性才成其为诗人，而上述这些性质却不是每个诗人都同样具有或同等呈现的。

# New Year's Eve 与除夕夜

按：2014 年春，我在外研社出版《哈代诗选》时，编者对我将 *New Year's Eve* 一诗的诗题译作《除夕夜》多次提出异议，指出："除夕"在中文里指的是农历年最后一天，而英文 New Year 则指的是阳历，双语表述不对等，会给我国读者带来不便。因为毕竟中国人对除夕一词有着固有的传统认识。

我觉得这是个饶有趣味的问题，便借此契机，对这个翻译学难题作了一番梳理，复信如下：

首先，请容许我对你们的敬业精神和认真细致的工作态度表示敬意和谢意。我接触出版工作近六十年，自己也有任主编的体验，感到外研社的编辑流程（四校）和细致程度都是首屈一指的。在你们这里出版特别感到放心。

关于 New Year's Eve 的翻译问题，这属于"归化译" vs "洋化译"（通常称"异化译"，我授课时为求其易解而用"洋化"形容之）问题，是翻译学的老问题。翻译因跨语言而产生"直译 vs 意译"的矛盾，因跨文化而产生"洋化 vs 归化"的矛盾，除了简单的科技翻译外都免不了。

我本身教翻译学和比较文化学，很清楚归化与洋化这对老矛盾，以及 equivalence（等值）之不可能原理。虽然在翻译实践中"归化译"占一定优势，但我本来是明显地倾向于"洋化译"的。你们提出 New Year's Eve 与"除夕夜"文化上不对等的问题非常正确，我对此也有同感。前晚接电邮后我尚未及核对文稿，就先初步回复说："关于 New Year's Eve 的译法，如仅出现在诗题，或尚有通融调整的余地；如也出现在诗行内，则（因拘于格律）可能很难变通。"我这样说是认真的。后经核对，虽明确了本书中仅诗题出现"除夕夜"的译法，但经斟酌比较后，最终对该题还是决定保留原状，不作调整改动。正如我在《哈代诗选》前言的结束语中所说，"译诗永远是一种在得失取舍之间'患得患失'的艰难选择"，以下将我对得失取舍的考虑向你们作一汇报，以表对编者的尊重。

作为诗题，我考虑了洋化译法《新年前夜》作为替代的方案。这是逐词译出的直译，其优点是比较准确，并剥离了（可引起麻烦的）文化载荷。在这方面，《新年前夜》对《除夕夜》无疑占有优势。

但译为《新年前夜》也有它的问题：首先，这已属于"解释性翻译"，不像个名词而稍嫌啰嗦。中国人是喜欢简明的，如 Christmas Eve 本来译作"圣诞节前夜"，但群众不买账，终于把它改为"平安夜"了。而译诗却是一切翻译中最倾向于简洁的，在这方面，简洁的《除夕夜》占有优势。

其次，从风格方面比较，《除夕夜》有诗性积淀；若译为《新年前夜》则缺乏文化底蕴，新闻风格过浓了。译诗和所有其他类型的翻译不同，需要诗性积淀作为土壤，而新闻风格是译诗之大忌。所以在一般情况下不言而喻，会多选用有诗性积淀的词语，如烛（vs 电灯）、鸿雁（vs 野鸭）、信笺（vs 手机）、晚钟（vs 闹钟）、梧桐（vs 麻栎）、鹧鸪（vs 松鸡）、秋千（vs 跑步机）、驿站（vs 宾馆）、关山（vs 隧道）等等，而诗性积淀中的归化因素总是很丰富的。在这方面，《除夕夜》也占很大优势。（当然我并不是要求译文一味古雅，有时诗人也会反其道而用之，翻译应视原作风格为转移。）

根据"equivalence 之不可能"原理，从文化角度审视，则不同民族的接受必植根于本土文化背景，哪怕是从同样的信息也不可能获得同等感受（如中英文"红 / red"、"狗 / dog"等词含义不同，是研究生一写论文就特爱重复的老调常弹），更不必说换文化符码造成的移位（shifts）了。我们所主张的只是移位不要过火而变成了越位，如把 San Francisco 译成"旧金山"，电影片名"Waterloo Bridge"译成"魂断蓝桥"、"Rebecca"译成"蝴蝶梦"、"一个陌生女人的来信"译成"巫山云"，（宋祖英美国演唱会上）"牛郎会织女"译成"Satyrs meet Nymphs"之类（其中当然有实用化、商业化因素）。你瞧瞧，好端端一个牛郎，变成头上生角、脚下长蹄、发狂撒野、追逐女性的"Satyr"，实在是匪夷所思（不过若逐词译成"Cowboy"也会造成荒诞效果）。

"归化译"在实践中占一定优势，奈达显然比韦努蒂更易得到读者认同。虽然我本人倾向"洋化译"并且（除功效译范围外）一贯不赞成奈达的"dynamic"（灵活）翻译理论，但既然任何翻译都是两种文化的联姻，就不可能完全"一边倒"，假如生搬硬译则根本不成其为翻译。许多场合还是必须妥协于归化，或甚至是"归化没商量"的。例如 goose flesh 的"goose"，中译要归化为"鸡"（而不译为"鹅皮疙瘩"），"know sth like the back of one's hand"要归化为"了如指掌"（不可译为"了如手背"），又比如各种语言对"下大雨"形容方法不同：汉语说的是"倾盆"，德语说"倾壶"（wie aus Kannen），西班牙语说"倾坛"（a cántaros），俄语说"倾桶"（как из ведра），英语则别出心裁说是"倾猫狗"（it rains cats and dogs）。若不作归化而译出"倾壶大雨"之类岂不闹笑话，读者也不接受。尤其是诗翻译，比不得生硬的科技翻译，毕竟翻译是为了沟通，往往不得不在小处妥协。于是我一反自己一贯的基本论点，今天在此为一定限度内的、必要的"归化译"辩护。

随着国际交流的增加，洋化译虽逐渐风行，归化译仍并行不悖，不可能一条腿走路。归化译的例子俯拾即是，如："A foot"译"一英尺"，假如坚持不接受归化，则只好译为"一脚"或"一英脚"了！

"博士"本来是皇家顾问或编纂，"学士"也是一品文官，用以翻译 PhD 和 Bachelor 岂不非常荒谬？难道苏学士东坡只有本科毕业水平么？但用多了早已见怪不怪。

中文中的"元旦"，几千年来指的都是传统农历每年的第一天，但现在却已用以指代 New Year's Day 即公历每年的第一天了。就连中文这个"年"字，本来也只指农历年，不能兼指公历。但引进公历后，现在说的"年"已经定为365天，以公历为主了；不仅历法为然，现在说的时间也从中国传统计时法改为国际通用计时法了。所以，查任何英汉词典，New Year's Eve 都译作"除夕"及"除夕夜"；查任何汉语词典，"除夕"除了指农历全年最后一天外，也都解作"泛指一年的最后一天"（有的还加注"使用公历历法国家的除夕在公历 12 月 31 日"）。由于人所共知英国是使用公历历法的国家，那么哈代说的除夕显然是指公历 12 月 31 日，不可能指中国农历除夕；又由于我们这本书是中英对照本，读者两相对照，也不会发生误解。

又如"圣母"，指的从来都是中国女神，如"瑶池圣母"（西王母），同时也兼指皇太后（因为中国皇帝是"天子"）；可是自从用以翻译 Virgin Mary 后，如今却几乎变成基督教专用称呼了。但只要双语一对照你就知道这个译法本来不对号，很离谱。我因年长一点，对中国传统用法比你们熟悉，所以不仅对"除夕"，就连对以"元旦"对译 New Year's Day 也觉别扭，对以"圣母"对译 Virgin Mary 更觉得别扭非常（不是一般别扭，而是满拧，北京话说"猴吃麻花——满拧"，就是专门跟你拧着劲儿来），但也只好顺应国际化趋势。我讲授"比较诗学与文化"课，就是专讲此类的别扭和拧巴事。遇到你们可说是有同好。

还可以补充一点：不同语言有不同的归化力，与英语对比，汉语／中文的归化力显然更为强大。这是汉语古老的根基和深厚的文化土壤使然，形成了一种"万物皆备于我"的心态，仿佛一切事物我们中土都"古已有之"。这和英语的好奇（wonder）心态成为对照。体现在翻译名词引进上有鲜明的差别。

例如汉语自古已有"猩猩"一词，后来引进其他类人猿名称时，就都归类于原有，仅加一修饰语而成为"大"猩猩、"黑"猩猩、"倭黑"猩猩，近年为了匹配，竟把古已有之的猩猩也加上"红毛"的修饰语。而英语则不然，英语原来全无这些词，他们首先是对大猩猩起了个希腊名 gorilla（毛人族），后来续有发现，wonder 之余，又从当地班图语和马来语原样引进了 chimpanzee，orangutan（森林人），bonobo。英语的 wonder 心态也同样表现在引进 kangaroo，jaguar，alligator，caiman 等物种名称上。汉语翻译却把新发现物种全都归入"古已有之"的物类。alligator 和 caiman 的归入"鳄"类当然是没错的，但有些归类却不妥当，如土豆，或称洋芋，其实归入"豆"类或"芋"类在植物学上都是不对号的，袋鼠的归入"鼠"辈也满拧；而 jaguar 若归类"虎"族可显其威猛，若归类"豹"族则显其斑点文章，译"美洲虎"或"美洲豹"至今莫衷一是。

正是由于这种心态，所以外来事物进入中国，往往要嫁接于本土事物才能成活，连耶稣圣诞节也要贴上个"圣"字嫁接于中国圣人。在西化大潮冲击下，汉语／中文的归化特性已经大为减弱，不再坚持按"古已有之"的思路命名外来事物，早年间火柴叫做洋火，水泥叫做洋灰，如今艾滋病不再叫"洋瘟病"，克隆也不再叫"洋分身术"了。想当初tomato 译成"番茄"，如今 cherries 居然译成"车厘子"，真是今非昔比。但中文的归化潜力仍是不可低估的，如欧盟统一货币问世，"Euro"一名通行世界各国（日语也照拼为"ユーロ"），唯有中文叫做欧"元"。

最后，就这首诗而论，中国读者对"除夕夜"抱着"农历除夕夜"的"前理解"来接受，对诗的欣赏理解并无妨碍，反而大有助益。因为诗中说的是到了年终上帝要盘点工作，辞旧迎新。农历到了年终，不也有灶王爷上天汇报、天上人间辞旧迎新等等概念吗？历法虽不对等，思路却属同类项，因而是不相冲突的。

于是，翻译毕竟没有双方并轨对接的高铁可搭直通车，而只好在拧巴中前行。每种文化有自己的文化"格"（grid），拧巴是不同文化"格格不入"造成的。遇到这种"方凿圆枘"现象，只能在文化交流中磨合，或是外来概念磨削掉一点，或是本文化的"格"扩大一点（这要靠群众的语言实践来决定），慢慢地也就兼容了。那就让这种拧巴在不断扩大的文化交流中渐渐磨合吧。

翻译是两种文化的碰撞、交汇和反应，所以不得不考虑两面。翻译中取向（bias）的选择，大都也只是偏重一侧而已，不见得就要排除另一侧。作为一座桥梁就要跨两岸，如果你只跨一岸而不跨另一岸，不是就掉到河里去了吗？

# 词儿是为诗服务的

只顾一子而罔顾全局大势，是初学围棋易犯的毛病，译诗也是如此。下棋需要通观全局，译诗也不能拘拘于一字一词。前面引用过马拉美的一句话"诗是用词儿写成的"，借以说明炼词的重要，但是反过来说，则词儿是为诗服务的。译诗和写诗一样，不能有字无诗。

一首好诗恰似一盘好棋。你译出了其中的全部文字，未必就得到了这首诗。正如当棋坛圣手下出一局好棋时，你若把他的棋子全部收入囊中带回了家，也不意味着你就得到了他的棋艺真传。

本书因为是写短文，无论是谈言筌、谈留白、谈复义，举例都找简单的举，尽量以一词一句为例进行讨论。但事实上无论是言筌、留白或复义，并不限于一词一句，而更多是指一首诗的整体。我想，在从各角度和各局部审视译诗艺术之后，有必要再综合谈一首诗整体的翻译。因为我最近出版的一本译诗是《哈代诗选》，所以首先想到的又是一首哈代的作品 *At a Lunar Eclipse*（《观月食》）。这是首十四行诗，在外国诗里算是篇幅凝练的了。

好，就继续谈哈代吧。我爱他的博大胸怀，而且讨论英语诗也比较适合多数读者：

Thy shadow, Earth, from Pole to Central Sea,

Now steals along upon the Moon's meek shine

In even monochrome and curving line

Of imperturbable serenity.


How shall I link such sun-cast symmetry

With the torn troubled form I know as thine,

That profile, placid as a brow divine,

With continents of moil and misery?


And can immense Mortality but throw

So small a shade, and Heaven's high human scheme

Be hemmed within the coasts yon arc implies?


Is such the stellar gauge of earthly show,

Nation at war with nation, brains that teem,

Heroes, and women fairer than the skies?


（地球啊，你的影子，从月海到极地，

正在明朗柔和的月面上悄悄潜行，

呈现为黑白素淡的一道弧形，

如此沉稳踏实，安详而静谧。


我怎能把太阳映射出的匀称范例，

对应我熟悉的你撕裂的面容？

怎能把这圣容般淡定的侧影
与苦难深重的五洲视为同一?

天下芸芸苍生,怎么会仅仅投去
这么小小的影?天对人的无限期盼
怎么能圈进远方这弧形一隅?

难道天尺一寸,就量尽人间活剧——
列国的厮杀争战,思潮哲人的涌现,
以及英雄豪杰,及赛天仙的美女?)

(《哈代诗选》,飞白译,外研社2014年版,58—59页)

　　这是一首意大利体十四行诗,分为上下两阕。分得细点也可分四个小单元(与七律的分成四联相似),把十四行分成"4,4,3,3"结构,韵式为"abba, abba, cde, cde"。关于音韵翻译我已写了几篇专文,本文就从略不作分析了,只准备谈谈"细节的翻译服从主旨"的问题。让我们顺着译诗思路,逐段讨论。

　　第一单元:在月食时分,大概无人不曾抬头仰望,看地球的影子在月面上缓缓移动。这个影子开始遮住了月面从Pole(月球的北极或南极)到 Central Sea(中央的月海)超过四分之一的部分。(按:月面上许多平原被人们称作"月海",其实月海不是海,只因被山脉环绕,地势低洼,而且地质主要为深色玄武岩,看起来比较暗黑,故起初被人误认为海。诗中的 Central Sea 应属泛指，现在有了详细月面图，离月面中央较近的月海被命名为"静海"，月面中央还有很小的"中央湾"但称不上"海"。哈代应是笼统地指这一带。)

在诗的开端，诗人为月食景象作了一幅速写或录像。哈代面对的是月球，描写的是地球。地球——我们的整个世界、整个人寰，在月面上投去了这样一道小小的弧形的影。在本节中，作者只作远距离的客观描写，集中表现一派静穆祥和的气氛，为下文准备揭开矛盾冲突预作铺垫。诗人写诗本是在营造意境，译者译诗时的炼字也要完全服从这一目标。如形容月面的 meek shine 译作"明朗柔和"，形容地影的 even monochrome 译作"黑白素淡"，而形容整个气氛和状态的 imperturbable serenity 则译作"沉稳踏实"、"安详"、"静谧"。形容词的选择范围很大，搭配繁多，如漫无目标地翻着词典就译，是无法营造诗所要求的意境的。

第二单元：铺垫已毕，诗人开始切入他的主题——地球的这一影像与我所熟知的地球难道竟是同一个吗？为了突出这个问题的尖锐程度，哈代对地球用了第二人称，直呼地球为"你"，当面质询。这四行诗揭开了本诗的主要矛盾。翻译时修辞炼字，都要服从于突出这对矛盾，加强其反差和震撼力。因此我把 symmetry 译作"匀称范例"（而不取"对称"等词义）以对照"撕裂的面容"；而 placid 则译作"淡定"以对照"苦难深重的五洲"。这里 brow divine 的意象值得注意，按英语 brow 本义是"眉"或"额"，但在诗性文本中常可理解为"眉头"、"眉宇"，用以表现人的情态或气质。地球的侧影今夜既有幸登天成圣，我就把它译作了"圣容"。

（按：西方的十四行诗与中国的七律地位相似，要求极其严格凝练，限于字数，这里若说"神圣的眉宇"就太啰嗦了，我看也只容纳得下"圣容"这样两个字。——虽然这多少涉嫌牵扯到了皇帝，好在如今没有皇帝来问责。）

第三单元：地球默然无言，诗人也明白地球为何不答，因为她只是"被投影"的。但诗人之思是执拗的，他不能到此为止，他不得不继续他的"天问"，把探究深入到人世的价值问题，即人世终极的"为什么"。如是，这节译文也必须体现出"天问"的宏大气魄。

首行的 Mortality 一词源自拉丁文词根"mors"（死），即便它在意指"人类"、"凡人"时，也明显带着沉重和悲悯的气氛，这在缺乏宗教情感的中文语境里是不易传达的。结果我用了"天下"（表示原文的 immense）、"芸芸"（《抱朴子》："万物芸芸，化为埃尘矣"）、"苍生"（龚自珍："苍生何芸芸"）三词的叠加，这才庶几近之。第二行 Heaven's high human scheme 又是个挑战，scheme 的词义是"计划，方案，图谋，密谋"，但当它是天对人的 scheme 而且是"high" scheme 时，这些词义却显得不够用了。我终于把它译作了"天对人的无限期盼"，这是人应该企及的一极；而在大苦大难中辗转挣扎的"天下芸芸苍生"呢，则是现实的一极。哈代就用这样的两极托出了一个人寰。我们知道哈代是个挑战上天的诗人，所以这两极其实并不是上天的赋予，而是哈代胸中情感的投射：一极是诗人的无限期盼，一极是诗人的巨大悲悯。

第四单元：与前单元共同组成下阕的 sestet 即"六行体"，

语气也是连贯的。天上一个小小圆弧就包括了偌大世界，而这个世界又如此五味杂陈。如果说在前一单元里，诗人用现实和理想两极概括出一个人寰；那么在这个单元，即将结束全诗时，他又把这太太太复杂的人寰交给了人们，交给了读者，去衡量，去判断，去评价，也去表演。——这出"人间活剧"啊，天尺岂能量尽？诗人又岂能说尽？这就是个最大的留白。附带说，我把 stellar gauge 译作"天尺一寸"，不知归化色彩是不是偏浓了一些？因这样译表现力较强，还是决定选用了。你若想追求一点文采，就不能不动用译入语的文化积淀，这是译者拥有的宝贵资源。人家总不至于责问你这"天尺一寸"是市尺还是英尺吧。

哈代心事浩茫连广宇，他写的是宏观题目，但诗不是发宏论的场所，在此节里，他对普天之下的人间活剧只略点一些角色，但不作评语。只有人们（读者），既是舞台上的主人公，又是评判者，诗人把一切信托给人们了。

本段翻译中的推敲斟酌要围绕这一取向。其他不详谈了，只说诗人点出的列国、哲人、英雄、美女，点这几项貌似有点流俗，其实却是意味深长的留白和思考题。虽然哈代不加评说，但译者对作者的价值取向心中还是有点数的：Nation 不译"民族"而译作"（列）国"，是参照哈代作于一战中的《正值"打碎列国"之际》等反战诗；brains 不译"大脑""智囊"而译作"思潮""哲人"，以赋予一些正面价值；heroes 译"英雄"后又添个"豪杰"，是在咏叹中带上一抹讽刺意味，既参照哈代的《列王》，也参照苏轼的"大江东去，浪淘尽……"；而 women fairer than the skies（直译"比天或天国更美的女人")也作适当归化而译成"赛天仙的美女",以体现其赞叹与反讽兼而有之的复杂意味。这些全是"人间活剧"。演得如何?天尺难量,等你来量。

地球的影子还在月面上悄悄移动,带食的月亮尽管有点阴影,却犹如明镜高悬,让世人们好照照镜子。译者呢,就像几百年前的天文学家,手工磨制着天文望远镜的主镜,细心地、耐心地一天天磨着,要把巨大的反射镜凹面磨成尽量准确的抛物面,使镜面的每个局部都能把接收到的光线反射并聚焦到一个焦点上。这样,成像才能准确,而且点得着火。我少年时代是个天文爱好者,很想动手磨制一个,可惜因弄不到足够厚的玻璃,后来我便只好磨制译诗了。

# 第
# 四
# 辑

散文是走路，诗是跳舞。对走路而言首要的是实用目的，风格是次要的；但跳舞却是艺术，不是为了跳到某个目的地去，因此风格、风姿高于一切。既然如此，译诗就应以"怎么说"统率"说什么"。这是首先要针对译诗提出"风格译"的原因。

# 马雅可夫斯基诗的音韵和意境

按：从此篇开始的第四辑是旧作，曾于二十世纪八九十年代在报刊发表。"译诗漫笔"是其中前三篇发表时所冠的系列名，现为本书沿用作为书名。

此篇是"译诗漫笔"系列的第一篇，它于1981发表后引起热议，受到主张诗歌直译的译家们批驳，这场争议一直持续到1989年。因有论辩背景，我的第二、三篇"译诗漫笔"陈述的虽是我的一贯主张，但所举译例偏重了译者的灵活机动，强调得也许略为过分；而从众采用"传神"、"神似"等用语，也稍嫌空泛。其实我不认同奈达式的灵活对等，我对诗作者和原文都十分尊重，译诗殚精竭虑刻意求似，灵活机动是非常有限的；我也不反对合理范围内的直译成分，我强烈反对的只是把诗翻译纳入信息译的范畴。

我近期写的本书前三辑更为清晰系统地阐述了我的译诗观，因此把早期所写的编为第四辑放在本书之末。编入时只作了少许技术性的订正。

编者同志命我写一点翻译马雅可夫斯基的诗的体会，我拖了一年多，才勉强提起笔来。因为我的体会本来不成章法，要说有点体会的话，也无非是印证了马雅可夫斯基的这么一番话而已："译诗是难事，译我的诗尤其难。……它像文字游戏一样，几乎是不可翻译的。"

译诗难，难在哪里？打个简单的比方吧。我觉得，诗的音韵、意境，这可说是诗赖以飞翔的双翼。在诗的本国语言中，它们本来是诗身上有机的一部分，就像鸟翼长在飞鸟身上那么自然和谐，共同构成了飞鸟的——也就是诗的美。可是一经翻译，特别是如果把诗逐字逐句直译出来，原文的音韵这一翼就将损失百分之百，而意境这一翼也往往会羽毛飘零，面目全非。看起来鸟的身子仿佛并无出入，有头有尾，但是诗已经丧失了飞翔的能力。怎样在译诗的时候，尽量保留诗之所以为诗的双翼？这恐怕是每个诗歌译者都会面临的难题。

至于译马雅可夫斯基的诗"尤其难"，是因为马雅可夫斯基在音韵上下了超出前人的功夫，而马诗的意境也比较奇特的缘故。他在音律上刻意求新，提炼出了"史无前例"的韵脚，使马诗属于音乐性最强的诗之列。但是由于汉语的音节比欧洲语言单纯得多，译成汉语时实在难以表现马诗的奇韵。这里我们先举一个韵脚最简单的例子。《访美诗抄》中的《梅毒》一诗，描写资本家用金钱引诱一个美丽的黑人女子，这一节诗直译出来是这样的：

空了许久的

　　　　肚子

　　和重量级选手——贞洁

　　　　　　格斗。

她

    明确地决定：

            "No！"

    却含糊地说道：

            "Yes！"


    这一节诗的妙处，本来在于第一、第二行的俄语韵脚分别和第三、第四行的英语韵脚押韵。（这里所说的"行"不是指楼梯诗的一级，而是指完整的一行。）现在直译之后，韵脚就失落了。幸运的是，只要略作调整，在汉语中也碰上了还算适当的韵脚：


    贞洁

        和空了许久的肚子

                     格斗，

    一方是重量级选手，

              另一方

                也是。

    她

      明确地决定：

             "No！"

    她

      含糊地答应：

             "Yes！"

用"格斗"和"No"押韵（还有腰韵"选手"衬托之），"也是"和"Yes"押韵，同原诗abab式的交叉韵格式一致。这是可以说明马诗用韵特色的最简单的一例。

从这个例子也可以看出，马诗的韵脚，都是朗读时需要强调的字眼，在很多场合下甚至可称为"诗眼"。马雅可夫斯基说："我总是把最有特色的字眼放在行末，而且无论如何要给它押上韵。"他还把诗行比喻为导火索，把韵脚比喻为火药桶，"诗行冒烟到了末尾，引起爆炸，于是整座城市随着那节诗，飞到空中。"（《与财务检查员谈诗》）炸毁城市，固然是诗人的艺术夸张；但这样的韵脚有声有色，有时能震撼人心，有时能引起哄堂大笑，这倒是毫不夸张的。请看：

> 走向电话机时
> 　　　　　一副尊严的仪表：
> "谁找我？"
> 　　　　　"某某同志找！"
> 一瞬间，
> 　　　　嘴
> 　　　　　换上了甜蜜的微笑，——
> 看起来
> 　　　　简直不是嘴，
> 　　　　　　而是奶油蛋糕。

> 　　　　　　　　（《伊凡诺夫同志》）

　　轻勾数笔，伊凡诺夫媚上压下的神态已经跃然纸上，而最后那个韵脚"奶油蛋糕"恰恰起了"火药桶"的作用。马雅可夫斯基说他提炼的韵脚像居里夫人提炼镭一样，指的正是这样一种韵脚：它音响奇特，色彩鲜明，含义深长，像相声演员最后抖开"包袱"似的，一亮出来就能给人以强烈的印象。

　　为了把最有特色的字眼放在行末，马雅可夫斯基惯于采用倒装句法。他是掌握语言的能工巧匠，语言到了他手里，就像烧红的铁到了铁匠锤下一样服服帖帖，或弯或直、或圆或方，变成了他所需要的形状。例如他对那些不断攻击他的无产阶级诗人们这样说：


　　我唾弃青铜——

　　　　　　　　沉甸甸的堆，

　　我唾弃大理石——

　　　　　　　　　滑腻腻的坯；

　　我们都是自己人，

　　　　　　　　我们将平分荣誉，

　　就让那

　　　　　战斗中建成的

　　　　　　　　社会主义

　　作我们

　　　　　公共的

　　　　　　　纪念碑。


　　　　　　　　　　　　　　　　(《喊出最强音》)

译文中"沉甸甸的堆"和"滑腻腻的坯",就是模仿原文中那种锤炼得改变形态的奇特语言的,诗人借此对争名夺利表现了强烈的鄙视之情。而"坯"与"碑"这两个响亮的韵脚互相对照,又突出了鄙夷与庄严两种境界的对比,使得"社会主义"和"纪念碑"这样常用的名词,在读者面前高大了起来。假设翻译的时候把这种变形的、不顺的句子"顺过来",变成:"我唾弃沉重的青铜,也唾弃滑润的大理石,……"那就显得平淡多了,也就不像马诗了。

这里我想说明一下,马雅可夫斯基形成自己的音韵特色,和他充分开发俄语的音响"资源"有关。俄语是词尾变化最复杂的语言之一,它的音节较多,辅音连缀较多,还有一个特点是句子倒装的可塑性特别大。马雅可夫斯基把本国语言的这些特色运用到诗的音韵中去,别出心裁地创造出一种巧妙复杂的谐声韵[1],例如他用"铁锤和诗"(молот и стих,俄语发音为"摩洛特依丝济赫")和"青春的"(молодости,发音为"摩洛多丝济")押韵,这很像是一种文字游戏。在俄语中这种韵脚是"无人用过的,韵书里也没有的",而在语言特色全然不同的汉语中,则是无法复制的。那么,在译文中怎样表现马诗谐声韵的特色呢? 我看,只有从汉语本身的音韵富源中打点主意,挖点潜力了。因此我不满足于仅仅能押上韵,还分别不同场合,采用了平仄、四

---

1 英语诗中有类似的谐声韵,例如拜伦用"kissed her"和"sister"押韵,"hen pecked you all"和"intellectual"押韵,霍普金斯用"he was what I am, and"和"immortal diamond"押韵,很巧妙,但都是偶见之例。而马雅可夫斯基却批量制造。

声、四呼（开口呼、齐齿呼、合口呼、撮口呼）等谐音手法，特别是按照马诗的特点，重视声母的音响效果，以加强韵脚的声音形象。在力所能及的情况下，也押了一些"马式"的多音节韵，如"发霉——画眉""塔里尼柯夫——哪里能欺负"之类。

马雅可夫斯基甚至还把介词、连接词等虚词放在行末，用以押韵，这可真是"史无前例的韵脚"了，因为就连弹性很大的俄语句法，也不允许这样倒装的。我在译文中仿照这种手法，成功的例子不多，而这些搞成的例子却都受到了责难。如在《找袜子》一诗中，诗人描写商品质量低劣，找来找去买不到合适的袜子：

> 好吧，
> 　　这只袜子
> 　　　　倒挺合乎……
> 穿在脚上，
> 　　紧紧绷住，
> 哧啦！
> 　　袜子开了
> 　　　　一排窗户，
> 大中小
> 　　脚趾
> 　　　　一齐冒出。

又如《爱情》一诗中，马雅可夫斯基这样描写乱搞男女关系的风气影响了青少年：

有其父母，

必有其子女：

"父母算得了啥？

我们

也不次于！"

好心的同志们向我指出："合乎"、"次于"等虚词不能用于句末，必须移到前面去。其实马诗中这样用法俯拾皆是，遗憾的倒是译文中体现得太少了。

马雅可夫斯基是一个"奇句险韵的制造家"，为了搜寻出人意料的韵脚，他每天花费十至十八个小时，嘴里几乎永远在念念有词。译诗时，为了要译出一点马诗的风味，译者也常常要念念有词，把一节诗颠来倒去，像揉面团似的揉上几十遍才成。就以《百老汇》中的一节诗为例，来叙述一下译诗时推敲韵脚的过程吧！这节诗表现的是作者初到纽约最繁华的百老汇大街的观感，有意渲染了"土包子进城"的气氛。直译出来是这样的：

灯光

像要

挖穿黑夜，

我向你们报告：

好一片火焰！

向左看——

　　　　妈呀妈呀!

向右看——

　　　　妈妈我的妈!


这样的译文还不是诗,而是毛坯。得找出最有特色的韵来。于是我在第一行之末添上"挖呀挖呀",来和第三行的"妈呀"押韵,这倒挺别致,又谐声,颇有马诗风味。但二、四两行押什么韵好呢? 琢磨许久,找到"一片焰火"可押"妈呀的我",但倒装得太别扭,听不懂。卡壳多天,后来终于改成下面这样,韵脚和语气都比较能表现那种眼花缭乱的情景了:


灯光想要

　　　挖穿黑夜,

　　　　　挖呀挖呀!

我向你们报告:

　　　　　简直是一片辉煌!

往左瞧瞧——

　　　　哎哟妈呀!

向右望望——

　　　　哎哟我的娘!


译诗时要受到意境、音韵的制约,常常顾此失彼,左右为难,似乎极不自由;但从另一个角度讲,诗歌译者却又享有散文译者所没有的自由——更大程度的重新创作的自由。

正因为译诗不能照搬原文，就不得不在原诗的基础上，酝酿新的韵脚、新的排列，甚至新的形象。如《魏尔伦和塞尚》中有一节诗，我是这样翻译的：

思想

可不能

掺水。

掺了水

就会受潮发霉。

没有思想

诗人

从来就不能活，

难道我

是鹦鹉？

是画眉？

其中，"画眉"在原文中本是"火鸡"。火鸡变画眉，译者似有从中"中饱"之嫌，起码也太自由了吧？且听译者的理由：原文采用"火鸡"（индейка）这个形象，是和已经变形为贬义词的"思想"（идейка）一词谐音的。可是汉语一般不能靠词尾变化来表示褒贬，译者只得加上"发霉"一词来表现贬义色彩，同时也就把"火鸡"这一韵脚改成"画眉"，与"发霉"谐音。从汉语角度看，画眉与鹦鹉同类，用来比喻没有思想的诗人，大概还不算离题吧？

别光看十几斤的火鸡翻译成了二两重的画眉，我也可以举出在翻译中由小变大的例子。如《肉市大街·婆娘·全国规模》一诗中，马雅可夫斯基讽刺到处滥用"全国规模"的极大数字的现象，连病人发高烧时，也把三十九度夸张到"三十九千度"（按原文字面为"三十九千度"，这是外国计数法）。翻译时，我运用了诗歌译者的自由权，译成"三十九万度"，这并不是想给他的夸张层层加码，而是为了忠实于原文的效果，需要保留"三十九"这几个关键字眼，使读者从直觉上明白这是从高烧三十九度夸张而来。反之，如果硬要忠实于数学，译成"三万九千度"，倒叫读者一下子转不过这个弯来了。

在诗行排列方面，译者也不能不作一些必要的调整，如诗人横渡大西洋时写的《大西洋》中的一节，原文排列是这样：

一连几星期
　　　　用大力士的胸膛
（有时勤恳工作，
　　　　　　有时烂醉如泥）
喘息着
　　而又轰响着
　　　　　大西
洋。

这么长的句子，主语直到末尾才出现，汉语不能像这样倒装；再说，两种语言节奏不同，原文一个"洋"字就有三个音节，译文如也把"大西洋"三字拆成两行，就感到很难朗诵。经过一番调整，而又保留了"大西洋"作为韵脚的位置不变，译文变成了如下排列：

　　　　一连几星期，

　　　　　　　　它鼓起大力士的胸膛，

　　　　有时轻轻叹息，

　　　　　　　　有时隆隆轰响，

　　　　有时勤恳工作，

　　　　　　　　有时醉得

　　　　　　　　　　　不像样，

　　　　啊，

　　　　　　大西洋！

　　即使是主张直译的鲁迅，也认为在尽量保留原文的丰采，输入新的表现法的同时，诗歌译者是有"加添或减去些原有的文字"的自由的。我在这类问题上，其实还相当拘谨，因为功力不够，我一般不敢像国外一些诗歌翻译家那样大胆发挥。

　　以上谈的多半是音韵的一翼，下面再侧重从意境方面分析一些译例吧。这儿是反映苏联卖淫问题的《救救！》一诗中的两行，是直译的：

　　　　看吧和听吧：

　　　　　　腐朽的笑声，

> 饥饿而尖利的
>
> > 目光。

诗人写的是因生活困难而卖淫的阶级姐妹。但译文未能把她们的笑声和目光形象地传达给读者。笑声，还不能响在读者的耳边，目光虽然具体一点，也还欠鲜明突出。一句话，诗还没有活起来。看来，要表现原诗的意境，还得先品味品味其中的音响和画境，感受感受诗人的情怀，并把诗人的情怀寄托到音响和画境中去。这两行诗经过几次修改，译成这样：

> 听吧，
>
> > 下流的笑声
> >
> > > 脆，
>
> 看吧，
>
> > 饥饿的目光
> >
> > > 如锥。

这样，笑声听得见了，目光也看得见了。这是被迫装出来的笑声，这是搜寻生路的目光。起初几稿，曾把"腐朽的笑声"简单地译成"下流的笑声"，但这样总觉得意境不大对，因为从上下文知道，这些妓女在诗人眼中是阶级姐妹，这种情景使诗人感到心碎。后来加上一个"脆"字，才好了一点，这一字注入了感情色彩和所需要的音响效果。

翻译马诗，总得要努力译出马雅可夫斯基那种豪放、新

颖而奇特的风格意境，不能译得和别人的诗一样味道，哪怕
是风格和他比较接近的诗人，如涅克拉索夫或惠特曼，也不
能有所雷同。再拿马诗本身来说，也并不是一种腔调的，有
从粗犷到隽永的各种情趣、色调和层次，切忌译得千诗一
腔。这个问题比较复杂，这里不可能充分展开，那就仅抽他
几节描写海景的诗，以窥其一斑吧。在《大西洋》中，诗人
极目远望，胸怀宽阔。马雅可夫斯基豪放的诗人气质，与空
间时间都仿佛无止境的大西洋发生共鸣。于是信手拈来，连
一个普普通通的"水"字，也获得了新的意义，产生了饱满
雄浑的境界：


　　左舷，右舷——
　　　　　　大块的水
　　　　　　　　　奔驰后退，
　　巨大得像
　　　　　历史的年岁。
　　我头上是鸟，
　　　　　　脚下是鱼，
　　而周围——
　　　　　全是水。


　　在西欧风景区写的《诺德奈》中的海景，情调却完全不
同，充满着盼望风暴而不可得的沉闷，但沉闷中又有对资产
阶级浴客的揶揄。催眠术般的调子与嘲弄性的形象相结合，
造成了隽永奇特的效果：

大海耐着性子，

　　　　　　风浪不起。

连风的指头

　　　　也不抚摸

　　　　　　　浪的皮。

海水浴场上

　　　　懒洋洋的

　　　　　　　男男女女

躺在沙里，

　　　　软瘫，

　　　　　　麻痹……

　　再看《两艘登陆艇的对话》中的黑海夜景，又别有一种
情趣：

世界

　　　在打盹儿，

　　　　　　　向这黑海地带

落下了一滴

　　　　墨蓝墨蓝的

　　　　　　　　泪海。

　　马雅可夫斯基的宏大气魄没有变，他固有的那种谈笑自
若而略带嘲弄的口吻，也仍在无形中流露出来，但是境界却
不同了。在一滴"泪海"中凝结着无限深沉的甚至悲凉的心

情。不过，马诗即便悲凉，也与别人不同，具有激越而不哀怨的特色。

　　准确地把握诗人的情趣不容易，表达得适当更困难。由于把握不住和推敲不定，我译马诗时往往也会陷入马雅可夫斯基作诗的情状之中：

> 广场上一片喧声，
> 熙熙攘攘，
> 　　　　车马辚辚。
> 我一面走，
> 　　　　一面吟，
> 把诗句写入笔记本。
> 汽车
> 　　沿街疾驰，
> 却没有把我
> 　　　　撞倒在地，
> 真是聪明的司机，——
> 看出了
> 　　　这个人已
> 　　　　　心醉神迷。

（《谈谈爱情的实质》）

　　更多情况下，我是利用乘车或行军途中的空闲，用念念有词的方法译一节两节诗（因为我过去长期在部队做军事工作，几乎没有业余译诗时间）。在车辆颠簸的节奏中，我总要想起马雅可夫斯基《登上旅途》中的著名诗句，他把火车的颠簸也化入了诗的韵律：

> 磕，碰，
>
> 　　　磕，碰，
>
> 诗在舞蹈。
>
> 磕，碰，
>
> 　　　磕，碰，
>
> 韵律在敲。……

　　这种境界，使我倍感亲切。虽然没有坐下来译诗的优越条件，但是对于表现马诗流动性的意境来说，流动性的环境或许倒也不坏，三卷马诗，就是这样点点滴滴译成的。所欠缺的是译者文学修养不足，掌握语言手段贫乏；再加上译马诗的客观困难和汉语俄语间的极大差别，所以尽管译者想照作者的方法"依法炮制"，也无法使译文充分反映原作风韵，马雅可夫斯基"史无前例"的奇句险韵，在译文中表达得比较传神的，不过十之一、二而已。

　　话题是从诗的双翼说起的，还是归到诗的双翼上来。在译了二十多年的诗稿即将出版之际，我知道其中无翼鸟仍然不少，有些虽有翼而不能高翔，也许是，译者给鹰安上了鸡翅膀吧？希望读者有以教我，因为在译马诗"尤其难"的条件下，琢磨改进总是无止境的。

（原载《外国文学研究》1981 年第 3 期）

# 诗的信息与忠实的标准

俄国象征主义诗人和翻译家勃留索夫说："把诗人的创作从一种语言转到另一种语言是不可能的，但是放弃这种追求也是不可能的。"的确，要叫诗离开它生根的本国的泥土，似乎是一件"不合理"的事，夸张一点说，其不合理性可以比之于把达·芬奇的油画译成水墨画，或把贝多芬的奏鸣曲译成中国音乐。好在音乐语言、美术语言可以不经过翻译这道难关，而直接为各国人民所理解；可惜诗歌语言却没有这样的幸运。但是，为了使诗成为各国人民的共同财富，诗歌译者从来没有放弃也永远不可能放弃把诗译得传神的向往和追求，经过许多世纪孜孜不倦的实践和探索，他们果真在"不可译"的悬崖陡壁间开辟了诗歌"可译性"的途径。

回溯到中世纪的欧洲，直译曾经是译诗的正统方法，直译的标本是当时的各种《圣经》译本，包括其中的诗歌在内。当时的人们认为神的启示和对神的颂歌是一个字也动不得的，更动一字也要被认为歪曲和大不敬，只有直译才算忠实。但结果事与愿违，逐词直译弄得译文佶屈聱牙，错误百出。这种译法已经随着中世纪的消亡而消亡，直译已被公认为译诗之大忌。现在采用直译方法译诗的已经少见了。

十八、十九世纪之交浪漫主义诗歌的蓬勃兴起，促进了译诗艺术的繁荣。由于浪漫主义诗人往往同时也是诗的译者，他们把丰富的情感注入了诗的翻译，从此使诗翻译从一种技术变成了一种艺术，使诗翻译进入了文学范畴，成为文学的一个部门。

让我们举例看看外国的译诗名篇吧！先看司各特译歌德的名诗《精灵王》的例子。这首诗描写一个父亲抱着病重的孩子深夜赶路，骑马匆匆。孩子在幻觉中听到林中的精灵王在引诱他，要孩子跟精灵王走。下面是精灵王的两小节"台词"：

"Du liebes Kind, komm, geh mit mir!
Gar shöne Spiele spiel' ich mit dir;
Manch bunte Blumen sind an dem Strand;
Meine Mutter hat manch gülden Gewand."

"Willst, feiner Knabe, du mit mir gehn?
Meine Töchter sollen dich warten schön;
Meine Töchter führen denn nächtlichen Reihn,
Und wiegen und tanzen und singen dich ein."

（"可爱的小孩，来，跟着我！
我和你游戏，保证你快活；
海边有许多五彩花朵开放，
我妈妈有许多金色衣裳。

"好孩子，你愿不愿跟我去？

　　我的女儿们会好好陪伴你，

　　她们每夜举行夜半舞会，

　　又跳舞又唱歌摇你入睡。"）


　　以上所附我的中译文是比较接近直译的，英国著名浪漫主义诗人司各特的译文比此译文自由得多。司各特把主要功夫用在旋律上：歌德原诗采用的是四步"抑扬格"和"抑抑扬格"结合的变格，使人们在诗的叙事和对白背后，能隐约听到匆匆马蹄声的三连音。这一伴奏贯串全诗，为孩子的死去铺垫了一种音乐气氛。司各特的译文采用同样格律，而增加了"抑抑扬"三连音的比重，同时他又反复采用"孩子"作为韵脚，来表现精灵王富有诱惑力的口吻，从而把这两节诗译成这样：


　　"O come and go with me, thou loveliest child;

　　By many a gay sport shall thy time be beguiled;

　　My mother keeps for thee many a fair toy,

　　And many a fine flower shall she pluck for my boy.


　　"O wilt thou go with me, thou loveliest boy?

　　My daughter shall tend thee with care and with joy,

　　She shall bear thee so lightly thro' wet and thro' wild,

　　And press thee, and kiss thee, and sing to my child.

（"来呀，跟我走，最可爱的小孩，

许多好玩的游戏保证你愉快；

我妈妈为你留着许多漂亮玩具，

她还要给你摘许多鲜花，我的孩子。

"哦，你愿不愿跟我去，最可爱的孩子？

我的女儿会关心而快活地照料你，

她将轻轻抱你通过风雨的旷野，

又亲你又吻你，还要给你唱歌。"）

可以看出，英译文与原文在形象方面是出入较大的："海边"消失了，"金色衣裳"变成了"漂亮玩具"，精灵王的一群女儿（林中的小精灵）只剩下了一个，她们充满梦幻色彩的"夜半舞会"让位于"风雨的旷野"，……这一切损失都使人感到可惜。但是司各特有所失也有所得，他失去了部分形象而得到了音乐，他离开了原诗的字面而接近了原诗的气氛。

这是一个为旋律而改动形象的译例。让我们再看一个为抒情而改动意境的译例吧。原文是海涅自己最喜爱的一首小诗——《还乡曲》第 36 首。这首诗是因海涅与台莱赛的恋情而作的：

Sie liebten sich beide, doch keiner

Wollt' es dem andern gestehn;

Sie sahen sich an so feindlich,

Und wollten vor Liebe vergehn.

Sie trennten sich endlich und sah'n sich

Nur noch zuweilen im Traum;

Sie waren längst gestorben,

Und wußten es selber kaum.


（他俩互相爱慕，但没一个

肯向另一个吐露真情，

他们互相显示着敌意，

情愿为爱情舍弃一生。


他们终于分离，仅仅能

在梦中相会片时；

他们其实早已死了，

自己却还浑然不知。）


这首诗篇幅甚小，意蕴却很深广，体现了海涅温柔的抒情与清醒的讽刺相结合的风格——玫瑰带刺的风格。海涅很少一味沉醉于温情之中，他往往用冷嘲的手法戳破梦境，让读者和诗人一同面对庸俗的德国的现实。在这首小小的抒情诗中，我们也可以在他的一往深情中，感受到诗人对现实的讽刺。诗中描写的主人公在沉闷的现实的压力下，不敢大胆面对爱情、面对人生。诗人说："他们其实早已死了"，说明这样的生没有意义，可悲可笑，虽生犹死。

俄国大诗人莱蒙托夫译的这首诗，属于世界名译之列。因为他十分喜爱海涅的这首小诗，先后曾译过三次，这是他第三次翻译的定稿：

Они любили друг друга так долго и нежно,
С тоскою глубокой и страстью безумно-мятежной!
Но, как враги, избегали признанья и встречи,
И были пусты и хладны их краткие речи.

Они расстались в безмолвном и гордом страданье,
И милый образ во сне лишь порою видали.
И смерть пришла: наступило за гробом свиданье…
Но в мире ином они друг друга не узнали.

（他俩相爱得如此长久如此温柔，
怀着深深的哀愁、狂热的激情！
却像仇人般互相回避，隐藏心事，
纵有三言两语，也空虚而冰冷。

他们在沉默高傲的受难中离别，
只在梦中有时见到亲爱的面影。
死来到了：死后终于有缘相会……
但在隔世，他们却没有认出故人。）

　　莱蒙托夫和海涅一样，对当时的社会现实持严厉的批判态度，但在气质上莱蒙托夫却有自己的忧郁孤傲的特色。他的译文，在原诗基础上抒发了自己的感情，把隐约的嘲讽换成了崇高的色彩，把不敢承认爱情改成了高傲的受难，特别是到全诗最末两行，译者引申出了惊人之笔：高傲的受难者们离开了这个可悲的世界，终于有缘相逢，可是他们却不能享受这珍贵的机缘，因为在隔世他们已成了陌路人。莱蒙托夫在显示幸福的可能性的同时，又把安慰哲学打得粉碎，使读者深深地感到了莱蒙托夫式的忧郁。

你会说：在译诗时这样再创作，未免太自由了，这是否超出了译诗的范畴？如果能算成译诗的话，大概也只能当作罕见的例外吧。

不，在世界上，像这样的译诗还不是最自由的，其重写的自由度大约只达中等。当然，也算不上罕见的例外。被公认为过分自由的倒是十七、十八世纪古典主义时期的诗翻译。古典主义的译者们从中世纪的直译走到另一极端，译诗时按照自己的观点和当时的时尚，对原诗任意删改，使之符合"雅"的标准。例如英国诗人蒲伯译荷马史诗，就把他认为"庸俗粗野"的部分全部砍掉，哪怕一个普通的"鱼"字也要因不雅而避讳，改译为"带鳍的捕获物"（finny prey）。人文主义的莎士比亚戏剧和《堂吉诃德》落入古典主义译者手中也在劫难逃，被删去所谓"不良趣味"和"粗俗情节"，纳入"雅"的框子，弄得面目全非。这种改写式的"意译"，也和中世纪的直译一样，随着浪漫主义诗歌的兴起而消亡了。

从浪漫主义时代至今，诗的翻译摆脱了这两个极端，而形成了一门艺术。诗译者们作了种种尝试和探索，有的侧重格律，有的侧重意象，有的侧重神韵，有的侧重音响，使所译的诗有声有色，呈现出虹的七彩。司各特和莱蒙托夫的译诗，都是在译诗艺术的光谱范围之内的。只有照字面硬套的直译处于光谱之外，形成了"紫外线"；而随意改写的意译处于光谱另一端之外，形成了"红外线"。

随意改写的意译不能算翻译，这是很好理解的；但是为什么表面看来字字忠实的直译，也不属于译诗艺术范围呢？这是因为诗中的文字，其载荷比一般文字的载荷大到不可计量的缘故。

在一般文字特别是科技资料中，文字的载荷是"概念"，这种载荷不但单纯，而且在各种语言中一般能达到等价，例如"DNA"译成"脱氧核糖核酸"，就是等价翻译。因此科技资料需要直译，而且可以由电子计算机按照一定的程序进行直译。在小说、散文等文学作品中，文字的载荷要复杂一些，单纯采取直译方法就显得不大够了，正如傅雷所说的，"要求传神达意，铢两悉称，自非死抓字典，按照原文句法拼凑堆砌所能济事。"

诗呢，与上述两种文字都不一样，一个普普通通的字眼，在词典里本来只有简单的释义，可是一经诗人提炼，它就像镭一样具有了放射性，能够拨动人的心弦；一个词儿的音响本来没有特殊意义，可是一进入诗的行列，它立即和其他字音互相呼应，形成了情感的和弦，极大地增强了诗的表现力和感染力：总之，经过诗人的魔棒点化，词儿不复是它的自身，而成了诗的晶体中有机的、不可替代的组成部分，具有了丰富的载荷，具有了色彩、联想、言外意、画外音，……而这都是词典条目中找不到的。这，就是诗之所以

"抗拒"直译的原因。至于小说、散文中最难译的部分、不能直译的部分，也正是其中含有的诗的成分。

那么，诗中文字的"载荷"，或者说诗中包含的"信息"，究竟有哪些呢？分析起来大致有二十项，当然不同的诗体的载荷可以略有不同。这里我试图描一幅诗的"全息图"：

| 诗 的 信 息 | | |
|---|---|---|
| **A. 语言** | **语义** | 1. 词义，概念 |
| | | 2. 句法结构和整句意义 |
| | | 3. 修辞手段 |
| | | 4. 所构成的形象 |
| | **语言风格** | 5. 口语或书面语 |
| | | 6. 语言的阶层、行业特点 |
| | | 7. 语言的时代、民族色彩 |
| | | 8. 诗人的语言风格 |
| **B. 音律** | **诗的运动** | 9. 格律 |
| | | 10. 每行音步数 |
| | | 11. 每节行数 |
| | | 12. 分行，跨行，行中停顿 |
| | **音韵** | 13. 原韵 |
| | | 14. 韵类及其性质 |
| | | 15. 韵脚格式 |
| | | 16. 谐声，文字游戏 |
| | | 17. 元音辅音的选择 |

| C. 神韵 | 18. 情感，诗人对描写对象的态度 |
| | 19. 思想，主题，哲理 |
| | 20. 意蕴，联想，暗示，韵味 |

　　形似与神似，是讨论译诗时的重要话题。"形"是什么？就是表中 AB 两类的总和。"神"是什么呢？主要指的是 C 类，但又不限于 C 类，还常常包含 AB 两类的某些成分。形与神在诗中构成一个整体，我们惯于把"神"与"韵"联系起来而说"神韵"，把"意"与"象"联系起来而说"意象"，就是这个道理。神通过形表现出来，正如宝石的奇幻光彩通过巧匠琢磨的无数个晶面闪现出来一样。

　　诗中的文字（词儿），就是如此众多如此复杂的信息的载体。译诗的困难在于：在两种语言之间，除了科技术语可以等价外，其他意义大致相当的对应词都是不等价的，放到诗的行列中，其载荷更是大不相同了。如果照词典释义直译，就会"橘逾淮为枳"，美的可能变为不美，崇高可能变为滑稽。例如英国诗中惯用"raven locks"（乌鸦般的鬈发）这一形象作为美的赞语，但如直译成汉语，就会产生丑的效果，与原诗效果正好差一百八十度。因此我国译者就把"乌鸦般的鬈发"译成"漆黑的鬈发"，以便创造对等效应，而不顾是否有人会追究：怎么可以把一种鸟类译成黏性液状涂料？[1]

---

1 其实中文也可以说"乌黑"和"鸦头"，但若照"乌鸦"译"乌鸦"却不行，足见对语言需要有精微的把握。

记得翻译家傅雷也举过一个浅显的例子:《哈姆雷特》一剧开头有这样一句台词，"Not a mouse stirring."（一只小老鼠也不见走动。）法国出版的《莎士比亚全集》却译作"Pas un chat."（一只猫也没有。）这恰恰是翻译技巧。难道我们能责难法国的莎士比亚学者分不清鼠小猫大，是两种不同类的哺乳动物么?

　　勃留索夫说:"译诗要完整地、准确地重建诗的全部要素是不可思议的。译者通常只能争取转达其中之一或至多其中之二（多半是形象和格律），而改变其余（修辞、诗的运动、韵、词儿的音响）。可是也有些诗中，首要因素不是形象，而是其他，例如是词儿的音响，或者甚至是原韵（如许多谐谑诗）。从所译的作品中权衡选择这种最重要的因素，这就叫做翻译方法。"接着勃留索夫分析了翻译家采用的不同方法，并指出楚尔柯夫译比利时诗人梅特林克的诗强调形象和修辞，这是选错了方法。因为梅特林克诗中传神的并非形象，而是气质和运动。

　　善于权衡选择，就是诗译者必须具备的"诗感"。

　　诗的直译，就是对诗的信息缺乏感受，不善作权衡选择，只抓住诗的最表层的信息——词义信息，照抄不误而不及其余。直译孤立地强调词义而忽视诗，把诗的材料误认为诗的目的，从而毁坏了诗的整体。如果译者只见石头而不见维纳斯，结果就会把艺术家塑造的美神译成一堆大理石的残渣碎块。因此，瞿秋白深为感慨地说:"中国文法与外国文法完全不同，如果直译，那便是外国文初学的小学生之练习簿！"[1]

---

1　瞿秋白:《列宁主义概说》，载 1925 年 4 月 22 日《新青年》第 1 期。

　　我不赞成诗的直译，但我的主张也并非"意译"。"意译"这个术语，可以理解为侧重神韵的翻译法，又可以理解为任意删改的翻译法，似乎太含糊。我主张的译诗方法是形神兼顾，把诗译成诗。为此首先要深入到诗里去，充分认识它、感受它，再对诗的全部信息全面权衡选择，保留尽可能多的主要信息，重新创造无法保留的次要信息，从而重建诗的形与神的结晶，使其综合效应尽可能地与原诗等价或接近于等价。我觉得，如果诗在我翻译过程中损耗、贬值，我就对原作者负了债务，因为正如译科学文献必须忠实于科学一样，译诗就必须忠实于诗。把诗译成非诗，把好诗译成坏诗，这就根本谈不上"忠实"二字了。

　　让我们以马雅可夫斯基的名作《左翼进行曲》为例，来研究一下形神兼顾的问题。这首高昂的战歌是在十月革命后诞生的，当时年轻的苏俄共和国正处在武装干涉的包围中，条件艰苦到了极点，但是却以革命气概压倒了敌人；同时欧洲的革命浪潮也正在日益高涨。火热的年代通过"头号大嗓门的鼓动家"马雅可夫斯基的笔反映出来，形成了这首进行曲的主旋律："Левой! Левой! Левой!"（左！左！左！）这个旋律来源于俄语中整齐步伐的口令："Раз, два, левой!"（一，二，左！）与汉语的口令"一，二，一"相当，喊到"左"字时迈左脚。在诗中，诗人巧妙地运用了"左"字具有的"左翼"与"整齐步伐"的双关含义，另外还在每节诗中都选用了最有特色的词或词组来与"Левой"押韵以衬托之，加强之，使主旋律像凯歌似的响彻云霄。下面是其中一节的原文与中文直译：

Пусть,

оскалясь короной,

вздымает британский лев вой.

Коммуне не быть покоренной.

Левой!

Левой!

Левой!


让它，

龇着王冠，

不列颠狮子扬起吼声。

公社不会被征服。

左！

左！

左！


这样直译不但晦涩费解，而且音韵丧失无遗。音响既然不协调，步伐还怎么能协调？于是进行曲就死亡了。为了恢复铜管乐的音响，我在《马雅可夫斯基诗选》中把它译成这样：


尽管不列颠狮子

龇着金牙，穷凶极恶，

休想征服我们的公社！

左！

左！

左！

原文中"**лев вой**"（狮子，吼声）和"**Левой!**"（左）是一对关键性的韵脚，二者发音同为"列沃伊"。在原文中的"狮子"本来是"狮子扬起吼声"这句话的主语，诗人把句子倒装，把"狮子"移到句末来与"吼"字组合，构成了出人意料的复合谐声韵，这是典型的马雅可夫斯基式的韵脚。可是在译文中我炮制不出这样巧妙的韵脚来，只得放弃，而改用"穷凶极恶"来与"左！左！左！"押韵，以服从于诗的主旋律。这样译，不出色，只是勉强能凑合。我们再比较比较国外的译本看。罗滕伯格（D. Rottenberg）的英译文是：

Let the British lion brandish his crown,

and roar till he's dumb and deaf.

The Commune will never be vanquished.

Left!

Left!

Left!

由于"左"字在英语中是"Left"，因此译者不得不设计出不列颠狮子"一直吼到变得又哑又聋"这样一句别扭而不通的话，以便用"deaf"（聋）来与之押谐声韵。

而胡珀特（H. Huppert）的德译文则别出心裁，把不列颠狮子形容成一个狮身人面的"斯芬克斯"。原诗里并没提斯芬克斯，而斯芬克斯的形象也并不龇牙咧嘴，为什么译者要拉个斯芬克斯进来客串呢？唯一原因就是"左"字在德语中是"Links"，译者只能以此为出发点，找个"Sphinx"来与之押韵。

由此可见，译者们在处理这节诗的时候，都选择了它的主旋律作为重点保留的信息，因为这是与诗的思想感情互相依存的；而对语义、形象等次要信息则或多或少都作了改动，使之与主要信息相配合。比较之下，我的译文的改动还是较少也较拘谨的。

这些译文尽管在字面上都与马雅可夫斯基的原诗略有出入，但是正因为摆脱了直译的桎梏，才能在不同程度上做到形神兼顾，传达出马诗风格。马雅可夫斯基本人就曾经支持译者这样做。他的《宗教滑稽剧》中有他自己非常得意的两行诗：

> Хорошенькое моросят!
> Измокло, как поросят.

> （这哪儿是毛毛细雨，
> 淋得我们像一群猪崽。）

这两行诗的妙趣横生，全在于以"毛毛细雨"（发音为"莫洛夏特"）与"一群猪崽"（发音为"波洛夏特"）谐音。德文译者莱特把它译成：

Ein nettes Tröpfeln!
Naß bis zu'n Kröpfen!

（这哪儿是毛毛细雨！
灌水灌得像是填鸭！）

当马雅可夫斯基请莱特为他朗诵译文时，发现他心爱的一群猪崽已全部损失，一只不剩了！可是他不但没有抗议译者把畜类译成禽类，反而对这句译文特别赞赏，因为在德语中"毛毛细雨"（发音为"特娄泼芬"）与"填鸭"（或禽类"嗉囊"，发音为"克娄泼芬"）的谐音，充分体现了马雅可夫斯基手法。风格即人，马雅可夫斯基不要求译者保存他的每个字眼，却强烈要求译者保存他的风格。因为如果失去了马雅可夫斯基风格，那就失去了整个马雅可夫斯基。

译中国古典诗，也不比译马雅可夫斯基容易。译马诗的难点在于其旺盛的活力和绝妙的复合谐声韵；译中国古典诗的难点在于其极端凝练的形式和深长的韵味，这二者都是根本无法直译的。何况，汉语与欧洲语言相差极大，二者之间的翻译，比欧洲各语种之间的翻译更要困难得多。无怪乎费施曼为苏联诗人、翻译家吉托维奇（А. Гитович）译的中国古典诗作序时这样说：

距今不久之前，中国古典诗的研究者若想使广大读者了解古代中国伟大诗人的创作，就会陷入极端的困境：他可以讲述某个中国诗人的生平和创作道路，可以分析其创作阶段，揭示其思想源流，指出某一作品的艺术特色，可是，他（由于自己不是诗人）却不能以或多或少接近原作，无愧原作的形式，向读者展示这一作品。

教中国文学的教师处境更为困窘，他们可以入迷地向大学生讲解屈原和曹植诗中的悲剧主题，讲解李白和杜甫的优秀作品，可是等到一读他们讲解的这些诗章的直译本，教师们灌输造成的印象在一刹那间就破坏无遗了。

序文接着高度评价吉托维奇译中国诗的成绩，认为在最近十多年来，吉托维奇终于突破了译中国诗的难关，他的光辉译文使苏联读者第一次看到了中国古典诗的真面目。

让我们看一首吉托维奇的译诗吧。原文是苏轼的《饮湖上初晴后雨》：

> 水光潋滟晴方好，
> 山色空蒙雨亦奇。
> 欲把西湖比西子，
> 淡妆浓抹总相宜。

> Дивно озеро блистает
> Ясным цветом бирюзы,

> Склоны гор и небо в дымке…

Не солгу, сказав сейчас:

«Это озеро сравнил бы
Я с кравсивцей Сицзы—

Тень травы, как бы ресницы,
Оттеняет пламя глаз».

（湖水奇妙地闪烁，
像碧玉般晶莹明艳，

山坡与天空笼着轻烟……
我若这样说决非谎言：

我愿把这个湖
与美女西子来相比，——

萋萋草影啊如同睫毛，
掩映着眼睛的火焰。）

　　俄译者的功力在于，在形式上他设计了尽可能接近七绝
的格律：原文的每一行诗，他译成六至七个实词；但因俄语
的词音节较多，与古汉语相比要多一倍，所以每行化为两个
分行，全诗八行，各为扬抑格四音步，——这是欧洲诗律中
与七言句最为近似的格律；在意境方面，他也译出了较浓的

诗情画意，使读者受到艺术的感染。

可是，由于中国读者对原诗意境太熟悉了，所以一看这首译诗，立即感到译者仿佛是把水墨画翻译成油画了。尤其是西子带了点儿西式的风韵，苏轼也带了点儿丘特切夫的色彩。这儿我试译俄国浪漫主义诗人和象征派先驱丘特切夫的一首抒情诗，看看吉托维奇的译诗风格是否有点气脉相承：

> 朋友，我爱你的双眼
> 和眼中奇妙闪烁的火焰，
> 当你把眼光骤然扬起，
> 并像天上的闪电似的
> 把周围迅疾地扫视一遍。
>
> 但是魅力更强的却是：
> 在炽热的接吻之间，
> 当你把双眼默默垂下，
> 但朦胧而含愁的愿望之火
> 却在低垂的睫毛下若隐若现。

与吉托维奇这首译诗相比，宾纳（W. Bynner）对"春潮带雨晚来急，野渡无人舟自横"的英译，在传达中国诗的神韵方面也许要略胜一筹：

On the spring flood of last night's rain
The ferry-boat moves as though someone were poling.

（在昨夜的雨汇成的春潮上

渡船移动着，仿佛有人撑篙一样。）

如果把"舟自横"直译成"The ferry-boat lies there by itself"，就索然无味了。宾纳找到了用"仿佛有人"来表现"野渡无人"的妙着，以动显静，情趣隽永。

话说回来，虽然我们觉得吉托维奇译文在传神方面有时还不太准，但作为一个开辟出中诗俄译途径的译者，他毕竟比过去的直译本接近了（而不是远离了）中国诗，这一贡献是得到承认的。

那么，本文是否在鼓吹译诗可以任意窜改原文呢？不，不是的。我只是展示一下存在于世界上的译诗的"光谱"，供大家研究借鉴，而不是供照样模仿。我主张的是：译诗必须考虑诗的全部信息而不仅仅是一种信息，必须把诗当作诗来译，并且译成诗。这样做，译者在忠实性方面所负的责任大大加重了，而不是减轻了。我们需要在另一种语言的土壤上重新培植出诗之花，并且使它在形神兼似方面尽可能接近原文，近一些，再近一些，永远不满足，就像在数学中，双曲线在无限延伸中不断逼近"渐近线"一样。

（原载《外国文学研究》1983年第2期）

# 谈谈诗感

一位诗人朋友极口称赞瞿秋白同志译的这几行诗：

> 安静得什么也……
> 南方，南方的夜……
> 那碧青的天上
> 挂着一个月亮。

这是普希金的浪漫主义叙事诗《茨冈》中的几行，原文如下：

> Всё тихо; ночь. Луной украшен
> Лазурный юга небосклон.

> （一切寂静；夜。月亮装饰着
> 南方的蔚蓝的天穹。）

把括弧中的直译文与瞿译文对照一下，可以看出二者颇有差别：原文的两行诗译成了四行；句法结构更是完全两样。例如，"南方"一词本是修饰"天穹"的，在瞿译文中却用以修饰原文中那个孤零零的"夜"字了。这样译诗，在主张直译的同志们看来势必要列入"不忠实"一类。可是,译者对普希金的诗意感受得多么真切啊!

普希金这两行诗,出现在长诗《茨冈》发生戏剧性转折之时。贵族青年阿乐哥与茨冈(吉卜赛)姑娘真妃儿结合,在草原上过穷苦而自由的流浪生活已经两年。可是,由于阿乐哥的精神不能挣脱利己主义的锁链,他与自由的茨冈人的性格冲突即将爆发。诗人如此热爱的南方大自然的美,并不能消除人间的悲剧,在无比美好的月夜里,流血惨剧就要出现,浪漫梦境即将破灭。听啊,"安静得什么也……南方,南方的夜……"这里面有多少赞美,又有多少留恋!这正是诗人普希金的心情。译文达到了情感的忠实,同时也达到了形象的忠实。尽管"安静得什么也……"的句法奇怪,但比直译"一切寂静"更好地表现了诗的意境,使得那南方的夜景把读者也深深地吸引进去了。诗活了。

从瞿译文与直译文的对比中,我们不难看到什么叫做"诗感"。这就是译者感受诗的能力。感受诗,寻找诗,捕捉诗,在错综复杂的诗的信息中选择关键的信息而忠实地表现诗,这是诗歌译者的永恒的追求。

我提出诗感问题,是为了说明:译诗过程不能局限于认识作用,还必须包括情感作用和美感作用。如果译者排除情感与美感,把译诗仅仅看成认识作用,甚至再降低一层,把认识作用仅仅看成"认字"作用,那么,这样的诗歌翻译就不会是桥梁,而只能是横在作者与读者之间的一道鸿沟。因为译者没有感到的诗,读者就无法从译文中感受到了。

译诗要查词典,要弄清词义与句法,这当然是不能含糊的，我们必须力争避免一切错译。但译诗不等于"译字"，光搬词典是远远不够的，正如歌德说的，"谁想懂得作诗，就得进入诗的国度"，而诗的国度却比词典宽广得多。

　　就拿诗中最简单的信息——"词义"来说吧，词典通常也不够用。试问有哪部词典把"一切"解释为"什么也……"的呢？有些释义虽然在词典中能找到，但译诗时也还要感受一番，才能表达得比较充分。试以英国桂冠诗人丁尼生悼念知心朋友的名诗《冲激，冲激，冲激》为例，其最后一小节的原文和直译文如下：


　　　　Break, break, break,

　　　　At the foot of thy crags, O Sea!

　　　　But the tender grace of a day that is dead

　　　　Will never come back to me.


　　　　冲击，冲击，冲击，

　　　　在你的岩石脚下，哦大海！

　　　　但是已死的日子的温柔美好

　　　　永远不再回到我这儿来。


直译文词义无误，连押韵也符合原诗格式，但是诗感却与原诗有较大差距。这首先是由于"break"一词译为"冲击"不够传神之故。按英语中 break 用于描写海浪时，不仅有"冲击"之意，而且还有浪头拍岸而碎裂的形象和轰响，丁尼生在突然得到平生知音已死的噩耗时，心情受到惊涛裂岸般

的震动，只有连用三个 break 才能表达这种心境。汉语中的
"冲击"一词尽管可译 break 这一词义，但感受起来却不完
全一样，它具有进军号般的音响，而缺乏原诗的悲恸色彩。
这一矛盾如何解决呢？我将"冲击"一词分解为"冲激"加
"崩裂"二词，来试图补足诗感：

> 冲激，冲激，冲激，
> 大海呀，在岩石脚下崩裂！
> 可是温柔美好的日子死了，
> 与我已从此永诀。

这样译，情感放得开一些，比上述直译文强烈得多了。除了
补足 break 的色彩外，我还把第三行的句法作了根本改变，
以便让这一行的末尾落在"死了"这个词上，原因是，原文
这一行本来就是落在"dead"这个词上的，读起来很有分量，
这一行诗的信息比句法结构的信息更强烈，所以句法就应当
让路。如果像直译文那样硬搬原文句法，而落脚在"美好"
一词上，沉重感就不免化为轻松感了。

　　由此可见，在译诗时，不论词义或句法，都不宜不分场
合地机械照搬。那么，原诗的分行是否需要照搬呢？我主
张在一般情况下，应当尽可能遵守原诗的行数，例如十四
行诗应当仍然还它十四行。但是行与句的关系、行中停顿
与跨行，是不可能照搬不误的；就连行数，也不一定在任何
情况下都机械不变。在译诗中，表现原诗的分行通常是次要
的，而感受和表现原诗的运动与节奏才是主要的。例如在长

诗《好！》中，马雅可夫斯基运用了十分丰富多彩的"楼梯式"分行形式，其目的是表现愤怒、讥讽、激昂、低沉、深情、豪放等种种不同的情调与节奏，组成不同旋律的乐章。译者需要的是感受原诗的脉搏，使译诗的脉搏与之适应；而不宜只顾依着楼梯画楼梯，级级照搬。长诗的最末一章——第十九章，是明快豪放的一章，经过十月革命十年来的艰苦斗争与思考后，诗人从心坎里迸发出满腔豪情，写下了这样的诗行：

> Я
>> земной шар
> чуть не весь
>>>> обошел,—
> и жизнь
>>> хороша,
> и жить
>>> хорошо.
> （我
>> 把地球
> 差不多全部
>>>> 走遍了，——
> 生活
>> 是好的，
> 生活着
>>> 也是好的。）

括弧里的直译文，既忠实于词义，也忠实于分行，似乎是丝毫没有走样。可是，真没有走样吗？诗走样了。首先是节奏压根儿就不忠实。马雅可夫斯基的"楼梯诗"是一种"重音诗律"，势如波涛起伏；而在这一小节中，又是以"抑抑扬"三音节为基本节奏的，每行诗的落脚都落在"扬"音节上，从而形成明朗欢快的情调。但直译文的诗句却落脚于"了"、"的"、"的"这些低沉的"抑"音节上，旋律不断下降，节奏支离破碎。正是由于这"跛足"节奏的拖累，把这节诗的豪情拖垮了，拖蔫了。要知道，马雅可夫斯基写的楼梯诗，从根本上说并非一种视觉手段，而是一种听觉手段，译文应当设法把原诗的听觉形象重现于纸上。为此，我按照听觉形象，把这节诗译成这样：


我
　　差不多
　　　　　走遍了
地球的
　　　　每个角落，——
生活啊
　　　多么好，
我多么
　　　爱生活。


译文虽不理想，但节奏和情调总算大体忠实，每个句子的结尾不再落脚在"抑"音节上，情感也就"扬"而不抑了。可是，一数行数，却比原诗多了一行。而在下面的另一节诗中，我的译文最终定稿时却比原诗少了一行。现在，先把原文和按"楼梯"级级照搬的直译文抄录出来：

Ветер
　　　　подул
в соседнем саду.
В ду-
　　　хах
　　　　　про-
　　　　　　　шел.
Как хо-
　　　　рошо!
风
　吹过
在邻近的花园里。
[我]在芬
　　　　芳中
　　　　　　走
　　　　　　　过。
多么女
　　　子!

看到这里，读者一定大惑不解：什么叫做"多么女子"啊？
且听我说明：原文本来是"多么好"，可是"好"这个词儿在俄语中是多音节词 "хорошо"，作者把它拆分为两个梯级排列。为了使译文符合直译论者的规范，为了严格照搬原诗分行，就不得不把 "好" 字拆开，舍此而外似乎别无他法了。

在拙译《马雅可夫斯基诗选》中，我并没有用此妙法，也没有把照搬原诗的分行当作教条。依我看，与其照搬分行，倒不如好好感受感受原诗为什么要这样分行，其目的是什么，作用是什么，音响是什么，脉搏是什么。为了忠实于诗的运动和节奏，我对这一节诗作了如下处理，而行数则减少一行：

> 路边
> 　　花园好，
> 花香
> 　　随风飘。
> 一身花香
> 　　　朝前走，
> 好！
> 　多么好！

主张直译诗歌的同志们拘泥的是诗的词义、分行等最表层的、视觉的信息。可是在诗中，听觉形象与视觉形象相比，其重要性实在有过之而无不及。诗像歌一样，也可说是词与曲的化合物，离开了广义的音韵，诗恐怕难以存在。因此，译者应当具备的诗感，当然不能不包括对诗的音乐信息和听觉形象的感受能力。

柯勒律治、丁尼生、魏尔伦等许多著名诗人，都以锐敏的音乐感著称于世，他们写诗，往往把最大的功夫下在音韵上。例如，魏尔伦就把音乐看作诗的第一要素，他的代表作《无词的浪漫曲》可说是一本用音乐写成的诗集，其中"曲"的重要性压倒了"词"，所以名之为"无词之曲"。试以这本诗集中的《被遗忘的小咏叹调·之三》为例，其法文原文与直译文如下：

> Il pleure dans mon cœur
> Comme il pleut sur la ville,
> Quelle est cette langueur
> Qui pénètre mon cœur?

> 我心中在哭泣，
> 就像雨下在城市上。
> 渗透我的心的
> 是什么样的忧愁？

> Ô bruit doux de la pluie
> Par terre et sur les toits!
> Pour un cœur qui s'ennuie
> Ô le chant de la pluie!

> 哦遍地上和屋顶上
> 是雨的柔和的嘈杂声！

为了一颗惆怅的心
哦这雨水的歌!

Il pleure sans raison
Dans ce cœur qui s'écœure.
Quoi! nulle trahison?...
Ce deuil est sans raison.

哭得并没有理由
在这惹自己厌的心里。
怎么? 并没有人负心?
这悲哀没有理由。

C'est bien la pire peine
De ne savoir pourquoi,
Sans amour et sans haine,
Mon cœur a tant de peine!

不知道为什么,——
这才是最沉重的痛苦,
没有爱也没有恨,
我的心有这么多痛苦。

这样直译, 只译出了词句而丧失了音乐, 随之也损失了情调与意境。结果竟把"无词之曲"译成了它的反面——"无曲之词"。

那么,让我们给这段直译文"加上"几个韵脚,试试看能不能点石成金,恢复译文的生命。这儿我采用最常见的"常规"译诗法,即凑上几个常用韵,一韵到底,而不去探究这样"加上"的韵是否忠实于原诗的听觉形象:

> 我的心中在哭泣,
> 仿佛城上下雨一样。
> 渗透我的心的
> 是什么忧伤?

> 啊,地面上和屋顶上的
> 雨的柔和的嘈杂声响!
> 为了一颗烦恼的心
> 啊,雨的歌唱!

> 在这颗自己厌恶自己的心里,
> 哭泣得没有理由可讲。
> 怎么?没有人负心吗?
> 这悲哀没有理由可讲。

> 不知道为什么,——
> 这才是最大的痛苦,
> 没有爱也没有恨,
> 我的心有这么多痛苦悲伤。

　　对诗这样"加工"是不费吹灰之力的，既不用诗感，也不需情感，只要随手凑几个"江阳"、"言前"之类的常用韵，就成了挺像样的一首"诗"了。可惜，这样的韵脚全是"贴"上去的，与诗并无关联，不能使读者的心弦与之共鸣。通过在两次诗讲座中朗诵的检验，听众认为这首"加韵诗"的效果比无韵直译还要差。这足以说明，音韵之于诗，不能是附加的东西，不能是贴上去的东西。虽然我们有时把直译文比作毛坯，但这只是一个比喻而已，并不意味着译诗应当先直译，然后再在上面涂点韵作为装饰。实际上，音乐的信息绝不是译者最后考虑的要素，相反倒常常是译者最先考虑的要素。当我们头一次听到一首好歌时，曲不是往往比词还要先印进我们心里吗？

　　让我们再回头来感受感受魏尔伦的无词曲吧。诗人在浸透泪水的心弦上奏出了如泣如诉的旋律，抒发着无名的哀愁。曲中咏叹的是什么？诗人没有，也不能正面回答。也许是对方离去引起的苦闷，也许是巴黎公社失败后的失落和悲哀，事实上，诗人的心情无可名状，自己也说不清楚，而说不出缘故的痛苦却是最沉重的痛苦。因为，痛苦如果说得清楚，还可以得到宣泄和宽慰，可是说不出的痛苦，却只能一直压在心上。

　　诗人无名的哀愁是借助音乐表现的。原诗的韵脚很特别，是"AbaA"式的回旋韵，即每小节中有三行押韵，构成一个哀怨的"小三和弦"，而其中第1行与第4行的韵还是同一个词（用大写A表示）。这种单调的回旋韵，表现低沉而无出路的心情是再合适不过了。不仅如此，每节中"A—

A"回旋韵并不是随手拈来的，而是这节诗中最沉重、情感负荷最大的词，这一信息能深深打进读者的心，造成抹不去的印象。因此，我在翻译时便抓住诗人反复咏叹的"cœur—cœur"，"pluie—pluie"，"raison—raison"，"peine—peine"这四组回旋韵，译成"心底——心底"、"雨——雨"、"情理——情理"、"痛苦——痛苦"四组回旋韵。为了做到这一点，对词义、句法等信息我都作了比较灵活的处理：

> 泪水流在我的心底，
> 恰似那满城秋雨。
> 一股无名的愁绪
> 浸透到我的心底。
>
> 嘈杂而柔和的雨
> 在地上、在瓦上絮语！
> 啊，为一颗惆怅的心
> 而轻轻吟唱的雨！
>
> 泪水流得不合情理，
> 这颗心啊厌烦自己。
> 怎么？并没有人负心？
> 这悲哀说不出情理。
>
> 这是最沉重的痛苦，
> 当你不知它的缘故。

　　既没有爱，也没有恨，

　　我心中有这么多痛苦！


　　在此诗中，除了独特的韵脚外，魏尔伦还用了许多音乐感极强的手法，如"il pleure—il pleut"（哭泣——下雨）的谐声，"bruit—pluie"（嘈杂——雨）的谐声，"ce cœur—s'écœure"（这颗心——厌烦自己）的谐声，都有强烈的烘托情绪的作用。在译文中，我也采用了"嘈杂"、"惆怅"等双声手段和"秋雨——愁绪"等谐声手段以模拟之，尽量使此诗可歌可咏，使它冠上"无词曲"、"咏叹调"的题目时，不至于相去过远而成为笑话。但要兼顾原诗的全部音乐信息则是力所不及的。例如此诗每行六音节的节奏我就无法遵守，只得放弃。每个译者在诗的信息中都有自己的选择，有所弃也有所取，这就和下棋时的"弃子取势"一样。

　　诗感，也可以说是一种"突破口"的选择。诗的信息错综复杂，译者从哪一点突破，才能直取内核、把握神韵呢？面临抉择的诗译者，就与接受战斗任务之后侦察情况、勘察地形的指挥员相仿佛。不问具体情况，只会千篇一律地正面攻击的指挥员，是必然要碰钉子的；即使打下了高地，他也将付出损失惨重的代价。懂战术的军事家一定要善于选择主要突击方向，善于选择突破口，这个突破口不一定选在正面，而倒是更可能选在侧面。为了前进有时需要后退，为了迫近敌人往往需要迂回，这是最浅显的军事常识。译诗中的一切迂回行动，也都是为了更加逼近原诗。打仗没有一成不变的教条，在忠实地完成任务的前提下，"运用之妙，存乎一心"；译诗也用得着这样的军事辩证法。

指挥员选择突破口，为的是以最小代价占领某个目标，诗译者选择诗的信息，为的是以最小损失为代价，求得最好地把握诗的魅力、诗的风格。苏联名诗人特瓦尔多夫斯基在《论马尔夏克的翻译》一文中，关于译诗提出了这么一条意味深长的标准：

> 一句话，译文直接给我们的魅力越强，就越有把握认为这一译文忠实于原文、接近原文、符合原文。
> 反之，译文直接给我们一种独具风格的作品的感觉越弱，当然也就越有把握判定：这一译文不忠实，与原文差距甚大。

这话乍听起来似乎是奇谈怪论：不去考究译文是否与原诗字字相符、句句不差，你怎么能有把握地判定译文的忠实与否呢？但是只消想一想就会明白，特瓦尔多夫斯基提出的标准是：译诗时首要的是诗感，不能把诗译成"非诗"，不能把充满魅力的诗译成索然无味的诗，不能把独具风格的诗译成千篇一律的翻译腔。要求译文不出错，这只是译文的最低标准——学生练习簿的标准，而上述标准才是对译诗的根本要求。

（原载《翻译通讯》1984年第2期）

# 我的译诗观

A. 假如要求译诗与原诗完全等值，那么诗是不可译的。因为真正的诗，即便在其本国语言中也是"一字不易"的，岂能容我们移花接木，把所有的字"一字不剩"地换成别国文字。

B. 然而，假如要求的是译诗在诗意上、本质上尽量逼近原诗即力求"逼真"，那么诗又是可译的。因为诗中有着超越国界的宇宙的韵律、生命的韵律。诗虽然比其他任何一种语言更受制于语言的鸿沟，却又能超越一切语言的鸿沟而成为人间最能互相沟通的语言。

C. 诗的晶体中信息极端微妙而丰富。诗歌符号不仅含有已经被抽象化、系统化的理性意蕴，更含有情感的、美感的以至非理性的深层意蕴，其容量较之指称性的语言内容（亦即直译派所理解的"内容"或辞典基本释义）要大得不可比拟。

D. 因此诗译者必须以全部心灵和全部感官感受诗，感受诗的音乐境界，就像一棵树用它全部的树叶感受着风。正如印象派艺术大师埃德加·德加所说："一棵树，要是它的叶子连风吹也不会动，那该多么可悲。人们也将为此感到悲哀。"

E. 译诗者的神圣任务是在深切感受的基础上复制一个逼近原诗晶体的诗晶体；而不是把原诗晶体破坏后，就此（偷懒地）把一堆无生命的砂泥残渣交给读者，并以"内容俱在"来表白自己的忠诚。

F. 因为，诗的内容和形式是一体。水晶的晶体和水晶的结晶形式不可分割。

G. 由于译者用的语言材料与原作极不相同，重制晶体的工作是艰难而甘美的，它要求译者具有诗人的心灵与诗人的功力。

H. 我历来主张：译诗的最低标准是正确理解，防止误译；最高标准是形神兼顾，体现风格。风格即人，风格即诗。译诗丧失风格就丧失了一切。

I. 但最低标准也是很难做到的，试看标榜"直译"的译诗中，误译往往特别多，值得我们引以为鉴。

J. 对诗的"直译"通常发生在译者读不懂原诗之时。

K. 译诗艺术和诗本身一样难以穷尽。让我们把诗当作艺术吧。切莫把诗译者降低为自己读不懂也不让读者读懂而且对此无动于衷，在诗的面前"连风吹也不动"的机器人。

我愿以此和一切译诗的朋友们共勉。

（原载《文学翻译报》第 11、12 期合刊，1989 年 12 月）

# 论风格译

按：1994 年我自杭州大学赴云南大学兼课，当时我主编的大型项目《世界诗库》正值倒计时冲刺阶段，还缺拉丁文、古典荷兰文等板块未译，我赴云大，也是为了躲避诸多杂事，好安静地赶任务。但恰逢第二次全国文学翻译学术研讨会在杭州召开，而且是中国译协委托浙江译协承办的，我作为浙江译协负责人之一不得不于 10 月末赶回杭州参加。这时我还没来得及写呈交会议的论文，只好在火车上匆匆赶写。本来 80 次昆沪快车是两天行程，我用两天写成本文第一、二两部分；然后火车又意外晚点一天，全车乘客怨声载道，而我则利用列车运行计划外的一天时间，加写了计划外的第三部分。

背景：我认为译诗的方针既不是直译也不是意译，而应该是"风格译"（Stylistic translation）。

在传统的两大译派中，直译派标举"直"，即尽可能坚持原文词义，甚至尽可能少调动原文词序；意译派标举"意"，即用写意手法来传达原文大意，而不受原文词义词序的束缚。一家主张宁直不顺，一家主张宁顺不直，但就诗翻译而言，目的性都不明确，与诗歌美学缺乏联系，况且不论直译意译，如作为方针而坚持之，则都会流于偏颇：为直而直，一直"直"下去，则成了逐词死译；为意而意，一直"意"下去，则成了任意发挥，都于诗歌美学无补。

因此我试提"风格译"作为译诗方针，与译界同行商讨。

**定义**：译诗首先应鉴别、区分诗的与散文化的文体风格，进一步应鉴别、区分诗的类型风格和个人风格，在此基础上灵活运用包括直译、意译在内的各种手段，或者说动态地选择词级、词组级、句级与深层语义级的翻译以及音韵色彩的模拟，而为最大限度地体现原诗风格特色服务。

风格译着眼的是诗翻译的艺术性之整体，既包括诗的文体和类型特色，诗人的风格气质（例如飘逸、沉郁、象征、超现实等），也包括语言修辞风格和音律风格等形式方面的特征，是"形神统一"的，有别于直译、意译两家的形神割裂观。

**目的**：至少可使译诗者不一翻开词典就译。

**适用性**：主要针对译诗而提出；在较小程度上也适用于一切文学翻译。

## 一、以"怎么说"统率"说什么"

为什么针对译诗而提出呢？

凡是话语，都少不了"说什么"（词义）和"怎么说"（风格）两方面。这两者对翻译来说都是重要的，但在不同文体的翻译中重要性有所不同，如将"词义"和"风格"这两个变数作为两个坐标轴，则不同文体的翻译在坐标图中将占据各自的位置，科技翻译在一端，而诗翻译在另一端。从科技翻译到诗翻译，是一个词义重要性递降而风格重要性递升的过程：

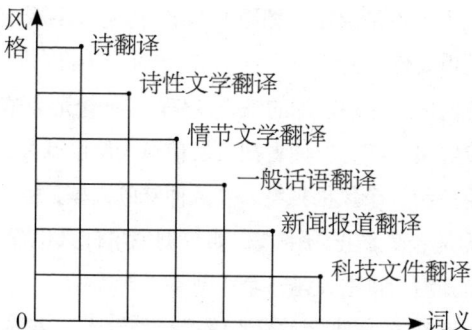

在科技和其他文件翻译中，风格要素固然也有一定地位，例如不能用儿戏语调来翻译科技实验报告或军令，但准确译出词义信息是高于一切的。在诗翻译中，固然也不能轻易更动词义，但读诗毕竟不同于读报，不是为了得知"官军收复河南河北"或"利瑟达斯死了"的信息而读杜甫或弥尔顿，而是为了欣赏诗人"怎么说"的风格、意境。如果我们把非诗的语言笼统地称作"散文"，那么二者的区别就正如保尔·瓦莱里所说的：散文是走路，诗是跳舞。对走路而言首要的是实用目的，风格是次要的；但跳舞却是艺术，不是为了跳到某个目的地去，因此风格、风姿高于一切。既然如此，译诗就应以"怎么说"统率"说什么"。这是首先要针对译诗提出"风格译"的原因。

翻译大师鸠摩罗什有言："改梵为秦，失其藻蔚，虽得大意，殊隔文体，有似嚼饭与人，非徒失味，乃令呕哕也。"其中所强调的"藻蔚"与"文体"相加，就是我说的"风格"。

鲁迅主张的"保存原诗的风姿",钱锺书提倡的"保存原有的风味"、"精神姿致依然故我"也一脉相通。这些要求都是对翻译艺术(不是专对诗翻译)提出的,但对译诗艺术有其第一位的重要性。

关于风格是译诗艺术的核心,有这样一个形象的比喻:

读诗好比剥洋葱。读者把表层信息一层层剥去,剥到最后,如果得到一个风格独特、令人回味的内核,那么他就知道他读的是一个真正的诗人;如果剥完了什么也没有留下,那么他就知道所读的只是一个洋葱头。

这个比喻不论对诗人或诗译者都是发人深省的。当然,假如所译的本身是洋葱头,这不是译者的责任;但假如所译是诗人的话,译者可不该把他的风格内核弄丢了,而把诗人变作洋葱头端到读者面前。风格即人,风格即诗,丢失风格就丢失了一切,剩下的不论有多少行,也只值一个洋葱头的价格了。

我们要记住:读者在剥洋葱的时候是从来不会手下留情的。

译诗要注重的风格包括由粗到细的各个层次,以下按文体风格、类型风格、个人风格的顺序试作分析。

在文体风格这一层上,首先要区分诗与散文(或散文化)的风格。这一点看起来容易,做起来却要艰难得多。原来诗的文体风格特色并不仅仅在于分行排列、有节奏和押韵,而且更重要的在于简洁和含蓄。不幸的是,诗译文通常是最容易拖泥带水的,其原因有三:1. 诗人通常在本国语中选用最简洁的表现方法,但在译入语中不大会有同样简洁的巧合,统计起来，译文的平均数值要比源语文本啰嗦得多；2. 由于脱离了源语的文化背景和互文背景，译者不得不费许多唇舌才能使读者理解；3. 译诗者一般有填补空白的强烈倾向，把自己的阐释（必要的和不必要的）填充到译文中去。这就像菜市场上的蔬菜一样，拔起来时就拖了泥，菜贩又加上压秤的水。结果译诗绝大多数带有散文化味道。要完全避免是不可能的，我们只能呼吁诗译者对此引起普遍注意，努力维护诗的简洁含蓄的文体风格。

这里试举二例，都是难度较大的，译者加点阐释在所难免，但"膨胀系数"是不是太大了一点？可资讨论。

例 1. 原文摘自敦煌曲子词《忆江南》：

> 我是曲江临池柳，
>
> 这人折了那人攀，
>
> 恩爱一时间。

I am but a courtesan at Qujiangchi,

For men to take any liberties with me.

If, of all the girls, one picks and chooses me,

Mere personal preference; love, it can't be.

If someone shows, for me, a little care,

That is only a momentary affair.

（《词百首英译》，徐忠杰选译，

北京语言学院出版社 1986 年版，2 页）

（我不过是曲江池边一名伴妓，

让人随意与我狎昵。

如果有人从所有女郎中挑选了我，

那只是个人的偏爱；不可能是爱情。

如果有人对我表示一点儿关心，

那也只是一时间的事罢了。）

从形式上看英译文有韵也有大体的音步，是诗体；但从风格上看却失去了原文的简洁含蓄，因阐释过度而稀释成了散文体。对照原文，风味姿致已有较大差别。顺便说一句，类似题材还可以处理成其他文体，例如小说体（如《茶花女》、《杜十娘》）或下面摘自报纸的新闻体，从中不难窥见文体风格的差别之巨大和不可忽视：

8月12日晚8时，罗湖分局突击检查安乐居咖啡厅，发现无灯光房间里有男女混居，即依法查封该咖啡厅，暂扣营业执照。

例2. 原文拉丁文，摘自贺拉斯《歌集》1卷第37首《现在是饮酒的时候了》，描写埃及女王克莱奥帕特拉为什么自尽：

saevis Liburnis scilicet invidens

privata deduci superbo

non humilis mulier triumpho.

拉丁文和古汉语一样，是一种高度简洁的语言，但其语法结构又与汉语恰恰相反：拉丁文是典型的屈折语，词序高度自由，几乎不用虚词，全靠词形屈折表示语法关系；汉语却完全不屈折，全靠词序和加虚词表示语法关系。因此上面三行诗（一共只有 11 个词！）若要逐词直译出来是莫名其妙的，由于忽视源文语法关系，搭配不当，造成牛头不对马嘴：

> 凶狠　利布尔尼亚人　显然　怨恨
> 平民　被押解　炫耀
> 否　屈辱　女人　凯旋

要看词形屈折才明白哪个形容词修饰哪个名词，也才知道各名词间的语法关系：saevis 凶狠的（阳性复数形容词，夺格），Liburnis 利布尔尼亚人，按指罗马人（阳性复数名词，夺格），scilicet 显然（副词），invidens 怨恨（分词），privata 平民（阴性单数名词，主格），deduci 被押解（分词），superbo 辉煌的，炫耀的（阳性单数形容词，夺格），non 否（副词），humilis 屈辱（阴性单数形容词，主格），mulier 女人（阴性单数名词，主格），triumpho 凯旋（阳性单数名词，夺格）。按汉语词序整理并加上虚词和阐释，得出如下大意：

> （她）非屈辱的女人显然怨恨
> （作为）平民（被）凶狠的罗马人
> 押解（在）炫耀的凯旋（之中）。

先作如上交代，然后我们再看看巴克利·亨利（Barklie Henry）的英译文：

> How she hated our Liburnian sailors!
> She was a woman,
> Yet her spirit fell never so low
> That she could let herself,
> Yesterday a queen,
> Become tomorrow
> A captive in a Roman triumph.

> （她是多么恨我们的残酷的利布尔尼亚水兵啊！
> 她是一个女人，
> 然而她的精神从没有降格到如此低贱
> 以至于她能够让她自己——
> 昨天是一个女王，
> 明天却变成
> 罗马凯旋式中的一名俘虏。）

这段译文与例 1 的英译一样，也是意译而且稀释过度，从而造成风格散文化。然而诗艺大师贺拉斯的原文本来是那么简洁有力，而且格律严谨，音调铿锵，实在是不应该这样弄"散"掉的。有没有可能限制膨胀系数呢？我认为只要有心，还是可能的。所以我在翻译时就尽量控制加"水"，以保持原文的诗体风格。结果与拉丁原文相比，中译文仅仅膨胀了一个音节：

> **还用说？昔日女王岂能降格**
> **作罗马之俘押解回朝，**
> **以屈辱为敌人的凯旋增色？**

（《世界诗库》，花城出版社 1994 年版，1 卷 263 页）

第二层，诗译者还要善于区别不同的类型风格和个人风格。个人风格拟放到下文去详述，这里先对类型风格略提一笔。

类型风格指的是雅与俗、庄与谐、书面语和口语、豪放和婉约等粗线条的风格类型。它虽不像诗人个人风格那么细腻，但对诗译者来说却是一种基本功。作为一个诗译者，必须认真感受这些风格的不同音调，而且自己也应多掌握几手武艺，免得把生旦净丑全唱成一个唱腔。

这里也举两个例子，都摘自古罗马名家名作。这两节诗描写的主题相同，词汇也很相似，但其实却属于两种类型风格。

例 3. 原文拉丁文，摘自维吉尔《埃涅阿斯纪》第 4 卷，描写当埃涅阿斯离去时，迦太基女王狄多殉情自戕：

Dixerat, atque illam media inter talia ferro

conlapsam aspiciunt comites, ensemque cruore

spumantem sparsasque manus. It clamor ad alta

atria; concussam bacchatur Fama per urbem.

我的中译文：

> 正当她说着，她的侍从们看到女王
> 伏剑自尽，鲜血冒着泡沫，沿着剑刃
> 喷溅在她手上。一阵惊呼冲上宫顶；
> 霎时间，混乱可怕的传闻震动了全城。

（同上书，1卷243页）

例 4. 原文拉丁文，摘自奥维德《爱的医治》，作者劝恋爱者要能进能退，而且他接着就举了狄多女王作例子：

> Cur aliquis laqueo collum nodatus amator
>> A trabe sublimi triste pependit onus?
> Cur aliquis rigido fodit sua pectora ferro?
>> Invidiam caedis, pacis amator, habes.

我的中译文：

> 为什么有的情人要脖子钻进绳套，
>> 在梁上高高挂起悲哀的重荷？
> 为什么有的人要用刀剑自刺胸膛？

爱和平者对这种谋杀应当谴责。

（同上书，1 卷 288 页）

不难看出，这两节诗的风格有庄谐之别。古罗马诗圣维吉尔写史诗用的是悲剧笔法，狄多之死又是悲剧的高潮；而妙语连珠的奥维德却写戏拟教谕诗，用的是喜剧笔法，因此译文风格也就必须有所区别，如译维吉尔用了"伏剑自尽"以显其庄，而译奥维德时则用"高高挂起"（而不用"投缳"之类）以显其谐。有此一挂，奥维德的其他"大字眼"也都化为幽默了。混同两类风格显然是行不通的。

## 二、论译者的透明度

为了进一步讨论译者如何更细腻地感受和传达诗人的个人风格，必须再提出一个译者透明度（Transparency of the translator）的概念。[1]

济慈曾提出诗人应当具有"消极的才能"（Negative Capability），他写道："至于诗人的性格自身呢……它不是它

---

1 我说的"译者的透明度"，与翻译理论家韦努蒂的"译文透明"概念不同，含义甚至相反。韦努蒂在《译者的隐身》中指出，由于英语的强势，当代英美译者翻译外语原著时，都会消除其本来语言及风格特色，译成完全归化式的英语，使得译文看起来很透明，不见翻译的痕迹；出版者和读者也都惯于以这样的标准来要求译者。韦努蒂所说的"译文透明"指的是一种假象，仿佛是作者在用英语写作，而译者则"隐身"了。尽管说法不同，"透明"概念的含义不同，韦努蒂批评翻译过滤掉原文特色的做法其实与我的立场相似。我主张的"译者的透明度"与本雅明主张的"不遮蔽原作，不挡住原作的光"一样，是要求译者努力显现原作的个性风格和诗艺的样式，不要把它遮蔽或过滤掉。

自己——它没有自性——它是一切又什么都不是——它没有性格——它既享受光也享受影；它兴致勃勃地生活，不论是晴是雨，是高是低，是贫是富，是贵是贱——它对想象一个伊阿古与想象一个伊摩琴抱有同样的兴致。""诗人在一切存在物中是最非诗的；因为他没有确定的身份——他总是不断地遭遇——并充填进他人身体——太阳、月亮、大海、男男女女，这些全是有冲动的生物，都有固有的特性——而诗人却没有；他没有确定的身份——他肯定是上帝一切创造物中最非诗的了。"[1]

济慈所谓"非诗"，指的是诗人创作诗并不是在自我表现，而是要真正融入情境，融入所写角色。我认为，这种消极的才能对诗译者比对诗人更显得重要。译者的透明度，也就是译者的消极的才能。

这一命题肯定是有争议的，反诘可以来自两个相反的方面：

反诘 A. 译者不是玻璃而是人，他有自己的风格，所以他不能是透明的。

我承认这一点。正是有鉴于此，才需要提出译者的消极才能。正是有鉴于此，在译者的消极才能和积极（表现自己的）才能之间，才需要努力向前者倾斜。其根本理由是，译者在演原作者的角色，而不是演自己的角色。突出自己者只能成为"演什么角色都像他自己"的本色演员，有消极才能者才是"演什么角色像什么角色"的性格演员。

1 John Keats, "To Richard Woodhouse 27 October 1818", *The Letters of John Keats*, Cambridge University Press, 1958, pp. 386-387.

不错，译者和演员一样，都是假的。观众明知他不是真哈姆雷特，也不要求他是真哈姆雷特。然而一个性格演员可以造成一种逼真的幻觉，观众可以感到他演得很像、很传神。而译者或演员本身的风格，则只能寓于这种逼真传神的演技之中。这就是我们所要求的风格上的透明度。

反诘 B. 译者只要直译词义（或只要意译大意），原诗风格就寓于其中了。由于翻译对风格本来就是透明的，再提"透明度"纯属无的放矢。

对这一反诘，不得不稍微多花一点笔墨。

我认为，译者或演员的透明度或消极才能，并不是俯拾即得的。若不在传达风格上下功夫，那么标准化的"常规"翻译对风格是不透明的。为了证实这一点，我们试取几位风格各异的诗人的选段做一次实验，看看"常规"翻译法是如何把风格过滤掉的。每段原文后的中译文，是笔者以直译为基础稍辅以意译的方法试拟的，在词义选择上尽量做到标准化，色彩也按译诗常规——以"中性偏雅"为准：

例 1. 摘自彭斯诗：


Is there, for honest poverty

　　That hangs his head, and a' that;

The coward-slave, we pass him by,

　　We dare be poor for a' that!

For a' that, and a' that,

　　Our toils obscure, and a' that,

The rank is but the guinea's stamp,

The man's the gowd for a' that.

有没有人，为了诚实的贫穷，

　　垂下他的头，和诸如此类的；

这懦怯的奴隶，我们不予理睬，

　　尽管这一切，我们敢于贫穷，

尽管这一切，尽管这一切，

　　我们的劳动默默无闻，诸如此类的；

等级仅仅是几尼上的印记，

　　人才是黄金，尽管这一切。

例 2. 摘自魏尔伦诗：

Dans l'interminable

Ennui de la plaine

La neige incertaine

Luit comme du sable.

Le ciel est de cuivre

Sans lueur aucune.

On croirait voir vivre

Et mourir la lune.

在平原的

漫漫的厌烦中

不明确的雪
照耀如沙。


天空是铜的，
完全没有任何微光。
人们认为见到月亮
活与死。


例 3. 摘自霍普金斯诗：


…then off, off forth on swing,

  As a skate's heel sweeps smooth on a bow-bend:

    the hurl and gliding

  Rebuffed the big wind. My heart in hiding

Stirred for a bird, —the achieve of, the mastery of the

    thing!


……然后离开，再在摇摆中离开，

  像一只冰刀的后跟在弓的弯曲上光滑地扫过：这

    投掷与滑行

  严拒着大风。我的心在藏匿中

为 一只鸟而感到兴奋，——事情的实现啊，事情的

  掌握！

例4. 摘自马雅可夫斯基诗:

Нам

　　　требовалось переорать

И вьюги,

　　　　　и пушки,

　　　　　　　　и ругань!

Их стих,

　　　　как девица,

　　　　　　　читай на диване,

как сахар

　　　　за чаем с блюдца,—

а мы

　　　писали

　　　　　против плеваний,

ведь сволочи—

　　　　　все плюются.


曾要求

　　　我们大声疾呼以压倒

暴风雪,

　　　以及野炮;

　　　　　以及责骂!

他们的诗

　　　要像少女般,

　　　　　　在长沙发上阅读，

　恰似糖，

　　　　在喝茶时刻从小碟子上拿起，——

　而我们

　　　曾经写作

　　　　　以反对吐唾，

　要知道，败类——

　　　　　　是常吐唾的。


　　以上四则译文是十分标准化的，从词义上检查没什么错误。然而经过这种"标准化"的过滤，原诗的风格几乎滤光了，读者只能从诗的主题（诗人"说什么"）和分行的形式上窥见一丁点儿风格的残余。实际上，这四位诗人之所以成为诗人的风格姿致已经荡然无存，变成了面貌雷同的翻译腔。

　　结论 A. 注重词句（而不注重风格）的"标准化"翻译，对风格而言不是天然透明的，而是天然不透明的。其所以会如此，是由于对一切诗人作了"一刀切"的机械式处理，而没有考虑到诗人是有个人风格的活人。

　　"风格译"的要求与此相反，不是"标准化"的而是个人化的。为了提高透明度，译者需要倾听诗人的音调，进入诗人的角色，使自己的或"标准化"的习惯为诗人"非标准化"的风格让路。

　　上面的四个片段，笔者都曾译过，（见《诗海》《马雅可夫斯基诗选》），我的译文是非标准化的，多有"失本"之嫌的，而我举出来的译例，又多为"失本"之甚者。但这并非想任意发挥、扩张译者的自由权，而是因把风格置于词义之上而不得不然，是为追求译文的透明度而作的风格译试验。现试简述如下，以与译界探讨。

例1. 我们面前是苏格兰高原的民歌手彭斯。他的诗歌充满着高原的泥土香和生命力，又富于启蒙主义的豪迈精神，无拘无束，热烈爽朗，恰似山花怒放，非文人笔墨所能写成。有诗人的这一形象在胸，译者"标准化"的、中性偏雅的语调就再也出不了口了，在突破标准化的栅栏后，吟出来就成了这样：

> 穷只要穷得正直，有啥不光彩？
>   干吗抬不起头来，这是为什么？
> 对这号软骨头，咱们不理睬，
>   咱们人穷腰杆直，不管怎么说！
> 不管他这么说，那么说，
>   说咱们干的是下贱活；
> 等级不过是金洋上刻的印，
>   人，才是真金，不管他怎么说。

与标准化译文相比，这段译文的"失本"率极高（高达75% 左右），特别是其中的叠句"for a' that"译成"不管他怎么说"似乎距离甚大，——原文里既没有"他"也没有"说"呀！然而原文字里行间却是有"不顾一切传统观念"、"什么都不在乎"这层含义的，为传其风格，我认为这样表达可以允许。

例 2. 法国早期象征派主将魏尔伦也有异常鲜明的风格特色。他几乎是一个印象主义的音乐家，一个用文字谱写"无词曲"的魔术师。从《无词的浪漫曲》中摘出的这几行诗中，词义是不定形的，溶化在梦幻般的音乐中的。其中缺少实指的再现成分，只有朦胧忧伤的意象和弦与微微发颤的心灵旋律。译文风格，显然要与彭斯的口气迥然不同：

> 烦闷无边无际，
> 铺满了原野，
> 变幻不定的积雪
> 闪烁如沙砾。
>
> 天穹一片昏沉，
> 古铜凝着夜紫。
> 恍惚见月华生，
> 恍惚见月魄死。

译文中最大胆之处，也许是给月意象增加了渲染性的"华"字和"魄"字了。回想我这样译的动机，决非为意译而意译，而是对标准化翻译中损失的风格略作补偿。如直译"月亮活与死"，在意象上失之简陋，不能给人可感印象；在音乐上也韵致索然，完全失去了原诗的优美旋律和由六个"r"音编织成的一长串颤音。这一切，译文是用"月华生"、"月魄死"的神秘意象和两次重复的"恍惚"（音响效果略似法语颤音）来设法弥补的。如果不是这样，读者从标准化的"月亮活与死"中看到的将不是月亮死了，而是诗人魏尔伦死了。

顺便说句笑话：如果译者不辨风格，在译魏尔伦时稍微用一点彭斯式的民歌口吻，那也不难把忧伤的魏尔伦化装成这样："这铜打的天空／简直是黑咕隆咚。／刚瞧月亮还活，／马上又给它送终。"这可就把魏尔伦变成了山东快书了。可见，如果遇上不透明的翻译，连"魔术师"魏尔伦也只好自叹奈何。

例 3. 霍普金斯是个风格突兀的诗人，诗中饱含宗教情感、超越精神和不安的冲力。他喜用新词和奇异的拼接，诗律方面又独创了以重音诗律为基础的突兀跳荡的"弹跳律"。这几行诗摘自他的象征诗《隼》。译文试图让霍普金斯的崇高感和弹跳感这两种光线都能透过：


......接着荡，荡，向那边荡，

如冰刀掠一条光滑的弧；翔与冲

蔑视着大风。我的心在暗中

为鸟所动，——对实现和完成的渴望！


这样译，也节约了 50% 的字数。此诗原文的弹跳感在很大程度上是由大量单音节词的碰撞造成的；译文也用单音节词代替标准化汉语的双音节词，于是"感觉"就出来了。

例 4. 最后这段诗的作者马雅可夫斯基，是一位"歌唱开水的歌手"、"头号大嗓门的鼓动家"，其个性当然也不会比以上三位含糊。陌生化而响亮的韵脚、强大的气势和幽默感，使他的风格独此一家，无可仿冒：

> 我们不得不把
> 　　　　　嗓门放大，
> 才能盖过风雪、
> 　　　　　炮火
> 　　　　　　　和辱骂！
> 他们的诗，
> 　　　　要像大姑娘
> 　　　　　　　在沙发上读，
> 他们的诗
> 　　　　就像洁白的方糖
> 　　　　　　　　加进牛乳；
> 而我们
> 　　　　却曾写诗
> 　　　　　　反对吐痰，
> 因为浑小子们
> 　　　　　随地乱吐！

　　当我现在摘抄这数十年前的译文时，我自己又发现了我的一处 vulnerable spot——我把"喝茶时刻"和"小碟子"换成了"洁白的"（方糖）和"牛乳"！这真是"翻译即叛逆"了。记不得在翻译的当时曾作何种考虑，——实际上我译诗时很少考虑，只是轮番地背诵原文和试诵译文，而且这多半是在途中进行，不大有细考的可能。对我起主要作用的是马雅可夫斯基的语调、气势、风格、姿态，栩栩如生，如在目前，不可能把他过滤掉。在我当时的感觉中，大概是因为"乳"与"吐"押韵且都属上声，特别相似，但雅俗对照又十分强烈，这与原文的"блюдца—плюются"押韵有异曲同工之妙，想来马氏复生一定赞赏。因此就没去考虑"喝茶是否该加牛乳"之类的问题了。检查起来，这毕竟也是一种疏忽。

结论 B. 风格译也好，译者的"消极才能"也好，实质上是诗歌审美对译者提出的天然要求。审美要求忘我，要求进入与诗的风格美同一的境界。而一旦充分感受到了原诗的风格，它就自然而然地要求冲破重重障碍，以求在译文中得到重现。所以风格译并非对"标准化"翻译强加的额外苛求或梳妆打扮，而是诗翻译的最自然形态；另一方面，"标准化"的、非风格化的、过滤式的翻译却是极不自然的、机械化的操作，仅因其操作简便、便于批量化生产而得到广泛流行。[1]

结论 C. 风格译不是一把万能钥匙，不能保证译得成功。如上面举的一些译例，我并不认为这样译就是成功的；这只是一种努力，一种试验。然而舍此没有他法。风格译不是技巧，而是译诗方针。

---

1 非风格译可以使用机器操作，风格译却必须导入人的因素即译者的主体性。这是一个悖论：必须靠译者的主体性才能表现译者的透明度或"消极的才能"，正如只有高水平的演员才能把哈姆雷特演活。

### 三、论见仁见智之不可怕

假如关于译者透明度的论证得以成立，那么随之而来的问题就是风格译鉴别上的困难了。由此而来的反诘是不难预见的："风格译"的提法，与通常说的"传神"一样，是不可捉摸和难以鉴别的。对一个诗人的风格，仁者见仁，智者见智，以谁为标准？若听任译者凭各自的感受去译介诗人，岂非天下大乱，失去翻译标准了吗？

反诘所见甚是，言之有理。试作答辩如下：

1. 批考卷最易掌握标准的是填空题，最难掌握标准的是作文题。前者是非分明，可以用电脑评分；后者缺乏硬指标，几个教师评出来可以几个样。然而高考语文卷还是不能把作文题取消，不能把它还原为造句填空。因为二者属于不同层次。

同理，风格译及其鉴别尽管有难度，但还是不能把它还原为标准化翻译的正误法习题，因为二者属于不同层次。

2. 见仁见智确实存在，而且不可避免。三个画家同时画同一风景，并约定要尽量"传真"，结果画出来却颇为不同。三个译者译同一首诗，并约定要尽量传达原诗风格，结果译出来也不会一样。这是正常的。

3. 然而不能由此得出风格不可知论。真正的诗人（非洋葱头）是有风格的诗人，如叔本华所言，"风格是心灵的面貌"，是一种客观存在，是可以捉摸可以认识的，是在一代代读者、评论者和译者的不断认识中揭示的。尽管见仁见智永远存在，但广大读者心目中还是鲜明地显现着或飘逸或沉郁的诗人风格形象，不可磨灭。同理，译文体现风格的程度，也是可以鉴别可以认识的。

4. 见仁见智并不可怕。中国的学术传统往往习惯定于一尊而不习惯自由竞争，总要定于某一简单标准才觉得安心。然而人文学科却无简单标准可循。评论家对诗的评论都是见仁见智的，译者在鉴别风格方面也相当于评论家，不应当被剥夺了见仁见智的起码权利。

5. 因此，见仁见智的风格译虽然有分歧，却比"非风格"而无分歧的、千篇一律的标准译有益，——有益于在探索和切磋中使译诗艺术以及整个文学翻译艺术得到提高。

刚才说到，三个译者试图表现同一首诗的风格，结果不会相同。这里不妨也形象化地做个实验：

原文是李清照《声声慢》。这首名作的风格是中国读者人人熟知的，谁也不能否定其鲜明的存在：

> 寻寻觅觅，冷冷清清，凄凄惨惨戚戚。乍暖还寒时候，最难将息。三杯两盏淡酒，怎敌他晚来风急？雁过也，正伤心，却是旧时相识。
>
> 满地黄花堆积，憔悴损，如今有谁堪摘？守着窗儿，独自怎生得黑？梧桐更兼细雨，到黄昏点点滴滴。这次第，怎一个愁字了得？

每个译者作为读者在鉴赏玩味此诗时，一定都深信自己与李清照的风格、境界做到了融会贯通，在翻译时也都怀有表现这一独特风格的愿望。由于易安词风格信息十分强烈，特别是起首连用十四个叠字的破天荒手法，就像贝多芬第五交响曲起首命运的敲门声一样，使任何译者都会自然得到一种"挡不住的感觉"，以致即便想给以"不透明处理"也似乎难以做到。然而每个译者感受的李词风格是否相同呢？这只有当他们的审美感受转化为译文时，人们才能看到。

这儿是手头的三种英译文：

译文 1.（美国）肯尼思·雷克斯罗特（Kenneth Rexroth）：

Search. Search. Seek. Seek.

Cold. Cold. Clear. Clear.

Sorrow. Sorrow. Pain. Pain.

Hot flashes. Sudden chills.

Stabbing pains. Slow agonies.

I can find no peace.

I drink two cups, then three bowls

Of clear wine until I can't

Stand up against a gust of wind.

Wild geese fly over head.

They wrench my heart.

They were our friends in the old days.


Gold chrysanthemums litter

The ground, pile up, faded, dead.

This season I could not bear

To pick them. All alone,

Motionless at my window,

I watch the gathering shadows.

Fine rain sifts through the wu-t'ung trees,

And drips, drop by drop, through the dusk.

What can I ever do now?

How can I drive off this word—

Hopelessness?


译文 2. 徐忠杰：


I've a sense of something missing I must seek.

Everything about me looks dismal and bleak.

Nothing that gives me pleasure, I can find.

Even the weather has proved most unkind.

'Tis warm, but abruptly it turns cold again.

An unbroken rest—most difficult to obtain.

Three cups of thin wine would utterly fail—

To cope with the rising evening gale.

Myself, into woe, a flight of wild geese has thrown.

But with them, very familiar I have grown.

About the ground, chrysanthemums are bestrewn.

Gathering into heaps—bruised—withering soon.

With myself in utter misery and gloom.

Who cares to save them from their approaching doom?

Standing by the window—watching in anguish stark,

Could I bear alone the sight until it is dark?

Against the tung and plane trees, the wind rises high.

The drizzle becomes trickles, as even draws nigh.

How, in the word "Miserable," can one find—

The total effects of all these on the mind!

译文 3. 飞白:

I seek and search, seek and search,

Desolate, cold, desolate, cold,

Disconsolate and soul-sick.

In a season that now warms, now chills,

All rest and peace you can but forsake.


With a few cups of light wine, how can I

Stand the outburst of an evening gust?

O it's bitter to recognize

Old acquaintances of mine—

Flocks of geese passing the sky of frost!


Chrysanthemums yellow

Are withered in piles now

That nobody has the heart to pluck.

Time stagnates at my lonely window

As if it would never get dark.

Dripping under the rain, wutong leaves

All the evening ceaselessly have wept.

At this moment

Even the poets' word 'Grief'

Loses all its weight and is inept!

不出所料，三份独立做出的答卷，见仁见智是很明显的。

Rexroth 对李词最强烈的感受是汉字的孤立感。在传译起首的"寻寻觅觅"时，由于英语不能用诸如"search search"这样的叠字法，更毋论连用十四个叠字了，而译者又不愿外加"I""and"等多余的词以造成英语化的句子，为了保持透明度，他宁可采取对汉字逐字直译，逐字用句号断开的"绝"法。这样一来，孤立语倒真正孤立了，但也带来了副作用：其一是，把"寻觅"拆开倒无不可，把"冷清"拆成单字后意思就走样了，成了 cold（冷）与 clear（清晰）而损失了"冷清"即孤独这一关键性意义，这一损失可说是惨重的。其二是，译者大量使用句号，也说明他对词牌"声声慢"揭示的节奏作了过分反应，其结果是译文一字一断一沉思，几乎成了"声声断"。而原诗可吟可咏的高度旋律性找不到了。

徐译与 Rexroth 在各方面适成对照。从徐译文中折射出来的李词音调不是一字一断，而是平稳徐缓，这也是译者对"声声慢"提示的节奏作出的反应，可却是截然不同的反应。为了平稳徐缓，译者放弃原诗的长短句形式，而选用对译入语而言更均衡、更规范的抑扬格五音步双行体，即古典主义的"英雄双行体"。对原诗叠字效果的传达方法，是在首句译文中用了七个"s"，由此可见译者体现风格的意图。

从音韵上看，徐译也与 Rexroth 相反，Rexroth 译文是无韵体自由诗（其译文形式和对汉字的孤立化处理都受庞德影响），徐译则按英雄双行体押了规范的"偶韵"（aa, bb, cc, dd），并且是清一色舒缓的长元音阳性韵。

然而徐译风格与我感受的李词风格也大不相同。不敢妄论是非，且容各抒己见。

第一，在听觉上，我觉得徐译因诗行加长，节奏平缓，韵脚又极为工整并全用长元音，其乐感有如句句都是舒展的中文平声韵，结果倒把李词的焦灼感化解掉了。于是"声声慢"似乎成了"声声缓"，需要心平气和才能吟此缓句。第二，在意象上，徐译也化解了李词用意象表现心情的那种直接性，而采用了阐释性或旁白性的意译，如把直接性的"寻寻觅觅"化解为阐释性的"我有一种失落感"即是一例。

再来自述我的译文。李词《声声慢》作为著名"音诗"，难译程度与魏尔伦《无词的浪漫曲》相同，我本来不敢问津，在美讲授世界诗时也只能向学生表示歉意。但在访问女诗人狄金森故居时谈到这首词，我应主人之请，不得不勉为其难而译。

我对李词节奏的感受，看来与前面两家不同，既不是一字一断的凝滞，也不是平稳工整的舒缓，而是萦回缠绕的慢板与强烈的焦灼困惑交织而成的非稳态。原来"声声慢"词牌本是慢调并用平声韵，其调平缓；但李清照却变其调而用了急促的入声韵，即短元音闭音节韵，使每句音调趋缓时又突转陡峭，这正是诗人非稳态心情的写照。这当然是我事后的分析。在译诗时我只是不自觉地按感受的旋律译，一方面，用"I seek and search, seek and search…"表现萦回缠绕、驱之不散的慢调，另一方面又以"soul-sick"为一颗种子，生发出一系列以短元音闭音节为主的促声，而且用的是艾米莉·狄金森式的"半韵"，以免过分地匀称和谐（我在李清照与狄金森二人间感到了某些相通因素）。在诗体上则保留了原诗的长短句形式。

结果是三份译文面貌各异，就连末句里的一个"愁"字，也译成了三种很不相同的面貌。这毫不奇怪，在英语中，本来就没有一个与此等值的词，何况"怎一个愁字了得"的境界阔大，几近于"一江春水向东流"。

由此可以得出两个相反的结论，谨供选用：

结论 D. 由此可见，"见仁见智"之说颠扑不破。风格不可译。提风格译无异于从瓶中放出魔鬼；还是退回到"非风格译"为妥。

结论 E. 由此可见，"见仁见智"之说颠扑不破。风格译引人入胜，风光无限——

三个译者译"寻寻觅觅"，结果表现风格各异，三个演员演哈姆雷特，结果表现风格也各异，但这比大家都面无表情好，说明演员作了努力。

那么假如三个演员都觉得自己的表演最像哈姆雷特呢？丝毫不必在乎他们，还有充当上帝的观众呢；而且，这个世纪的观众评出了劳伦斯·奥立弗，下个世纪还许有一个新的哈姆雷特。所以说风光无限，就在于此。

（本文第二部分原载《中国翻译》1995 年第 3 期，题为《论"风格译"——谈译者的透明度》）

# 附

## 录

在解放战争大背景下投笔从戎是我的选择，——"金黄的林中有两条岔路，不能两条都走"，当时我只能这样选。而"路是连着路的"，这一选就走出了一生的航迹，包括我的全部生活体验，包括我作为诗海漫游者的面貌，也包括我译诗基于听力的口译式风格（这是由于我译诗全凭记忆而不能在纸面上进行的缘故）。

# 诗海一生

《重庆评论》编辑部编前语：

## 翻译的色彩

在中国文学的版图上，我们往往忽视了翻译文学的色彩；而那些默默从事翻译工作的"盗火者"，也一直没有进入现代作家研究的行列。好在我们今天的文学研究已经步入了繁盛的多元时期，翻译文学研究也逐渐引起了人们的兴趣，名作的翻译或著名的译者业已成为重要的研究对象。

本期刊发的《诗海一生——飞白先生访谈录》一文，算是对当代著名译者的研究，旨在引出飞白先生的翻译思想和译诗经验，相信此文将为今后的翻译研究提供可贵的资料。飞白老师是当代最勤奋的翻译家，出版了十七卷译著并主编了十卷本的《世界诗库》，其翻译涉及十五个语种。同时，飞白先生在外国诗歌研究和跨文化研究等领域也取得了可喜的研究成果，是当代不可多得的集翻译与研究于一身的学者。通过这次采访，我们进一步领受了飞白先生的翻译思想和艺术创造，同时也得知了他在译路上诸多鲜为人知的故事。比如，他走上翻译道路既有个人的兴趣爱好，又有承传自父亲汪静之所受鲁迅先生的鼓励和嘱托的因素，这些让他在忙碌的军旅生活之外有了坚持翻译的勇气和信心。飞白老师做事非常认真，就像他的译诗一样总是追求精益求精，不仅帮助我改进了第一次整理的稿件，而且还多次反复地和我就访谈稿交换意见，这种兢兢业业的务实作风，令我们这些生活在数字考评和浮躁氛围中的后辈学人感叹不已。采访期间，飞白老师刚做完手术不久，还称不上大病初愈，几乎是在康复的过程中耐心回答我的提问，而且他对每个问题的回答都力求做到有理有据，一丝不苟，让我既为他的态度感动，又为他的身体担忧。好在访谈进行得还算顺利，但愿此"催稿"行为没有影响飞白先生身体的疗养，我们希望他永远在"诗海"中尽情地遨游！

在多次的访谈与交流中，给人留下深刻印象的固然是飞白老师渊博的学识和丰富的翻译思想，但与此同时，飞白老师谦虚的态度和宽广的胸襟也足以让人肃然起敬。诚然，每个人的内心都有他人无法丈量的高度，有人"一览众山小"，有人却淡然视之。事实上，唯有时间可以保留或淘尽人的声名，飞白老师的翻译成就和翻译思想在光阴的冲刷下愈发闪光，他的翻译成就必将进入历史并泽被未来。

熊辉

# 一、引子

**熊辉**[1]：飞白老师，受《重庆评论》杂志之托，我就诗歌翻译问题对您作一次深入访谈，这在让我感到高兴的同时也倍增压力，毕竟以我浅薄的翻译诗歌研究和实践经验还不能与汪老师站在同一个层面上对话。好在我抱着学习的态度，以下的言论和提问如与诗歌翻译"相隔"或冒失无知的话，想必飞白老师也能用"诗海"般宽广的胸襟原谅我这个"初生牛犊"的率性之举。

**飞白**：很高兴因诗缘而相识，并有机会相互切磋。请务必不要如此客气。

**熊辉**：飞白老师出生文学世家，有丰富的人生阅历和工作经历。现在回想起来，当初促使您走上诗歌翻译道路的原因是父亲汪静之的影响？还是枯燥的军旅生涯使您萌生了"从文"的想法？抑或您的文学兴趣使然？

**飞白**：我译诗，当然是出于兴趣。家父的影响肯定有，但真要回答起来还有点儿复杂，得分几层来说：

第一，父亲是诗人，这对我的诗歌爱好起码有心理上的暗示，这种影响不能低估。固然，我小时候我爸只教过我两三首唐诗，而我一首也不记得（很抱歉，这是由于逆反的缘故；但妈妈教的我全记得）。

第二，我十二三岁的时候，我爸耳提面命要我必须"立志当诗人"，于是我就暗自立志"决不当诗人"。我是说到做

---

1 熊辉，西南大学中国新诗研究所教授、博士生导师，主要从事诗歌翻译研究。

到的人，并且不反悔。以致我对诗的爱好不得不拐个弯转向别的渠道。

而更重要的是第三点：当初我父亲作为《蕙的风》的青年作者，曾得到鲁迅的支持和指点，要他多学外国诗。因当时译成中文的外国诗极少（据我爸说，一共只有几首，个位数），要学外国诗就必须学外语。我爸为此特地从浙江第一师范转学到上海去学英文，但因我祖父遭到意外变故，经济供应断绝，所以我爸半途而废未能学成。对此事他始终念念不忘，于是把鲁迅交代的任务郑重其事地传给了我，当我考浙大时要我一定报考外文系。这次我没有逆反。而且这一出航，就迷途不知返，迷失于诗海了。

如今反过来说，假如我不选择译诗而选择写诗，那么充其量我只能写出一种风格的诗（如失败则连一种风格都写不出）；而若译世界好诗，则有可能表达出百花缤纷的风格，这是我若写诗万万达不到的。

**熊辉**：我 2000 年前后开始接触诗歌研究，因为本科学英语的缘故，对外国诗歌有一种特别的感情，《诗海——世界诗歌史纲》是我第一次与飞白老师的"书面"接触。随着研究的深入，特别是当我在赵毅衡先生的指导下决定从事诗歌翻译研究起，"飞白"这个名字在我的阅读中出现的频次越来越高，逐渐成为我仰慕的翻译家和学者。您出版了《诗海——世界诗歌史纲》、《古罗马诗选》、《谁在俄罗斯能过好日子》、《马雅可夫斯基诗选》、《英国维多利亚时代诗选》、《诗海游踪：中西诗比较讲稿》等著译十七卷，主编国家"八五"出版规划重点项目《世界诗库》十卷并参加了其中十五个语种的诗翻译和评介。其中,《诗海》是我国第一部"融通古今、沟通列国"的世界诗歌史,《世界诗库》被公认为是全球第一套全面系统的世界诗歌名作集成,被誉为"世界诗史的一个奇观"。面对如此漫长的翻译历程和辉煌的诗歌翻译成就,飞白老师如今有什么特别的感受?

**飞白:**你太过奖了。其实,如我刚才所说,固然我学外国诗和译诗带一点任务色彩,或者带一点使命感吧,但主要还是出于兴趣。不是做学问,而只是诗海漫游,遇到美景就不禁想招呼大家一同观赏。

又因为我本职工作实在太忙,尤其是在部队工作中年富力强的三十年里,只能利用出差、行军途中的点滴时间读诗译诗,没有坐在书桌边的可能。这就更加强了我的"漫游"性质。想不到年头多了,居然也积累了不少数量。

**熊辉:**飞白老师的诗歌翻译和研究视野开阔,是迄今国内少有的能用英语、俄语、法语、西班牙语和拉丁文等多种语言进行翻译的名家,您能和我们分享一下翻译多语种诗歌的经历和感受吗?

**飞白:**我翻译多语种是诗海"漫游"的结果,而且还有个根本性质的理由,就是"从原文直接翻译"是译诗的不二途径,通过第三语言转译只能是万不得已的权宜之计。转译的诗是不可信的,哪怕是"回译",例如把唐诗译成英语,再从英语回译中文,也会面目全非,无从辨认。

其他"非诗"的素材,一般都可通过第三语言转译,但由于译诗与一般翻译迥然不同的性质,诗一旦译过就"生米煮成熟饭"了,如本雅明所说,"不能再被次生的转译所取代"。

说起"多语种"，其实我真正掌握的外语并不多，许多语种只是刚刚入门，而且一度用过之后，丢得一长就又丢荒了。只因我是个认真的人，翻译不熟悉的语种总要尽量找人请教，遇到问题总要尽量找到根据，并不敢不懂装懂地瞎蒙。例如我本来没学过荷兰语，因《世界诗库》出现缺口不得不补，在赶《世界诗库》任务的最后三个月里，我碰巧结识了荷兰老师伟慕，求得了他的帮助，我才能译荷兰诗名作。工作流程是：我将每首诗都翻译两遍，第一遍从荷兰原文译成英文，经伟慕审阅，确认理解无误，第二遍我再从原文译成中文。不久我就达到能独立阅读荷兰诗，而且理解98%无误的程度，但若没有伟慕审核我的英译文，我肯定是不敢拿出去发表的。

还得声明，我译过的诗中，有几个语种是我连入门都不曾入的，如日语和古希腊文。我译几首俳句，是逐字请教日语老师的；我译萨弗诗断章，是找到数种英译本对照，并在古希腊文词典中逐字核查原文才译的；匈牙利语的情况也差不多，学了没几天就放弃了。还有《世界诗库》中我译的马来西亚诗，都译自作者提供给我的英语文本，不是马来语文本。按：如果英语文本是诗人自译或参与翻译的，也算获得了某种程度的"原文"身份，可免除或减少"转译"之弊。

**熊辉**：飞白老师能够翻译这么多语种的诗歌实属翻译界的奇迹。而且对自己不熟悉的语种，还得费许多工夫学习、查资料，或者对比多种英译本后再翻译，或者求得操原语者的帮助，还得费"英译加汉译"的两道手续，这种繁琐的工作也许会让很多译者望而却步，为什么飞白老师却要执意翻译小语种诗歌呢？

**飞白**：鲁迅的影响，是我翻译"小语种"的主要原因。

由于中国过去的积弱和饱受欺凌，鲁迅对翻译被侮辱被损害的民族文学曾给予最热情的支持，而且亲自对波兰、捷克、芬兰、保加利亚等国的文学作了开拓性的译介，这早就铭刻在我的意识之中。新中国成立初期我做外事翻译的感受，又使我切身体会到了其中蕴含的深意。最近我应约给《浙江作家》写回忆，就讲了这样一段故事：

新中国成立初期我在广州军区做了八九年军事兼外事翻译。1952年捷克斯洛伐克文工团访华演出，我在广州市长、诗人朱光的送别宴会上做捷克语翻译，受到文工团员们超乎寻常的热烈欢迎，当时整个宴会大厅成了一个狂欢的海洋。文工团员们告诉我："我们出国访问演出已经六个月了，我们走遍了社会主义各国，最后来到中国，来到广州。我们所到之处，人家都对我们说俄语。你是所有国家中第一个用我们的语言对我们说话的人。"

次日早上送他们到火车站，演员们在站台上把我往空中抛了又抛，久久不肯放我下来（多年后发生"布拉格之春"，对我而言一点也不出乎意外）。这次经历给我留下了深刻印象，从此我对小语种投注了更高的热情。

## 二、飞白的翻译思想

**熊辉**：没有这次访谈，还真不知飞白老师有这么多"译路"故事，尤其是您承传鲁迅先生对令尊汪静之翻译的嘱托，更是让我们看到了您诗歌翻译的历史感。接下来，我想就翻译活动和翻译观点与飞白老师交换一下意见。

首先，语言之间的差异决定了诗歌固有的文体特征必然会在翻译过程中丢失殆尽，更多的时候，诗歌翻译是在用民族诗歌形式去表达原诗的情感，属于"译意"的范畴。因此，翻译界通常套用美国诗人罗伯特·弗罗斯特（Robert Frost）的话"诗就是在翻译中丢失的东西"（Poetry is what gets lost in translation）来阐明诗的不可译性。您对"诗不可译"的观点是否同意呢？

**飞白：**其实诗不可译并非弗罗斯特的发现，而是大家的共识，在纪录片《探海者飞白》所附的"简历"里，我写的第一句话也是"诗不可译"。译诗是件傻事，我也明白。但一件傻事却几乎做了六十年。

为什么诗不可译呢？这不仅是由于不同语言间缺乏通约性，不仅是由于不同文化间方凿圆枘格格不入，更是由于诗作为精细的语言艺术的特质，与一般翻译迥然不同。一般文本多属于信息类，翻译时只要传递其意义或内容信息，就达到目的了；而对译诗而言，译意或传递内容信息却是本雅明所谓"劣等翻译"、"蹩脚翻译"的标志。

**熊辉：**事实上，很多翻译都属于译意的范畴，翻译语言学派更是强调翻译间的"信息对等"。飞白老师能说说在诗歌翻译中"译意"有什么弊端？为什么诗歌翻译中"译意"会被本雅明称为是"蹩脚翻译"呢？

**飞白：**这要从语言的双重性说起。语言是一种生命体，如同生物一样，有骨骼也有血肉，各有不同的功能。信息类文本作为信息载体，所承载的是单义信息即"骨骼"，视语言"血肉"（情感的、联想的、多义性的、文化的和艺术形式的"血肉"）为赘余，在比较严格的信息类文本如论文里，凡遇到可能有歧义之处还得加写定义以排除之，这样把赘余血肉一一剔除后，剩下指称符号的基本骨骼，活的语言变成单义语言，信息就不含糊了。翻译这类文本只要准确传递其承载的信息（译意，或译内容）即可，这就叫信息型翻译。翻译过程中，凡遇到可能有歧义之处也同样得剔除之，就翻译而论这样倒更简单，因为跨语种翻译，在原则上说本来就只能单义对单义，没有多义对多义的对应方程式。

诗却偏偏是富于生命力的、有血有肉的语言之典型代表，干巴巴的思想或命题都不成其为诗。诗的语言特征是有情感，有联想，有风格，有意境，有文化背景和"互文性"，有微妙的艺术形式，富有意蕴，富有多义性和拓展性。诗如果是单义性的，说完了其"意义"也完，而毫无余音余味，肯定不是好诗。我在上课时曾这样形容过：简单地说，信息型语言是"说一是一，说二是二"；诗歌语言却是"说一不等于一，说二不等于二"，或者"说一不限于一，说二不限于二"。

所以，如果用信息型翻译的老办法来处理诗，来个庖丁解牛，把"血肉"即语言的艺术形式、多义性、活性和一切微妙之处剔除净尽，那么诗也就随之被剔除掉了，因为诗通常就存在于"微妙"之中。

**熊辉**：关于诗歌翻译与信息型翻译的差别，飞白老师能具体地举例说明吗？

**飞白**：不妨举个最简单的例子，实验一下看看：

请设想：在信息型翻译中，"表格边线画斜了"和"表格边线画歪了"，在表意上是没什么出入的；但是若把诗句"微风燕子斜"译意为"微风燕子歪"，那么，这诗的微妙之处就遭破坏。尽管从译意来看这称得上是"正确翻译"，——"歪"和"斜"可算是同义词，甚至连平仄也一点不差，但这一译就成了"蹩脚翻译"。为这一字，诗受的不是"皮外伤"，而是被破坏无遗。

由此可见，凡是语言锤炼成的好诗，必然是"一字不易"的，哪怕换一个同义词也会把诗破坏。那么，如今跨语种翻译违反了诗"一字不易"的特质，硬要用另一种语言的同义词去加以替换，而且不是替换一字，而是替换到"一字不剩"，加以所替换进去的词还因跨文化，"习相远"，而存在严重的意义之"隔"，这怎能不破坏原诗呢？所以，诗当然是在翻译中丢失的（或被剔除的）东西了。

**熊辉**：目前，学界关于诗歌翻译活动"合法性"的论述，大都不出文化交流的功利性目的，而飞白老师在《诗海——世界诗歌史纲》的序言《湿婆之舞》中为诗歌的可译性找到了更为普适的原因，认为："尽管诗是人们公认为最不可译的语言，但由于其中有共同的宇宙的韵律、生命的韵律，她又是人间最能相互沟通的语言。诗海，不是隔绝人们的天堑，而是心灵之间的最近航路。"[1] 从飞白先生灵动且诗化的表述中，我们从诗歌文体出发找到了翻译活动得以展开的理由。

---

1 飞白：《诗海——世界诗歌史纲·传统卷》，漓江出版社 1989 年版，25 页。

但听了您对诗歌翻译活动特征的详细解说，却似乎使人感到悲观，我们还能译诗吗？

**飞白**：上面所说的是从一个方面看。从另一个方面看起来，诗却不但可译，还是可译性最高的文本。这全在于我们如何看待翻译。

不错，诗在一般翻译中"丢失"了。剩下的问题是：诗译者应该仿照原诗的艺术，用另一种语言的素材重塑一件诗的艺术品。这也是翻译，但这是与信息型翻译概念全然不同的另一种翻译。借用符号学的术语，前者翻译的是指称符号，后者翻译的是艺术符号，两种符号是截然不同的。固然，这样重塑的艺术品（译诗）并不能与原诗等值；但即便是剔除血肉的信息型翻译，又岂能真正做到与原文等值呢？因为语言骨骼上多少还附有一点文化、情感等的残留血肉，是难以剔除净尽的（你总不能把每个词都加定义吧）。

翻译概念不同，在于传递的对象不同。信息型翻译只传递语言的骨骼，把它看作文本的"内容"，而语言的血肉则成了可剥离、可抛弃的"形式"。但对于诗翻译而言，形式即内容，内容即形式，血肉不可从生物身上剥离和抛弃，翻译的对象必须是诗的整体。把一个科技性文本的"内容"从英语译入汉语，对其语言形式可以不必顾忌，好比是把一个试管的内容物倒入一个烧瓶，形式可变而内容保持不变。一首诗却是有机整体，好比是一件雕塑、一枚晶体或一朵玫瑰，你不能提取出它的"内容"而不把它毁坏或杀死。因此你也就无法把它从一容器倒入另一容器。如果你欣赏它，只能对它作艺术重塑，或仿制，或栽培，虽然这样做难度较大，但翻译出来的效果却具有整体性。

我赞赏本雅明独具一格的翻译理论。关于可译性问题，本雅明的论述非常精辟。他认为：翻译应该是伟大作品的"生命显示"（Äußerungen des Lebens）和生命的继续或"再生"（Überleben）；而坏翻译的生存则依赖于作品，换句话说是一种寄生。[1] 诗是否可译，在每个具体场合得看译者是否胜任；那么如果译者都不胜任怎么办呢？也不要紧，本雅明说：一部作品的可译性，归根结底取决于原作的质量和水平。译者条件是可以等待的，原作的水平才是决定性的。"一部作品的语言的质量和独特性越低，其作为信息的程度越高，它对翻译而言就越是一块贫瘠的土地"；反之，"一部作品的水平越高，它的可译性也就越高"；而最高级的作品则是"无条件可译的"。[2]

可译性强也表现在：信息类文本只需要正确的翻译，不需要复译；而诗却是不断可译的，因为诗是不断可读的。好诗召唤复译，而且不会有最终的"标准答案"。

**熊辉**：弗罗斯特和本雅明的说法是否存在矛盾？诗歌在什么意义上才具有可译性呢？如果诗可译的话，原诗如何在译文中实现艺术重塑？

**飞白**：弗罗斯特和本雅明说的都对，他们说的是一个硬币的两面。上面谈的归纳一下，我的理解是这样：译诗在本质上不同于数字化的信息传递，我们所做的不是译"内容"

---

1 Walter Benjamin: "Die Aufgabe des Übersetzers". In: *Gesammelte Schriften*, Bd. IV, Frankfurt am Main, 1972-1999, S. 10-11.

2 Walter Benjamin: "Die Aufgabe des Übersetzers", ibid. S. 20-21.

而是译"诗"，即重构艺术品。诗的可译性悖论在于：如着眼译"意"（传递意义或内容信息）则诗丢失；如着眼译"诗"（艺术重塑或仿制）则诗可译。

虽然译诗肯定不能与原作一模一样，但绝不是撇开原作的任意重写，而应能与原作吻合对接，要"对得上"原作的风格，还要"对得起"原作的艺术水平。正如本雅明所说，"一件陶器的碎片要想拼粘在一起，就必须在最细微的程度上互相吻合，尽管它们不必互相相似。同样地，译文不必模仿原作的意义，而必须亲爱地在最细微的程度上纳入原作显现意味的样式"；或如帕斯捷尔纳克所说，它必须能"与原作站在同一水平上，并且也成为一件不可重复之作"。

语言不相似，意义有差别，何以又能亲密无间地拼接在一起呢？本雅明的解释是：因为诸语言是互补的，这种语言之间超越历史的亲缘关系不在于表面的相似，而在于各语言底层有"互补的意向"（ergänzenden Intentionen），因为它们"不是陌路人，而是先验地互相关联的"[1]。本雅明的观点虽带神秘主义，但与我的"诗不可译，心可通"的世俗观点能够吻合。我在《诗海游踪》中曾把不同文化背景的诗概括为"性相近，习相远"，尽管民族不同，但人有共通的情感诉求，也都有对诗的追求，因"性相近"而心可通，成为诗的可译性的基础。

不过，我理解的艺术重塑或仿制，与本雅明有一点不同。尽管本雅明强调语言的"亲缘关系"并非指"同

---

1 Walter Benjamin: "Die Aufgabe des Übersetzers", ibid. S. 13.

源"关系，但他的理论还是基于欧洲诸语言具有同源结构这一事实上的。正是在这基础上，本雅明能奉荷尔德林的同构翻译为圭臬。但因欧洲语言和汉语间语法结构差异巨大，缺乏同构性，所以我主张的仿制，指的是尽量模拟原诗的风格或"显现意味的样式"（Art des Meinens，英译 mode of signification，本雅明）[1]，尽量"逼近原作的形式"（approximation to the form of the original，歌德）[2]，也包括在可能情况下局部仿制原诗的词句结构，但并不是所谓的"直译"，不是亦步亦趋的全面同构仿制。尽管有这样的区别，关键在于艺术翻译应有的宗旨和态度，就是"亲爱地在最细微的程度上纳入原作显现意味的样式"。

**熊辉：** 最近，我刚读过您的新著《诗海游踪：中西诗比较讲稿》，这次访谈中，我的提问就包含着我对该书的读后感。您在其中谈到，人类栖居的居所是"语言之屋"，而不同民族的语言之屋又各有特点。在民族之屋中看到的域外文学和文化都是折射之后的变异体，但在人类历史文化发展演变的过程中，翻译却具有不可替代的重要作用。飞白老师认为翻译等跨文化交流活动具有如下两个方面的重要意义：首先，有助于认识本国语言的面貌，"由于语言之屋从内部看和从外部看不一样，跨语言、跨文化视角就有其重要性了"。因此，翻译等跨文化交流活动给我们提供了一个从外部来

---

1 Walter Benjamin: "Die Aufgabe des Übersetzers", ibid. S. 18.
2 Johann Wolfgang von Goethe, "from the 'Book of West and East'," *Translation / History / Culture: A Sourcebook,* ed. André Lefevere, Shanghai Foreign Language Education Press, 2004, p. 77.

认识本国语言和文化的崭新视角，获得处于民族语言之屋内部无法看到的景象。第二，有助于拓宽我们的文化视野。语言"一方面因人都属于同类而具有普适主义（universalist）基础，一方面又因语言之屋相互难以沟通而呈现相对主义（relativist）特色"，[1] 前者为跨文化交流提供了可能性，后者则带来了跨文化交流的意义和作用，正因为存在差异，才会为我们带来异质的文化并拓宽我们的文化视野。在此，"普适主义"似乎应该翻译成"universalism"，而"相对主义"的译文似乎应为"relativism"？飞白老师，您认为是不是各民族因为有了自己的"语言之屋"，亦即有了语言的差异，才使得翻译活动的展开成为可能？

飞白：我这里用的 universalist（普适主义的）和 relativist（相对主义的）是形容词，不是名词。其实我所描述的"语言之屋"既是普适主义的，又是相对主义的。基于普适主义的可译性，体现的是生命现象的可通约性；基于相对主义的不可译性，体现的是符号系统的不可通约性。

当然，翻译的可能性是建立在这二者的基础上的，不仅普适主义是翻译的前提，相对主义也是翻译的前提：因有海洋相隔，才使得航海成为可能；（若没有海洋岂能航海？）存在差异才使翻译成为可能；存在"不可译性"才使诗翻译成为可能。于是本雅明又有如此精辟之论："翻译转换永不会全面达到，但达到此（诸语言协调与完成）境界的，就是翻译中超越信息转达的那种成分。这种核心的最好界说就是不可

---

1 飞白：《诗海游踪：中西诗比较讲稿》，浙江工商大学出版社 2011 年版，69 页。

转译的成分。"[1]

**熊辉**：众所周知，翻译过程十分复杂，不仅涉及语言和文化的转换，还涉及诸如心理、社会和语境等因素的变迁。因此，接下来我想就翻译过程的各种情况请教于飞白老师。

飞白老师认为人类关于宇宙和生命的相同体认决定了诗歌翻译的可能性，但您所谓"宇宙的韵律"和"生命的韵律"属于诗歌"内在律"的范畴，似乎没有触及诗歌外在的形式艺术，依然把诗歌翻译视为情感传递的方式。内在律的发现和确立是郭沫若对新诗建设的历史贡献，他在《三叶集》中说："我想我们的诗只要是我们心中的诗意诗境底纯真的表现，命泉中流出来的 Strain，心琴上弹出来的 Melody，生底颤动，灵底喊叫；那便是真诗，好诗，便是我们人类底欢乐底源泉，陶醉底美酿，慰安底天国。"[2]而后郭氏在给朋友李石岑的信中说："诗之精神在其内在的韵律……内在的韵律便是'情绪的自然消涨'。这是我自己在心理学上求得的一种解释。"[3]1919 年他在创作《雪朝》的时候便充分应用了内在律，而《女神》因为摆脱了古诗形式的限制而确立了自由诗的经典范式，同时它还在音乐的向度上开创了不同于古诗的内在音乐性传统。郭沫若认为诗完全是情绪的表达，只要是心中真实性情的抒发便是一种好诗，至于其他的——比如节奏、押韵、炼字、意象的选择、诗句的分行等等则是次要

---

1 Walter Benjamin: "Die Aufgabe des Übersetzers", ibid. S. 15.
2 《宗白华全集·第一卷》，安徽教育出版社 2008 年版，68 页。
3 郭沫若：《给李石岑的信》，载《时事新报·学灯》1921 年 1 月 15 日。

的。尽管郭沫若最初把内在律和外在律对立起来，"形式方面我主张绝对的自由"，认为新诗应该只讲究内在律，但是后来他纠正了自己的偏颇思想，提出了内在律和外在律相统一的思想。不知道飞白老师怎么看待诗歌的内在律？能否详尽地说说诗歌翻译过程中，译者应如何处理情感内容和形式艺术的关系？

**飞白**：其实我非常重视外在形式，要想找到比我更尊重诗的艺术形式的译者恐怕不大容易。当然"讲究"艺术形式的译者是很不少的，但他们多半是只顾自己"讲究"译诗形式，并不"尊重"原诗艺术形式。也有几位尊重原诗形式的译家，遵守原诗韵式、音步比我还严格，非常值得钦佩，但我所看重的"形式"绝不限于韵式、音步这些较为规格化的元素，还更为注意原诗整个"显现意味的样式"，试图捕捉其独特之处，非常舍不得因我之过而把它"丢失"。

能在诗歌史上立足的诗人都有其个性化风格或"显现意味的样式"，我们凭此而认识他们。郭沫若早期抱的是直抒情感的浪漫主义诗歌观，热情奔放不拘形式、"绝端的自由"也成了他的诗的识别特征（这并不代表诗的一般规律，也不同于华兹华斯的浪漫主义诗歌观）。其实，郭沫若的早期诗作当然不是没有形式，只是具有独特的个性化的艺术形式罢了。

既然诗是创造，诗人就是独特的"这一个"，诗人的情感内容和艺术形式在诗中形成统一体，后者是前者的外化，前者寓于后者之中。译诗时，丢失一些边边角角无可避免，但不应丢失"这一个"，不应丢失"风格"这一核心。

还有一个问题：诗的内在韵律是不是等同于情感？郭沫

若早期的诗歌主张把内在律定性为诗人"心中真实性情的抒发",这也是一种浪漫主义的个性化表述。如果我们赞成情感代表内在韵律的话,那么所说的"情感"指的应是人类的生命感受和生命韵律,而不是诗人个人的"心中真实性情"。

**熊辉**:在诗歌翻译实践中,如果对原诗的风格、形式"舍不得"丢失,译者在译文中该作何处理呢?

**飞白**:我以为,诗的内在韵律和外在韵律是一致的,译诗的首要条件是善于倾听,善于感受。

例如在《诗海游踪》中我译了歌德的《渔夫》,其题材是鱼美人诱渔夫沉湖的传统故事。诗末有一行是"Halb zog sie ihn, halb sank er hin",直译其意是"一半是她把他拖,一半是他自沉的"。但这样译缺乏味道,把形式、韵律、风格都一块儿丢失了。所以译诗不能只译意,更要听其音,只要你肯倾听,必能听出这行诗中带魔力的韵律:

这行诗分前后两半,各为抑扬格二音步四音节,而且互相对称并押韵,在这种抑扬、对偶、和谐如摇篮曲的韵律里摇荡几下,渔夫就自然而然滑入水底,"从此不见踪迹"了。基于"听力",我把这行诗译成:"她半拖半诱,他半推半就"。

这样译,与简单译意是有不少出入的:"半"字比原文增加了一倍,原文共两个动词"拖"和"沉",译文丢失了一个"沉",却添加了"诱"、"推"、"就"三个动词。若按"内容"校对起来应受"叛逆"的诟病。但若换个角度,按形式、韵律、风格来衡量的话,却要这样仿制,才算得上有几分"逼近":译文中这行诗的前后两半,我用了两个中文的四字结构"半拖半诱"和"半推半就",互相对称并押韵,所选用的四个动词"拖—诱""推—就",在声调上都是前平后仄,与原文抑扬律异质同构,求其能收到相似的音乐效应。

有所失,有所得,这就是所谓失之东隅,收之桑榆吧。

**熊辉**:既然飞白老师在此谈到了翻译歌德诗歌时的处理技巧,而您在前面谈"艺术重塑"时也提到过歌德的译诗主张,是否可以就"逼近原作的形式"展开谈谈?

**飞白**:好的,我也觉得译歌德的诗,当然应尊重歌德的译诗主张。

诗人歌德深知诗的情感与艺术形式的一体性,所以他在《西东诗集》中把译诗方法分为三种,并一一作了评点,大意是这样:

第一种译法是只译内容而丢弃诗的形式和诗艺特色,这是最原始的方法;

第二种译法是把诗归化于本国习惯的形式(而不尊重原作形式),结果成了拙劣模仿和改写改编;

第三种译法就是尊重"他者","逼近原作的形式"。——在歌德心目中这是翻译的"最高阶段",但要达到这个阶段必须"克服最大的阻力"。歌德呼吁:"是时候了,我们期待有人提供第三种翻译,因为这才能对得起各种语言,对得起原作节奏的、音律的和散文的修辞风格。这种翻译将允许我们重新欣赏诗作,连同其独具的艺术特色,并使其真正为我们所吸收。"[1]

---

1 Johann Wolfgang von Goethe, "from the 'Book of West and East'," *Translation/History/Culture: A Sourcebook,* ed. André Lefevere, Shanghai Foreign Language Education Press, 2004, pp. 75–77.

但因这种翻译既费力，成功率又极低，故响应者寥寥。我试图这样译诗可谓不自量力，成功率也真是不高的。

**熊辉**：文化之间的差异是客观存在的，就如飞白老师所说："由于民族文化传统与审美观念的不同，世界诗歌中又含有大量对中国来说是'异己'的因素。……在中国文化传统之下，个人几乎从来就被消融了主体性和存在的位置。这又使中国人在读世界诗歌时往往发生心理障碍，在评价世界诗歌时则表现出执拗地想把世界诗歌纳入中国式伦理秩序的倾向。"[1] 因此，如何弥合两种文化间的鸿沟就成为诗歌翻译者必须面对和克服的难题。以飞白老师丰富的翻译实践经验而论，译者在将异质文化因素翻译进民族文学园地的时候，哪些因素可能导致其采用"异化"的翻译方式？而哪些因素又会促使其采用"归化"的翻译方式？甚或哪些因素会诱发译介学所谓的"创造性叛逆"行为？

**飞白**：翻译的"异化"、"归化"是一对争执不休的矛盾。但在我看来，既然翻译是两种语言和文化的联姻，是两个视野的融合，对这二者就必须同时并举，设法做到对立统一。"脚踏两只船"是一句贬义话，说的也是其不可操作性。但在诗翻译中这却似乎应该是追求的理想目标。——马戏团里不是有人脚踏在两匹马背上奔驰吗？

尽管译者必然会有各自的倾向（bias），但任何过于偏激的"异化"或"归化"都将破坏翻译，因而是行不通的。就我而言，我在总体上是较为倾向"异化"的（我上课时称之

---

1 飞白：《诗海——世界诗歌史纲·传统卷》，漓江出版社1989年版，27页。

为"洋化"），其目的正是"逼近原作的形式"，或如鲁迅所说"保存着原作的丰姿"，"它必须有异国情调，就是所谓洋气"，因为既然他是洋人，就"不该削低他的鼻子，剜掉他的眼睛"。[1]但另一方面，既然是翻译，也不能不适当采取"归化"手法，以达到中译文的修辞效果，并且要让中国读者基本上听得懂。至于何处用"洋化"策略，何处用"归化"策略，那就有如战场用兵或球场上打吊攻防，每个球都得根据具体情况权衡得失，不能制订一定之规。只要运用得当，我相信二者可以兼容而不相矛盾。

试举例说明，如在译彭斯的《歌》（"昨夜我喝了半升酒"）时，我感到这首爱情诗的感情聚焦之点是其特殊的押韵方式：作者把全诗的主韵押在了"安娜"的名字上，对她千呼万唤。如果按语法作常规翻译，则英语原文安排在行末作为韵脚的"安娜"一词，在中译文里全部移位，一个也不会留在行末韵脚位置上。但为了保存原作的丰姿，我的译文却把全部句子作了非常洋化的倒装，从而保留了原诗的全部"安娜"韵脚。由于韵里情深，读者反映倒并没感到别扭。

在译魏尔伦的《无词的浪漫曲》（"烦闷无边无际"）时，因为感到这组诗的情调完全用音乐和气氛烘托而成，我以洋化方针为主，进行了仿制。例如下面这节译诗："天穹一片昏沉，古铜凝着夜紫。恍惚见月华生，恍惚见月魄死。"——其中的"恍惚……恍惚……"就是模拟法语"on croirait voir vivre et mourir la lune"的发音和情调的（按：原文是一串法

1 鲁迅：《"题未定"草（一至三）》，《鲁迅全集·第六卷》，人民文学出版社1981年版，352—353页。

语颤音，衬托着如梦如幻的情调，"on croirait"暗示所见非实），属洋化手法；但其中"华"字和"魄"字却为原文所无而为译者所加，属"归化"手法。"月华"、"月魄"都是传统的中国意象，用在这里可加强译文的修辞效果，另方面又有助于烘托原诗的神秘气氛，同时"华"字也模拟"croi-"音，呼应"恍惚"而起谐声作用。这样，洋化与归化就难分彼此地统一起来了。

**熊辉：**飞白先生的翻译思想具有浓厚的人文关怀和理想主义情结。挪威女诗人丽芙·伦白里（Liv Lundberg）在《语言之屋》一诗中认为语言之屋里"有血迹斑斑的陈设／一片暴力与残杀的谵妄"，人类的"语言之屋"已经变得不可居了。飞白先生虽然承认丽芙描绘的图景，但却坚信"仍然能使这屋子可居"，因为"语言之屋起初并不可怕"，而且人具有"言"的创世的能力。但是，人们恰恰是在翻译和应用的过程中逐渐剥离了语言的太初之意和创造之力，飞白老师举了《约翰福音》中的一段话来说明"Word"的效力，但在翻译成中文的时候却被异化为"道"，从而遮蔽了"Word"在原文化语境中作为"言"的基本涵义。飞白老师在翻译实践中，有没有类似的为了便于译语国读者的理解而丢失源语基本意义的情况？您如何评价诗歌翻译过程中的"归化"或"创造性叛逆"现象？

**飞白：**凡是"归化"之处都会丢失一些源语基本意义；反之，凡是"洋化"之处也会在读者接受方面付出代价。如世间一切事情一样，想要得到任何东西都得付出成本。例如"In the beginning was the Word"译为"太初有言"，从读者接受方面考虑，效果远不如改译的"太初有道"。当然，改，还是不改，这是个问题，是译家在每一步上都要作的艰难选择。

**熊辉**：飞白老师谈学术问题的语言充满了诗情画意，在对"花之语"的研究中，您力图阐明不同语言之屋中的相同物象中寄寓着各自的文化内涵，从而对"可译性"提出了质疑。其实诗歌翻译中的文化问题是最难处理恰当的，尤其是当译者要顾及译语国读者的审美习惯时，几乎会使译文与原文的文化属性背道而驰，飞白先生所列举的"花语"如此，"牛奶路"的翻译同样充满艰辛。飞白先生认为译者应该如何处理好富含文化意义的意象？

**飞白**：前面已经讲了几个译例，这儿再补充一个我在《诗海》里举过的文化归化的译例：波斯诗人海亚姆（旧译伽亚谟）作、E. 菲茨杰拉德英译的《鲁拜集》第19首，波斯原文有"地面上开的每朵紫罗兰／想必都发自美人颊上的黑痣"之句，菲氏译作"装点花园的每枝风信子／想必都是从一度娇美的头上落下"；而根据菲氏译本译出的诸家中译本，又不约而同地都把"风信子"改成了"玉簪"。为什么改？其原因是不难体会的。原来波斯文学中的美人形象多是面如满月，颊上有一颗美人痣，这一意象很难为英语读者接受，所以英译者作了如上的改换。在英语中，风信子意象具有"倾慕"和"坚贞"的蕴意，而且可以簪在头上。但这一意象又不易为中文读者所接受，所以中文译者又作了再次的改换，以便更好地达到意象与情感交融的效果。但这样一改，源语文化的特点（洋气）当然也遭到损失。

这里要插叙一笔：从菲氏《鲁拜集》英译本转译，不能等同于从波斯原文翻译。但由于菲译《鲁拜集》本身的艺术造诣，它已不仅是一个译本，同时也已跻身于英国文学瑰宝之林，所以中文及许多其他语种以它为依据进行翻译，译的是"菲译《鲁拜集》"而不是原本《鲁拜集》。

把话头拉回来，出于"保存洋气"的宗旨，我对此类意象替换手段一贯是非常慎用的。但在此诗中斟酌再三，还是追随闻一多和郭沫若，采用了在中文里实在太顺理成章的"玉簪"意象："装点花园的每枝玉簪／想必都落自美人头上。"我翻译时的主要考虑，是此诗情感浓度很高，应该让读者情感不受干扰地聚焦于诗的意境，在这里若让读者为洋气难懂的意象分散注意力，打断了意境，也许得不偿失。译诗者不得不在每一步上"患得患失"，这就是译者或"叛逆者"的苦衷吧。补充一句："患得患失"和"脚踏两只船"一样，看来也应该成为文学翻译者的经典语言。

**熊辉**：译者一直以来被视为中外文学交流的使者，但据飞白老师的翻译思想，译者的作用远不止如此。

人是语言动物，自从降临尘世那一刻起，就生活在"语言之屋"里。一般人并不感到"屋子"作为"笼"的性质和它的硬化、变暗，但诗人以其特有的敏感"感到了墙壁的限制和束缚，感到自己是被囚的动物"，于是不再乐于"呆在黑暗陈腐的屋角里"，不再乐于"无意义地喋喋不休"和"被说"，而要致力于试图打开新的窗户。[1]

---

1 飞白：《诗海游踪：中西诗比较讲稿》，浙江工商大学出版社2011年版，51页。

　　据我的理解，您的意思应该也可以引申于民族语言之屋。译者在民族语言之屋里看见了外国文学的风景，当他试图将其引入民族语言之屋中时，却碰到了屋子的墙壁，在无法摧毁甚或无法改变现有语言之障的情况下，不得不开窗将其引入。中国新文学的发展演变充分证明，开窗引入的外国文学作品给民族文学的语言和表达带来了新鲜元素，这是否说明翻译者对民族语言来说是最具创新性的群体之一？在您看来，民族语言之屋所形成的"笼"是否会在翻译和跨文化交流中被逐渐消解，抑或构筑得更加坚固？

　　飞白：我所谈的"语言之屋"，既是单数（人类的栖居之所），又是复数（民族的文化家园）。将"语言之屋"比作囚笼，首先是在前一意义上，说的是语言本身的局限性及其僵化或权力化。

　　当然，在后一意义上，不同文化间以及翻译过程中也存在重重隔阂。但比起前一意义上的形而上困境来，这方面我们的处境也许略胜一筹。

　　翻译不仅是一种跨语言跨文化的交流，也是一种文化互动和互相影响的过程。由此产生了一系列问题，包括翻译受意识形态和经济因素操纵的问题，文化间的强势弱势问题，文化渗透、文化归化、文化阻抗、文化屈从等问题，译者就处在诸多矛盾的张力场中。

　　外国文学的翻译引进扩大了我们的视野，引进了外来基因，从而显著地影响了我国文化的演进，这是一个方面。与此同时，外国文学的翻译引进也显然受到政治、经济、文化条件的操纵和制约。在当时条件的需要或制约下，"五四"

时期我国多译入浪漫主义文学，二十世纪五六十年代多译入俄苏革命文学，八十年代后与中国的改革开放同步，翻译引进外国文学的面也随之扩大，我译外国诗就经历了上述的后两个阶段。译者虽可有个人选择，但并不能独自决定引进，译了无处出版等于不译。译者虽可以有创新性，但个人无法抗衡整个"屋子"的操纵力量，一般来说可做到与时俱进，也有可能稍稍超前，但逆时令开窗户是非常困难的。

**熊辉**：飞白老师在前面的谈话中多次提及本雅明（Walter Benjamin）的翻译观点，此时探讨"语言之屋"让我想到，他的这段话或许有助于翻译研究走出普适主义和文化相对主义的思维模式："一部作品是否可译的问题具有双重意义。或：是否能在作品的总体阅读中找到胜任的译者？或更确切地说：它的本质是否适合翻译，因此，仅就这种形式的意义来说，而要求翻译？"[1] 本雅明在翻译的过程中只考虑了符号的发送者和编码—解码过程，并没有考虑作为符号接受者的译文读者，他将翻译过程中突破了一种文化和一套系统的翻译符号界定为"纯语言"（Pure language），它"不再意指或表达任何东西，而是就像那不可表达的、创生性的太初之言，在所有语言中都有意义。"[2] 这是否意味着民族语言之屋的"墙壁"会在"太初之言"的面前变得彻底透明？您对本雅明的观点怎么看待？

**飞白**：本雅明的"纯语言"论是语言摆脱工具性的理想，

---

1 本雅明：《译者的任务》，《翻译与后现代性》，中国人民大学出版社2005年版，4页。
2 同上书，8页。

是他的神性星空或太初之言，是使得人心可通的诗之灵，不是现实翻译中可参照的符号系统或可操作的语言工具（"不再意指"的意思就是不再作为"能指"符号）。

但我们所能操作的语言却仍是符号系统，固然，是双重性的符号系统。由于语言既是"符号"又是"生命体"的本质，也由于它作为"桥"和"笼"的双重性，它作为工具和要求摆脱工具性的双重性，语言之屋永远不可能变得彻底透明，诗也永远不会终结。

换句话说，"笼"不会彻底变为"桥"，"桥"也不会彻底变为"笼"。

**熊辉：**近年来，翻译文学（Translated Literature）逐渐进入了人们的研究视野，关于译文属性的论争也一直没有消停。下面我想听听飞白老师对于译文的看法。

飞白先生将语言提高到了关乎人存在的高度，认为我们都生活在"语言之屋"中，任何事物只有进入语言之屋才可能被认知。飞白老师有一句话意味深长："要真正'看见'一个对象，首先需要把它当作认知对象，进入认知过程。我们只看见和认识有意义的、值得我们关注的事物，否则，我们就会'视而不见'。"[1]这可以用于阐释认知活动产生的条件，也适合用来解释翻译选材的缘由。照此说来，在中国现当代翻译文学史上，译者在浩渺的世界文学星空中只可能去选择那些对译入语国来说具有意义的作品。当然这种意义可能是对生命本体的观照，也可能是对某时代精神的呼应，比如中

---

1 飞白：《诗海游踪：中西诗比较讲稿》，浙江工商大学出版社2011年版，41页。

国"五四"时期的译者多关注具有启蒙精神的作品，抗战时期多关注战争题材的作品。域外文学是不是只有被纳入到民族的"语言之屋"这样一个"自恰的系统"之后，才会因为被认知而重新获得意义与生命？

**飞白：**这个问题在前面已有所回答，外国文学的翻译一方面会影响民族文学的发展，但另一方面当然也受制于民族文化和政治经济背景。其实这并非操纵学派的"新发现"而是常识，翻译史的无数实例无不印证着这一点。我也可举个实例：新中国成立初期我最早译介的诗人是特瓦尔多夫斯基，他是当时苏联文坛改革派领袖，也深受我国诗歌界欢迎。然而从"反右派"到"文革"意识形态控制持续升温，人民文学出版社约我翻译的特氏长诗《山外青山天外天》最终被判为"反斯大林的大毒草"而遭封杀。改革开放后的八十年代，人民文学等两家出版社又打算出版这部解冻文学名作，但我因当时太忙没来得及操作，不久后，随着全国出版业的市场化转向，这部书也时过境迁，不再能引起我国读者的兴趣，出版事宜就此束之高阁了。

**熊辉：**飞白先生关于翻译等跨文化交流活动的论述有很多精辟之见，使我获得了阅读其他翻译理论所不能产生的愉悦。比如您站在民族语言文化的角度去审视外国文学作品，提出了在我看来可以归纳为"文化折射说"的思想。"人们在生活中的所见，其实只是语言之屋的内部而已，就连通过墙上开的窗所看到的，实际上也只是窗玻璃而已，而且还是有色的花式窗玻璃，它折射一切客观物象，把它们改造成语言—文化形象。这造成跨语言、跨文化交际的复杂化，导致各种变形和误读。"[1] 外国文学如何被翻译进民族文学？我们惯于接受的是"文化选择"和"文化过滤"等变异学思想，但这些说法很难穷究文学翻译过程中产生的诸种变化，飞白老师的文化折射说则用童话式的叙述方式言明了翻译文学实乃民族语言之屋的"折射"品，因为是隔着语言之墙，因为是通过"花式"的有色玻璃之窗，所以外来的文学一旦被翻译"折射"进民族语言之屋，变形和误读就无可避免。不过令我感到疑惑的是，依据飞白老师"折射说"的观点，翻译语言学派所谓的原文和译文的"信息对等说"根本就不可能发生，译文读者了解到的外国文学和文化也并非原汁原味的外国品相，由此引发的翻译文学是否定位为外国文学也值得进一步深思，不知飞白老师对此有何看法？

　　**飞白**：是的，原文和译文的"信息等值"根本不可能发生，就翻译总体而论已然，就诗翻译而言则更甚。译文读者见到的外国诗当然难以要求真正"原汁原味"，以情节为主的小说可能稍稍好些，而译诗就更不可能全面克隆原作的多义性和艺术形式，如能仿制到有几分"神似"就算很了不起了。这就好比是画家为人画肖像，无论怎么画，肖像也不可能成为一个等值的活人，画出某一点神采，做到有几分"神似"，就算很成功了。

　　在这里借用了"神似"之说。但此说毕竟因太"虚"而不可把握。所以我们谈翻译，总试图分析得更具体一些，细节化一些。

----

1　飞白：《诗海游踪：中西诗比较讲稿》，浙江工商大学出版社 2011 年版，65 页。

**熊辉**：翻译的功用问题是一个老话题，但飞白老师对此理解也与普通人迥然有异，在此还是想和您探讨一下该问题。

1921 年前后，上海的《学灯》曾在同期刊发了四篇文章：第一篇是周作人译的日本短篇小说，第二篇是鲁迅的《头发的故事》，第三篇是郭沫若的《棠棣之花》，第四篇是茅盾译的爱尔兰独幕剧。在编排这四篇文章的时候，郭文被排在译文之后，郭沫若对此感到不平，因而发出了"翻译是媒婆，创作是处女，处女应该加以尊重"[1] 的言论。后来钱锺书先生又说，译文"是个居间者或联络员，介绍大家去认识外国作品，引诱大家去爱好外国作品，仿佛做媒似的，使国与国之间缔结了'文学姻缘'。"[2] 无论是希望有更多的人从事新文学创作，还是要抬高翻译的中介作用，郭沫若的"媒婆说"侧重的都是翻译的介绍和"引入"功能，翻译建立的是民族文学和外国文学的关系。而钱锺书的"媒诱说"侧重于翻译的"诱惑"功能，即诱使人们自己去阅读外语原文，翻译建立的是读者与外国文学的关系。在新著《诗海游踪：中西诗比较讲稿》中，飞白先生关于翻译功用的认识似乎超越了形而下的实践层面，上升到形而上的精神世界。马拉美的《海风》召唤着诗人驶向各民族诗歌构成的诗海，但诗人对外国诗歌的探究和翻译是一个没有目的地的旅程，意义就在于找寻意义的过程中，宣称找到金羊毛的英雄伊阿宋反而"相形失

---

1 郭沫若：《我的作诗的经过》，载《质文》月刊第 2 卷第 2 期，1936 年11 月。

2 钱锺书：《林纾的翻译》，《翻译论集》，商务印书馆 1984 年版，698 页。

色了！"在追逐物质利益的滚滚红尘中，飞白老师引用美国诗人弗罗斯特《忠诚》中的诗句"哪儿有这样一种忠诚，／能超过岸对海的痴情？"来表达对"意义之海的深深依恋"，从而远离尘嚣，生活在开阔的诗海里。[1] 作为徜徉在世界诗歌海洋中的译者，您认为诗歌翻译的目的和功用究竟是什么？有没有一种神秘性的东西（比如本雅明的上帝的"原初语"之类）指引着人们从事跨语际的翻译实践活动？

**飞白**：拙著《诗海游踪》第一章全章谈的就是这个问题。其中，《海风》对人们的召唤，并非驶向真的"异国风光"，而是驶向神秘的未知世界，并非驶向"富饶的岛国"，而是驶向"冷酷的希望"。

当然，现实地看，功利性绝非贬义词，它指导着人间99.9% 的翻译实践，对于全球化的当今世界，有用的翻译是须臾不可或缺的。我只是想提醒一下：还有仅占不到 0.1% 的诗翻译，它虽然是"没有用"的，但也是人类不可或缺的。

## 三、飞白翻译的诗

**熊辉**：讨论了翻译活动之后，我们回到飞白老师的翻译诗歌文本，再就相关问题作进一步交流。飞白老师诗歌翻译的数量和质量目前在国内首屈一指，由此您获得了众多的荣誉和褒扬，但也有人对您的部分译作提出了商榷意见。读者一定很想知道飞白老师对自己的诗歌翻译作品有何总体评价？

---

1 飞白：《诗海游踪：中西诗比较讲稿》，浙江工商大学出版社 2011 年版，6—19 页。

**飞白**：大海不可斗量蠡测，我的译诗不过是取一瓢饮，连斗量蠡测都谈不上。翻译观点各各不同是自然的也是必然的，翻译界百家争鸣和批评商榷都是好现象，就我本人而言，很欢迎批评，三人行必有我师，从前我每到北京都会挤出时间跑到天桥去观摩老艺人的说唱，现今我经常将译文初稿寄给同行和学生征求意见，请大家指正，对大家包括学生对我的指教我都衷心感谢。

**熊辉**：像飞白老师这么知名的译者能拥有如此谦逊的姿态，让我看到了您译诗之外的魅力。在阅读飞白老师撰写的文章时，我注意到这样一个有趣的现象，即无论是在翻译作品还是进行中外跨文化比较和研究的时候，飞白老师都坚定不移地选用自己的译作，这一方面表明您能够自如地应用外文翻译所需的文献材料，另一方面似乎也反映出您对自己译作的"偏爱"。"五四"开启了中外跨文化交流的繁荣局面，很多优秀的外国诗歌都被翻译或转译到了中国，飞白老师翻译的很多作品，实际上在二十世纪上半期就已经有了译本，比如波斯诗人莪默伽亚谟（现译欧玛尔·海亚姆）的《鲁拜集》1919年就有胡适的译本出现，到1922年就有郭沫若完整的译本并附有《小引》作详细的介绍，[1] 比如英国诗人克里斯蒂娜·罗塞蒂（Christina Georgina Rossetti，1830—1894）的《歌》（Song）1928年就有徐志摩的译本。鲁迅先生根据进化论的观点认为语言的进化会导致复译的存在，因为语言总是跟着时代在不断地变化，译文的语言也会不断变化，用

---

1 郭沫若：《莪默伽亚谟诗的诗》，载《创造季刊》第1卷第3号，1922年11月。

他的话说:"因言语跟着时代的变化,将来还可以有新的复译本的,七八次何足为奇,何况中国其实也并没有译过七八次的作品。"[1] 在此,飞白老师能从自己翻译实践的角度谈谈复译这些诗歌的原因吗?

**飞白**:我引用自己的译诗,并不是敝帚自珍的意思,而是因为每个译者对诗的解读是不一样的,甚至往往是南辕北辙的。为说明我的解读不得不用我的译文,若用别人的译文就矛盾百出了。

为什么有时会复译?理由同上。我若喜欢一首诗,就可能试着翻译,有些诗有人译过而我未见到,也有我见到的,但不太去顾忌是否有过译文。即便形成了复译,不是也可以互相切磋么?[2] 好诗是召唤复译的,鲁迅和本雅明都认为应该有复译,鲁迅还曾讽刺反对复译的人说:"他看得翻译好像结婚,有人译过了,第二个便不该再来碰一下,否则,就仿佛引诱了有夫之妇似的",他就要"维持风化"了。[3] 以前关于我的翻译的所有争议,几乎都因我的复译而触发,这种非学术因素的参与实在令人遗憾。如能心平气和地切磋翻译问题该多么好。

**熊辉**:关于诗歌翻译过程中的形式问题,我想拿您的译作与前人的译作进行比较,目的当然不是分出孰优孰劣,而是希望引出飞白老师的诗歌翻译形式观念。在此就以《鲁拜集》中的第二十四首为例吧:

---

1 鲁迅:《非有复译不可》,《鲁迅全集·第六卷》,人民文学出版社1981年版,276页。

2 譬如一支球队,必然欢迎和其他球队比赛切磋。假如有哪支球队专门把守着球场不准别人进场,说明他是一支怯于比赛的队伍。

3 鲁迅:《非有复译不可》,275页。

英国人菲茨杰拉德的英文译文：

Ah, make the most of what we yet may spend,

Before we too into the Dust descend;

　　Dust into Dust, and under Dust to lie,

Sans Wine, sans Song, sans Singer, and—sans End!


郭沫若译文：

啊，在我们未成尘土之先，

用尽千金尽可尽情沉湎；

尘土归尘，尘下陈人，

歌声酒滴——永远不能到九泉！


飞白译文：

啊，尽情利用所余的时日，

趁我们尚未沉沦成泥，——

土归于土，长眠土下，

无酒浆，无歌声，且永无尽期！


　　郭沫若 1922 年翻译了波斯诗人莪默伽亚谟的一百零一首诗，并在译诗前加了很长的引言，主要阐明他所翻译的是中国绝句一样的诗歌："Rubaiyat 本是 Rubai 的复数。Rubai 的诗形，一首四行，第一第二第四行押韵，第三行大抵不押韵，与我国的绝句诗颇相类。我记得胡适之的《尝试集》里面好像介绍过两首，译名也好像是《绝句》两字。"后来闻

译诗漫笔

378

一多也把莪默伽亚谟的诗看作"绝句"[1]，而在你的介绍文字中，很少涉及这位波斯诗人作品的形式，不知道飞白老师对《鲁拜集》的形式有何看法？这两首译诗在内容和形式上均有明显的差异，飞白老师对此作何评价？

飞白：关于鲁拜体的形式，在拙作《诗海》下卷第二十二章"诗律学"中也有介绍。至于郭沫若译和我译的《鲁拜集》第二十四首，在内容和形式上似乎都没有明显差异，韵式都符合鲁拜体的 aaxa，节奏字数也大体相同，当然解读、修辞上肯定是有些差异的。

认真比较起来，对菲氏英译文解读的主要差异，在于 "make the most of what we yet may spend" 一句中的那个 "what"。郭译把它解读为金钱，根据的是所搭配的谓语是 "spend"（花费），加以有李白的"千金散尽还复来"构成郭沫若对本诗的"前理解"和互文性参照，郭氏就把《鲁拜集》的作者伽亚谟称为"波斯的李太白"。我则把句中的那个 "what" 解读为时日，根据的是贯串《鲁拜集》全书的"存在"主题，这一主题在一百零一首诗的字里行间，处处如影随形，挥之不去，如"时光之鸟飞的路多么短哪"，或"起码一事是真：此生飞逝"……所以 we yet may spend（"我们尚能花费"，或"我们尚有余额"）的所指，在我看来无疑地是"时日"而不是金钱。

当然，诗无达诂（或在某种程度上无达诂），复译和争

---

1 郭沫若：《莪默伽亚谟诗的诗》，载《创造季刊》第 1 卷第 3 号，1922年 11 月；闻一多：《莪默伽亚谟之绝句》，载《创造季刊》第 2 卷第 1号，1923 年 5 月。

鸣对理解诗和欣赏诗都是有益的。

## 四、结束语

**熊辉**：作为诗歌翻译家和跨文化诗歌比较研究专家，飞白老师能以自己的切身体会说说在诗歌翻译和研究上最重要的经验吗？如果非要说您的翻译历程难免有瑕疵的话，飞白老师认为在漫漫译路上的最大遗憾是什么？

**飞白**：我的经验体会都不足为外人道。前面已提到，我其实是个没有业余时间的业余译诗者。在从"小米加步枪"急转到"现代化多兵种"的关键时段，因军务繁重必须全力以赴，并经常要出差到海边防去检查训练工作，我几乎从来没有节假日，业余译诗大抵是在风尘仆仆的行军途中或指挥车上；偶尔遇上乘火车，就是我最难得和最佳的译诗机会，比在野外颠簸蹦跳的吉普车上实在好得太多，火车上的一整天，是平时根本无法奢望的。结果数十年习惯养成了固癖，如今虽然我有了书桌，但我译诗构思的最佳环境，依然是在我赴云大任教来回于杭州、昆明间的长途火车上。如马雅可夫斯基诗中形容的，车轮碰铁轨的嘈杂仿佛应和着诗的节奏：

> 磕，碰，
> 　　磕，碰，
> 诗在舞蹈。
> 磕，碰，
> 　　磕，碰，
> 韵律在敲。……

在这样严苛的条件下（遇到政治运动还会横遭批判）我只能点点滴滴译诗，有许多心仪的诗歌名作都来不及译。这虽然遗憾，但恐怕不能说是遗憾，因为历史没有"假设"，没有给我留下"遗憾"的位置。在解放战争大背景下投笔从戎是我的选择，——"金黄的林中有两条岔路，不能两条都走"，当时我只能这样选。而"路是连着路的"，这一选就走出了一生的航迹，包括我的全部生活体验，包括我作为诗海漫游者的面貌，也包括我译诗基于听力的口译式风格（这是由于我译诗全凭记忆而不能在纸面上进行的缘故）。如果我走的不是这样一条路，那么结果也就不是现在这样一个我了。

**熊辉**：飞白老师的翻译道路走得实在不易，但在艰难的环境中取得如此巨大的成就更能证明老师的"成功"。您是公认的诗歌翻译前辈和比较文学研究的学者，除在民族"语言之屋"内游历散步之外，也有海外生活、教学的经验，有文化上的"他者"眼光和学术视野，更能认清本国语言文化的面貌。在临近访谈结束之际，我想请飞白老师简要谈谈中国当下的诗歌翻译情况以及诗歌翻译研究的可能路向？

**飞白**：路向可预测不了，关注得不多，何况我又不是理论家，说的只是个人的感受和探讨而已。一孔之见，不足为训，还盼多多指教！

**熊辉**：谢谢飞白老师，您的谈话将成为中国当代翻译学中的重要文献，必将给当代诗歌翻译和跨文化交流提供有益的启示和帮助。

（原载《红岩》特刊《重庆评论》2012年第1期，
原题《诗海一生——飞白先生访谈录》）

# 远航诗海的老水手

**赵四** [1]：您先跟我们讲讲您是怎么成为诗歌翻译家或者媒体所称的"诗海水手"的吧。

**飞白**：说来故事就长了。二十世纪二十年代初，家父汪静之刚满二十岁时出版了新诗集《蕙的风》，因发出个性解放的呼声而遭到守旧派猛烈攻击，幸亏鲁迅等大师著文参加论战，驳斥卫道士，保护了青年诗人。鲁迅还教导家父说，写新诗要借鉴外国诗，要多读拜伦、雪莱、海涅等外国诗人的作品。可是据家父告诉我们，当时译成中文的外国诗没有几首，要学习外国诗必须学外文。于是他就离开浙江第一师范到上海去读英文学校，不料刚学了半年，我祖父因故破产了——祖父在黄山脚下的家乡做小本生意，每年春天收购全村茶农的茶叶到上海卖，回去后还茶钱。不想这年卖的全部茶叶钱被伙计卷款潜逃了，祖父很讲信用，借高利贷来还全村乡亲的茶钱，欠下一大笔债。对我爸的经济供应从此断绝，致使我爸半途而废未能学成。家父以鲁迅先生为恩师，他的任务没完成，始终念念不忘，于是便把鲁迅交代的任务传给了我，当我考浙大时他要我一定要报考外文系。

---

1 赵四，诗人，学者，文学博士，诗学博士后，《诗刊》编者，《当代国际诗坛》编辑主任。诗作被译成十三种语言并获国际奖项。

当然我父亲的用意是要我当诗人，但他的耳提面命造成了我的逆反，所以坚决不走"家传"诗人的路。这样，我对诗的爱好后来就导向译诗了。固然我参加革命队伍后，做的军事工作和诗翻译是八竿子打不着，最初译起诗来也颇为偶然。不过细想也属必然：诗海漂泊中每逢遇到好诗，总是想与人分享，所以这是迟早要发生的事。

我译诗主要是从爱好出发，并不想给自己安上"使命感"之类的宏大话语，但鲁迅的教导和《摩罗诗力说》总是在暗中引导着我，与远方诗海的呼唤合而为一。

**赵四：**我感觉您是有真诗才的。您的诗歌翻译水准都很高。别的人可能是有一些诗作译得不错，但您是所有的诗作译得都可达上乘，而您又译了那么多，的确难得。这可能还是和出身诗人家门有些关系吧？

**飞白：**诗才可不敢当，至于家传的问题呢，我历来就独立性强，同时对我爸的诗也不太买账，不承认自己受到父亲什么影响。加之我爸的教育方法有点失败：他不是通过诗的魅力来感染子女，而是一味地作"万般皆下品，唯有写诗高"的说教，命我"立志当诗人"。结果我就暗自立志"此生决不当诗人"，这时我十二三岁。我小时候赶上抗日战争，随全家避难到后方，我爸初期找不到工作，生活压力大，曾经打我出气，所以我不服气他。小时候我妈教我的诗（如杜甫、岑参）我全会背，很对不起我爸的是他虽然也教过我几首唐诗，我却连一首也记不得。至于他自己的新诗，他自己也认为写得不好，不叫我看。尽管如此，不过冷静地想想，出生在诗人家庭总有些潜移默化的影响，起码在心理上会有较强的暗示。不知从何时起，我在不知不觉间已形成了对诗的爱好。

**赵四**："立志不当诗人"，真有意思。那么您是什么时候开始立志翻译诗的呢？

**飞白**：我译诗从来没有"立志"，那只是冥冥之中引导和推动我的一种力量，但还要走很长的路才遇到译诗的契机。

小时候，由于战争而流浪四方，也由于我爸一向看不起学校教育，所以我的学历非常可怜，只在安徽上过三个月的小学（三年级）、在贵州上过三个月的中学（初一），除此之外我所学的只有自然这本大书，以及图书馆的杂书。这样，我是一个免受考试烦扰的幸运儿。我从九岁起自己看书，遇到生字怎么办？我妈是教师，但她没空也没必要给我一节节上课，只教会了我注音符号和查字典的方法，这样我就自己查着生字看书了。战争期间缺书怎么办？非常关键的一条是我爸当时在贵州就任了黄埔军校的图书馆主任，这样他每天下班就会带两本书回家来。后来我爸辞了军校工作，我家搬到重庆。在重庆我就上当时的国立图书馆看书，一看一天，中午买两个烧饼充饥。

我的学龄阶段就这样度过。抗战结束后一年，我们一家辗转回到杭州，我筹划考大学，我爸起初不大支持，因为他自己没上过大学也当教授。但我觉得为了走进社会还是需要读大学，我爸也终于同意。十六到十七岁这一年，我借了初高中全套教材，从头到尾像看小说那样连贯地读下去，做高考准备。——我觉得课本连着读挺好的，印象完整，感觉比断断续续上课好得多。我不明白为什么这么点内容值得花六年时间去学，当然其中的数学是需要做习题的。至于英语，我本来已能看书，现在看教材不过是了解一下内容而已，我备考没太顾及教材，倒是以主要精力翻译了一本英文版的显克微支长篇小说，翻译完去考浙大得了高分，还获得了四年学杂费、生活费全免的最高奖学金。这样，我1947年上了浙大外文系。

**赵四**：我很好奇，为什么您已经在浙大念书，可到1949年解放后又离开了浙大去参加革命，按说革命已经成功了，您为什么反而要去参军？

**飞白**：在当时的革命大潮中这非常自然。我父亲年轻时和应修人等好友同组湖畔诗社，他几位情同手足的好友（我的表叔们）都在三十年代为革命牺牲了。而四十年代又是学生运动高涨的年代，我一入学就碰上浙大学生自治会主席于子三被国民党杀害的事件，简直不可能再埋头读书，我立刻卷入了学生运动。积极参加学生运动的我，在杭州解放后的暑假就自然地参加了杭州青年干校。但这还不是参军（假如我在杭州参军应该在三野，不会在四野）。参军是下一步的事。

1949年12月毛泽东到苏联签订《中苏友好同盟互助条约》，争取到苏联派专家来华，在各条战线全面援助中国建设。为此急需大批俄语翻译，但当时我国几乎没有学俄语的，于是决定在原来的革命干部学校华北大学（后改组为中国人民大学）办一个俄语专修班，动员全国各地外语系学生去北京学俄语。我就响应了，学了几天俄语后当军事翻译，这样我拐了一个弯而分配到了第四野战军。

**赵四**：您去当俄语翻译时学了多久俄语？

**飞白**：其实还没正规学习，就去当翻译了。我赶上参加了1950年人民大学的成立典礼，这时苏联派来了俄语教师，但各条战线的苏联专家也陆续来了。因为军事专家即将到达，要一批翻译应急，于是就从刚开课的人大俄文系五百名学生中选拔五十人，分派到各大军区和总部各军兵种，成为第一批俄语翻译。这时我们对俄语并非一点不懂，因为在华大俄专阶段虽以政治学习为主，也已有了俄语课：华大从哈尔滨找来一批俄罗斯人给我们当临时教师，他们原被称为"白俄"，是苏联十月革命时流亡国外的贵族的后代，已经大都沦落成了小贩，对教课很不内行。我们班的老师库兹涅佐夫的教学程序是这样的：发了两三行的课文讲义，他先带读几遍，然后就依次叫学生起来读。我们没基础，显然读不好，他每叫一位就叹息道："斯拉贝"（真差劲）！接着摇头苦笑说："尼却沃·涅戒拉耶什"（没辙了），最后决定："奴蜡诺"（拉倒吧）并叫下一位。我别的没学到什么，对他反复使用的三句课堂用语却学得烂熟了，但其涵义却是以后才弄清楚的。后来俄语教授的正规课我没摊上，我掌握了这三句俄语就走上了翻译岗位。这时，尽管我的俄语"真差劲"，却不能因为"没辙了"，就说声"拉倒吧"了事。

我分配到四野司令部，四野后来南下成立广州军区。翻译的压力"山大"，我们这批人边干边学，非常努力，表现了共和国成立时的那种蓬勃朝气和革命热情。从基本不会俄语到可以顺利完成翻译任务，我只用了大约三个月的时间。

**赵四**：三个月！太不可思议了。我只能认为，在语言学习能力方面，您天赋异禀！您这时从事的主要是军事翻译，那么还要走多久的路才会来到诗翻译上呢？

**飞白**：我开始做诗翻译，还得感谢和纪念一位难忘的人——广州军区苏联顾问团首席顾问乐维亚金将军。当时苏联顾问团的任务是帮助解放军从小米加步枪转型到飞机加坦克，并全面传授二战中苏德战场的现代化作战经验。乐维亚金来华前原任莫斯科军区副司令员兼军训部长，在二战时期，他先后任红军第10、第55、第88集团军司令，解放过（克里米亚）塞瓦斯托波尔等许多重要城市。二战最后阶段在西线参加布拉格战役后，他又被急调东线参加对日作战，指挥解放朝鲜战役。他说，日军的战斗力比不上德军，当时他因进展过快，已经看到了首尔城，于是他得到上级指示："立即返回三八线。"

乐维亚金是红军初创时期的干部。我在与苏联将领们的大量接触中，感觉到列宁的部下和后来斯大林的部下作风不同：乐维亚金满怀国际主义的热情，把中国建军工作当作自己的事，而且为人朴实谦和，令人感佩；而斯大林部下的少壮派将领呢，却往往会显出大国主义，傲气凌人。乐维亚金身为中将，传授的主要是战术、战役学和现代化协同作战，但下部队时还与解放军战士一同摸爬滚打，做单兵示范动作，非常平易近人。我为他当翻译配合密切，译他传授的知识已非常熟练，有时还给他当当助手。他曾夸赞我说："我在苏联有个司令部可用，在这里成了光杆司令，靠飞嘉（"飞嘉"是他对我的昵称）给我几乎起了一个司令部的作用。"

当然，乐维亚金将军给我的帮助更大，除了军事上的传授外，还有生活上的关怀和文学上的启发，与我几乎成了"忘年交"。参加革命前他本是语文教师出身，常引用普希金的诗，见我有诗歌爱好，又将苏联卫国战争名著——特瓦尔多夫斯基的长诗《瓦西里·焦尔金》推荐给我，成了我走上译诗道路的契机。

我的译诗可谓"一触即发"，动力本来存在，需要的就是这样一个启动的契机。

**赵四**：我想您当时在部队工作一定很紧张，有业余时间可以译诗吗？

**飞白**：要说业余时间，不仅是没有，简直是个负数。因为那时的部队作息，除八小时训练（或机关工作）外，还有早上早操半小时，晚饭后种菜地半小时（驻在城里的机关能减掉这一项），晚上政治学习两小时，这样加起来就十一小时了，基本没给你留下自己活动的时间。何况翻译工作繁重，随顾问担任口译只是其中一项，每天还有许多文件材料需要双向笔译，我们翻译科生产出来的许多笔译稿又要交给我校改，所以加班加点成了家常便饭。

此外，如果我挤点滴时间译诗，哪怕是在难得的休息日或休息时刻，也必然引起周围的批判，政治运动一来就会成为众矢之的，这种政治压力之大超过了缺乏时间造成的困难。

**赵四**：您这一代人从事文学事业真是很不容易。但是作为我这一代人，还真的很难理解也很难想象，译诗有什么好批判的呢？他们能想象出些什么名目来批判它呢？

**飞白**：扣的帽子多得很，例如个人主义、脱离群众、不务正业、资产阶级名利思想、中了丁玲"一本书主义"的毒、企图摆脱党的领导等等，随便扣。当时在广州军区有我和杨德豫两人在译诗，两人都受到批判压制。德豫在军区报社工作，他就写了一篇《谁是谁非》的杂文为我辩护。他因提出"领导压制鸣放"被划右派，德豫是我最相知相投的好友，我们的遭遇也堪称难兄难弟。

我没有因压力而放弃，但尽量避免与大家对立。没有时间怎么办？在当翻译时和后来当参谋时，我主要都是管部队训练，所以下部队、跑野外是日常的事，常常人在途中。这样，乘车时间就成了我从事文学工作的最佳时间（在多数时候也是唯一时间）。乘军用吉普车在野外跑，车跳得很厉害，根本没法写字。碰上乘火车，条件就非常理想，所以我直到如今还留下一个固癖：写作和翻译都在乘火车时才进入最佳状态。目前我在云南大学外国语学院任教，穿梭于云大和浙大之间，我基本都乘火车。早些年一趟车要坐两天三夜，有一次火车因事故晚点开了三天三夜，全车厢的旅客都怨声载道，只有我一点不烦。我正忙着写一到达杭州就要递交的论文《论风格译》呢！——那次我回杭州是参加全国文学翻译研讨会，中国译协委托浙江译协承办的，我不能不来。而我正为主编《世界诗库》忙得焦头烂额，只有上了火车才能静下心来构思论文。

但早年在部队那时，乘火车机会少，乘军用吉普多。所以我译诗的常规是：每天早上出发前看一眼原文诗，通常就两三小节，记住了就在车上翻译，既不占时间也不耽误工作。

**赵四**：早上出发前背几节诗在车上翻。您记忆力太强了。

**飞白**：年轻时记忆力好，看一遍暂记八行、十二行诗毫不费力，再经过途中咀嚼口译，就记熟了。倒不是有意去背它，当我译完《焦尔金》时，我能熟背全书。这部诗我自己喜欢，战士们也喜欢。因为它很真切地、人性化地表现了战争的严酷和战士的精神，完全不像我们流行的标语口号式诗歌。在二十世纪五十年代，诗人特瓦尔多夫斯基是苏联文坛改革派的领袖，他主编的《新世界》成为改革派的旗帜，当时他提出"写真实"等主张，连累得我国一批青年作家被打成右派。

我每天出门后，就在乘车途中念念有词地"口译"，直到念顺口了才罢休。长诗《瓦西里·焦尔金》就是以每天八至十二行的均速译出的。由于全属口译，结果译文朗朗上口，与这部原本在前线小报上连载而传遍红军战壕的"战士的诗"风格合拍，出版后大受欢迎。

**赵四**：这部诗您译完就出版了？

**飞白**：我是无名小卒，《焦尔金》是我译的第一本书，并不知如何才能出版。凑巧有一位《解放军文艺》的编辑下部队来到 370 团，发现了我正在做的事，便把我的译稿要了去，打算用十二期刊物全文连载。但他不久就听说已有翻译家在译这本书，就不敢连载了（怕载了一半人家的书出来，他无法收场）。于是好心地把我的稿子推荐给了上海译文出版社，当时叫新文艺出版社。没料想新文艺接稿的编辑，恰恰就是刚动手翻译《焦尔金》的那位翻译家。他就留下我的译稿参考了一年，等他的译本译完出版之后，便把我的稿子寄还给我了，没作说明。

对此我也不知道生气，我是小兵，有翻译家来译介好书使我很欣慰。但两三个月后看到他的译本却使我大失所望。因为《焦尔金》原诗的语言完全是战士风格，生活气息很浓，他的译文却是一派书生腔，散文化；红军战士跟我们解放军说话应该是同样味道的，他的译本却管连长叫"长官"，管战士叫"士兵弟兄们"，全是国民党军的一套，总之是风格整个儿不像。我不是说他的坏话，我对他很尊重的（多年后我上译文社，听说他身体不好还专诚去探望过），但是我想，既然我的译本风格和他压根儿不同，就可以暂不作废，还应该争取出版。

当时有资格出外国文学书的出版社很少。人民文学出版社呢我没敢去，觉得那是大衙门，我想中国青年出版社大概不至于贬斥我这种二十五六岁的小青年，趁出差北京之便，就带着那部退稿直接登了门。接待我的编辑是陈斯庸，他才浏览两页，就拍案叫好说："行！我们给你出，而且用最快的速度。"我们当场商量细节，设计封面，决定把这本"战士的书"做成可放进口袋的袖珍本。三个月后书出来了，反应热烈，《文艺报》请田间写了一个整版一万多字的专文评介，共青团中央决定向全国青年推荐，郭小川赴苏联开会特别向诗人特瓦尔多夫斯基介绍我的译本，并告诉我：赶快给作者题赠一本。

此后全国向我约稿，我的译诗也就停不下来了，当然除"文革"十年以外。

**赵四**："飞白"是您的本名还是笔名？而且，要不是特别查找资料，很难想象，您和汪静之先生是父子关系。

**飞白**：我用"飞白"为笔名而省略汪姓，本就有摆脱家门的意思。本名和笔名呢二者都是。"飞白"是我十七岁时为报考大学而自取的名字。为什么我能自取名字呢？因为那时中国还没有出生证和户口制度。小时候，我妈叫我阿波，我爸叫我瀑落，都是诗意的名字。"阿波"意指波德莱尔，象征派的鼻祖，因为二十年代我爸妈都怀着"五四"退潮后深深的忧伤苦闷，爱波德莱尔的诗。"瀑落"则谐音普罗文学，受他诗友们的左翼影响，我爸有革命情结，努力想写宏大革命主题但未成功。他很天真，不觉得崇尚波德莱尔与崇尚普罗文学有什么矛盾。

抗战年代我在我爸原籍上小学，用的学名是"志波"（按族谱我属"志"字辈），这倒暗合了我日后远航诗海的方向。但由于这些名字都没有在户口备案，我考大学又是考同等学力，没有高中档案的延续性，于是我有了为自己命名的难得自由。

我不想给自己贴象征派或无产阶级等符码，而起了个空灵的名字"飞白"，同时也是笔名。按中国美学的解释，飞白就是有意地留出空白。我心目中的诗是宽泛的，诗的本质不是要把纸涂满，而是要留出空白，留出心灵的自由空间。这名字倒得到了我爸认可，但见我发表文章省略汪姓时，我爸不高兴了，他说："真是无政府主义！废姓是无政府主义主张，巴金就是无政府主义的。"我就辩解说：飞白的意象里已经包含"汪"姓的水了！波也好，瀑也好，诗海也好，不都呈现浪花飞沫么？

**赵四：**其实看静之先生的著作，除写诗外，也有小说、诗论等多种著述，而您一生则一头扎进诗海，甘当一名译诗的老水手，您没有创作自己作品的意愿吗？

**飞白：**自己的著述还是有一些的，我会把历来讲授的理论课（比较诗学和翻译学）讲稿整理出来，但性质是诗性叙述，而不同于理论家的书。

写诗呢，"立志不做诗人"我是说到做到的。虽是少年负气之词，但日后也觉得做得没错：首先，诗人虽与木匠相似，却不能家传；其次，写诗的人够多的了，少了我不缺什么；第三，我译的诗基本都是世界一流的，自知差距很大，不如不写，而把能力发挥在译诗上。自《摩罗诗力说》到八十年代初，我国翻译的外国名诗还超不出鲁迅推介的范围，所以我觉得开阔视野已是当务之急。这是我在"文革"结束后乘开放的东风突破禁区，把视野推向诗海的缘由。

至于写不写小说，我有过一番考虑。因为我有另样的经历，已有无数人建议我写自传体小说。我回答说：我写小说材料倒很多，七天七夜说不完，够写自传体三部曲的。但可惜都被人"占了先"：第一部写出来就成了《小约翰》，第二部写出来成了《基督山伯爵》，第三部则成了《老人与海》。我若再写，别人会怀疑我涉嫌抄袭了。再说，与其拉住行人来听老水手絮絮叨叨讲述惊悚往事，我觉得还不如随心漂泊于诗海美景。

**赵四：**您既从事诗歌翻译，又教翻译学课程，一定有自己的翻译理论主张。您能跟我们具体谈谈吗？

**飞白**：我已写过许多文章阐述我的翻译主张，而在诗翻译方面的核心观点就是"风格译"。瓦莱里说散文是走路，诗是跳舞。走路首要的是实用目的，风格可以是次要的；但跳舞却是艺术，因此风格（风姿）就高于一切了。鲁迅主张翻译要"保存原作的风姿"，我认为这在诗翻译中尤其重要。诗译者如同演员，应当演什么角色就像什么角色，而不应当演什么角色都只像他自己。

"文革"结束后，外国诗的禁区逐渐解冻。我回到学校后就开设了"世界诗歌史"、"现代诗"、"世界名诗选读"等课程，开始了面向世界的开放和译介。这是八十年代初的"破冰之旅"，要为过去受批判遭贬斥的外国名诗正名，我第一步就译介了英国维多利亚时代、法国波德莱尔与象征派、俄国白银时代的重要诗人。这些诗人风格迥异，为了传达其千姿百态的风格，翻译得使出十八般武艺。在《论风格译》的论文中，我曾这样举例说明正确把握诗人风格的重要性："天穹一片昏沉，古铜凝着夜紫。恍惚见月华生，恍惚见月魄死。"译魏尔伦时，我这样模拟他忧伤朦胧的歌吟。但假如抛弃他的独特风格，而对他作一般的口语化处理呢，也很可以译成这样："这铜打的天空，简直是黑咕隆咚。刚瞧着月亮还活，马上又给它送终。"意思一点儿没错，但魏尔伦却变成山东快书了。

当然翻译界更常见的，是不论译哪位诗人都千人一面，一派书生腔、翻译腔，或曰零风格。

**赵四**：现在大家都喜欢说诗人译诗，但译出来的很多都是诗人自己的风格，如果那称得上风格的话。您翻译《瓦西里·焦尔金》是靠机缘，出《诗海》是使命感使然？据说您编《世界诗库》的时候，从十五种原文翻译诗歌。是不是学通了几门各语系的典型语种之后，再学其他的就很快了？

**飞白**：欧洲语言主要是三大语族，我以英法俄三语种为基点，多少可触类旁通。我结识外国诗人，喜欢请他们教读一两首诗，这样我就学到他这个语种的发音规律了。学语种多了以后，我模仿新的发音不再有困难，可以朗诵得很到位。语法呢一般也可举一反三。所以我并非如有的传媒形容的那样"精通多少种外语"，我只是一名诗海水手，a Jack of all trades（或曰"三脚猫"），样样会一点，精通呢大都谈不上。

**赵四**：您跟我们谈谈《诗海》的成书以及出版故事吧。这本书，主要是现代卷，在我自己的诗人成长道路上是非常重要的，在此之前，我好像没有读到过什么能打动我的翻译诗歌，但是这本书中的很多译诗读了都让我心有所动。传统卷，则因为我天生的现代诗人倾向，当时读起来除了一些远古诗作和一些民歌民谣及个别大诗人外，好像能打动我的东西不太多。这可能跟现代诗歌的写作，总体上的"创造机制"具有内在防御攻略，会蓄意谋求在效果上超越先辈以造成"居先错觉"有关。当然，这一类理论话语说不说无所谓，我们只要知道诗人就是一些本性好奇、不断求新求变的人群就好了。

**飞白**：《诗海》是我八十年代中期给研究生上课的讲稿，当时原文资料缺乏，每周都要临时找材料现炒现卖。英语以外各语种的资料就更为稀缺。我让学校图书馆订购，图书馆倒很帮忙，让我自填订单，但好不容易等来一些进口书时，我这一届的研究生课已上完了（下一届我赴美国交流）。漓江社总编刘硕良要拿我的讲稿去出版，我说很不成熟，还要整理补充，他说我看你根本不会有时间整理。结果就匆匆给他了，不过我还得加些插图，那时没有因特网，我跑了几家美术学院，说尽好话，想尽办法，进书库去翻查了海量的画册，才为《诗海》配上一批合适的插图。刘硕良表扬我说："我看呀，没一个诗人能找出你这些画，也没一个画家能写出你这些说明。"

**赵四**：的确效果很好。图、文、诗、书有浑然一体的感觉。整个书一看就不俗，有灵气，通透，浅易亲民，完全没有故弄玄虚的东西。我觉得它很适合做诗教教材，从初中生到研究生读都可以。现在我们已经懂得学校教育要重视人文教育，诗教是重要的，但又完全没有适合的教材，我觉得这本书就完全可以在学校教育系统大力推广，三十年后的现在读起来还是一点没有过时感，好的文学一定是跨越时代的。教人也得教人以这样的好东西，免得有些课本老拿些非诗、劣诗，拿那些贬低年轻人智慧的东西终于教坏了人的口味。一个人没有创造力都没多大关系，口味差了可就万劫不复了。

**飞白**：谢谢你的评价。读者要求重版《诗海》呼声很高，出版者也有此考虑，但我不同意原样重版。再说，现在的读者和八十年代已经不同，考虑当今读者的情况，也要在不使口味低俗化的前提下对《诗海》作一番更新。

**赵四**：您考虑的是哪些方面的更新呢？

**飞白**：首先，当年匆忙备课而资源短缺，经过在美国和在云大执教的二十年，我读了译了很多诗，选择余地大得多了，所以诗的选目会有较大更新。《诗海》本是授课记录，副题就是《世界诗歌史纲》，但授课以诗歌史和思潮流派为体系实在是不得已之举，我当时在前言中已经提到：每个真正的诗人都是他"自己"而非"类型"，把诗人纳入潮流和主义有牵强之嫌。所以新《诗海》打算摆脱"史纲"，不再追求体系和各方平衡，从而增加诗海漫游的情趣。新《诗海》也将略去多语种的外文原文，但仍将对诗人和诗撰写述评与解读，撰文数量不少于"史纲版"。同时还会进一步发扬"史纲版"图文并茂的特色。

现在的读者对多种外文不感兴趣，但学英语的比那时多得多。为满足对英语感兴趣的读者需要，我也考虑在"诗海系列"里再编一套《诗海》"英汉对照版"，我已译了为数不少中国诗和外国诗的英文文本。

这个计划有点大。老人出海，一不小心就容易跑得太远，有"超越西方星斗的浴场"的味道。但漂泊到哪儿算哪儿不是最惬意的吗？就依仗天假以年了。

**赵四**：期待早日看到新《诗海》的出版。最后，您再跟我们谈谈您的诗歌观吧。

**飞白**：我对诗的理解是宏观的：要问诗是从哪里来的，等于问我们是从哪里来的。语言与诗，和人一同发生，一起生长。

我给学生讲的诗歌史比较长，是从地球史的开端讲起的。为了形象化，虚拟用长度为一年（日夜不停）的电视片来演示四十六亿年的地球史。以地球诞生为元旦，那么要到十一月十九日才发生寒武纪物种大爆炸的大事件，而人这个物种则迟至十二月三十一日晚上八点钟，才怯生生地登上除夕晚会的舞台。也许是来充当主持人吧，可是这时的他"真差劲"！结结巴巴地凑合到十一点五十五分，他才终于成长为符号动物。这时（大约四万年前）发生了一个大事件——语言符号化。人终于一展口才，能自如地主持了，而晚会进入了五分钟倒计时。

子夜将临，倒计时还剩最后半分钟时，语言符号化走出了重要的第二步——义字的发明。语言从此能够记载，文化从此能积累和传播，借助于此，人造出一个意义世界，这是又一个改变地球的大事件。但结果是福是祸还难以逆料：由于意义芜杂，人改变地球正在导致物种大灭绝。

此刻我们特别关注的，是在无比迫促的最后半分钟里，绽放出了意义之花：

倒计时三十秒！从太空中忽然看见尼罗河边出现了金字塔，而金字塔内彩绘的是《亡灵书》——用符号和符咒绘成的人类最早的诗集。

二十秒！我们看见荷马在爱琴海边行吟。

十五秒！我们看见屈原在汨罗江畔行吟。

十秒！我们看见迦梨陀娑在恒河边行吟。

五秒！我们看见但丁在亚德里亚海边行吟。

三秒！我们看见莎士比亚在泰晤士河畔行吟。

一秒！我们看见波德莱尔在塞纳河畔行吟。

紧接着子夜的钟声轰然敲响，而我们在这里思索：我们是谁？我们来自何方，往何处去？

我在 1990 年吉隆坡世界诗歌节的发言中这样说：

> 一切存在物存在着，仅仅因为它们存在着；唯有人这种存在物，存在着，却不满足于他的存在，偏要执拗地问"为什么？"于是世世代代的人在一个没有意义的世界上寻找意义，寻找的涓涓细流汇成了诗海——人的意义世界。
>
> 我们栖居的陆地紧邻着诗海，诗海与人同生存共命运。
>
> 千水百川把陆地的盐分冲洗入海，使得诗海如此苦涩，但仍然，我们靠诗海滋润着这拥挤而干旱的、红尘滚滚的陆地。

（原载《诗刊》2014 年 3 月号［上半月刊］，
原题《远航诗海的老水手——飞白访谈录》）

**飞白**，全名汪飞白，1929 年生于杭州。1949 年未待从浙江大学外文系毕业即参加革命工作，历任第四野战军／广州军区军事兼外事翻译、训练参谋、训练科长及某部政委等职。在军区报社任职期间遭遇"文革"，遭秘密逮捕，"文革"后期复出后致力于平反部队冤假错案。1980 年辞军职回校，任杭州大学／浙江大学中文系教授、美国尔赛纳斯学院（Ursinus College）英文系客座教授、云南大学外国语学院教授，开设"世界名诗选讲"、"世界诗歌史"、"现代外国诗"、"比较诗学和文化"、"翻译学"等课程。

　　飞白在繁重的军务间和教学中，长期不懈地致力于世界诗歌名著的研究译介，以视野广阔著称。有《诗海——世界诗歌史纲》（上下卷）、《诗海游踪：中西诗比较讲稿》《古罗马诗选》《谁在俄罗斯能过好日子》《法国名家诗选》《马雅可夫斯基诗选》《勃朗宁诗选》《哈代诗选》《英国维多利亚时代诗选》（上下卷）等著译二十五卷，主编《世界诗库》（十卷）、《汪静之文集》《世界名诗鉴赏辞典》等编著十九卷，参与《世界诗库》中拉丁文及英法西俄荷等十余个语种的诗翻译和评介。获中国图书奖一等奖、国家图书奖提名奖、全国优秀外国文学图书奖特别奖等主要奖项十余种及国务院颁发给有突出贡献专家的特殊津贴。

# 译家之言

翻译的甘苦　董乐山

译诗漫笔　飞白

翻译似临画　傅雷

桥畔译谈新编　金圣华

因难见巧　金圣华　黄国彬等

译心与译艺　童元方

译境　王佐良

西风落叶　许渊冲

翻译乃大道　余光中

翻译之艺术　张其春

译海一粟　庄绎传